DREAMBOOKS★

항마신장

降魔神將

자우 신무협 장편소설

ORIENTAL FANTASYSTORY & ADVENTURE

11

dream
books
드림북스

항마신장 (降魔神將) 11

초판 1쇄 인쇄 / 2017년 8월 14일
초판 1쇄 발행 / 2017년 8월 24일

지은이 / 자우

발행인 / 오영배
책임편집 / 편집부
펴낸 곳 / (주)삼양출판사 · 드림북스

주소 / 서울시 강북구 도봉로 173
대표 전화 / 02-980-2112 팩스 / 02-983-0660
편집부 전화 / 02-980-2116 팩스 / 02-983-8201
블로그 / blog.naver.com/dreambookss

등록번호 / 제9-00046호
등록일자 / 1999년 3월 11일

ⓒ 자우, 2017

값 8,000원

ISBN 979-11-283-9276-4 (04810) / 978-89-542-4413-8 (세트)

* 지은이와 협의하에 인지는 생략합니다.
* 잘못된 책은 구입한 곳에서 바꾸어 드립니다.

이 도서의 국립중앙도서관 출판시도서목록(CIP)은 서지정보유통지원시스홈페이지(http://
seoji.nl.go.kr)와 국가자료공동목록시스템(http://www.nl.go.kr/kolisnet)에서 이용하실 수
있습니다. (CIP제어번호: 2017019743)

降魔神將

11

항마신장

자우 신무협 장편소설

ORIENTAL FANTASYSTORY & ADVENTURE

dream
books
드림북스

降魔神將

항마신장

목차

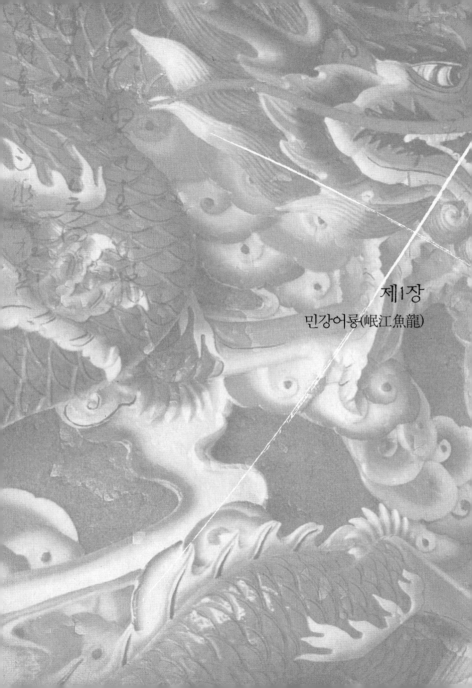

제1장
민강어룡(岷江魚龍)

　민강(岷江), 사천 북부에서 흐르는 장강의 물길 중 하나
였다. 그곳은 예로부터 물결이 거세었다. 장대한 강하의
풍경은 드넓었다.

　흙탕물이 곳곳에서 요동쳤다. 그곳으로 한 척의 뗏목이
위태롭게 흘러가고 있었다. 얼기설기, 나뭇가지를 대충 엮
어서 뗏목이라고 하기보다는 산사태에 쓰러진 나무 등치가
대충 흐르는 듯했다.

　차라리 떠내려가는 듯했다. 그런데 나무 위에는 한 사내
가 축 드러누워 있었다.

사내는 헐벗은 것이나 다름없는 몰골이었다.

앞자락을 다 풀어헤친 단삼이 갈가리 찢겼고, 죄 피투성이었다.

사내는 연신 숨을 몰아쉬었다. 가슴이 오르락내리락하는 것이 죽지 않았다는 것을 겨우 알려줄 뿐이다. 붉은 피가 누운 자리에 흥건하게 고여 있었다.

이대로 있다가는 출혈이 심하여서 그만 목숨을 잃지나 않을까 싶었다. 그러나 어쩌겠는가. 지금 그가 있는 곳은 민강의 한복판이었다.

속절없이 떠내려가는 마당에, 누가 도움을 줄 것이고, 숨을 겨우 몰아쉬는 사람이 무슨 재주로 몸을 돌볼 겨를이 있을 텐가.

그저 곧 죽을 목숨에 지나지 않겠다.

"흐으, 흐으……."

사내는 연신 숨을 몰아쉬다가, 눈꺼풀을 느릿하게 밀어 올렸다.

콰르르, 흐르는 물소리가 갈수록 세차게 울렸다. 내뱉는 자신의 숨소리조차 멀게 들렸다.

흐린 하늘 사이로 먼 햇빛이 잠시 눈가에 들어왔다.

"흐하, 흐하하. 이대로 죽는가. 민강의 용이, 민강에서 죽는구나. 그럴듯해, 그럴 듯……."

기운 없는 웃음소리가 맴돌다가, 그대로 흩어졌다. 이제 포기나 다름없었다. 아득바득 버티고, 또 버티었지만, 더는 안 되겠다.

사내의 헐떡거림은 점점 잦아들었다.

팔다리가 축 늘어졌다. 초점이 흐린 눈동자를 하얗게 까뒤집으면서, 당장 정신을 놓을 참이었다. 불현듯 뗏목이 위아래로 들썩거렸다. 서슬에 철썩, 물결이 튀어 올랐다.

자신의 입으로 민강의 용이라 하던 사내는 아득해지는 가운데에도 변화를 감지했다. 무거워지는 눈꺼풀을 겨우 밀어 올렸다.

"으, 으응?"

흐린 햇빛 아래에, 시커먼 그림자 둘이 있었다. 어떻게 뗏목까지 들어섰는지 알 수는 없었지만, 그들은 자신을 빤히 내려다보고 있었다.

전혀 현실로 느껴지지 않았다. 흐린 눈으로 과연 무엇을 분간할 수가 있을까.

"뭐냐? 저승사자냐? 크크크, 그래. 거두어 가라. 다 거두어 가."

사내는 다시 고개를 뒤로 젖혔다. 흐으, 힘없는 숨이 마냥 헛되이 맴돌았다. 그러자 그림자 중 하나가 어이없다는 듯이 험한 말을 내뱉었다.

"뭐라는 거야? 미친 구렁이."

미친 구렁이라니.

사내는 흠칫 눈을 다시 치떴다. 없는 힘이라도 고개를 억지로 세웠다. 그림자의 얼굴을 겨우 올려다보았다. 그러자 한 그림자가 허리를 푹 숙여서는 사내와 얼굴을 딱 마주했다.

사내는 연신 눈을 깜빡거렸다.

찌푸린 얼굴이 영 모르는 낯이 아니다.

"어, 어억!"

"구렁이, 꼬락서니 한번 보기 좋네."

"역시…… 내가 죽었구나. 언제 죽었는지도 모르고 죽었구나. 어흐흐흑……."

사내는 앞뒤 없이 닭똥같이 굵은 눈물을 뚝뚝 떨구기 시작했다.

아예 죽었구나라니.

그림자는 어이없어서 혀를 찼다.

"아니, 이 구렁이 새끼가."

픽!

꺼억!

허리를 세우는 것과 동시에 냅다 발길질이다. 날린 발끝에 구렁이라고 불린 사내의 얼굴이 걸렸다.

툭툭, 가벼운 손놀림에 흐르는 피가 딱 멈췄다.

사내의 단단한 몸은 실로 엉망이었다. 내장이 크게 흔들렸고, 칼자국이 없는 자리가 없었다. 손을 쓴 상대가 하나, 둘이 아니었다.

지독하게도 당했다.

소명이 거침없이 손을 써서 지혈했고, 풍양자가 약을 썼다. 고약을 덧바르고서 휘휘 붕대를 감아두었다. 그러다 보니 온몸이 붕대로 휘감은 꼴이었다.

입가에 핏물이 흥건하기는 했지만, 그래도 죽지는 않을 모양이다.

소명과 풍양자가 서둘러 손을 쓴 것도 있었지만, 당가에서 챙겨준 약의 효능도 상당했다.

소명은 붕대 매듭을 마무리하고서 허리를 세웠다.

"실로 고약하게도 당했구만."

"작정하고 놀려 먹은 셈인걸. 이놈아, 꼴 좋다."

풍양자는 한소리 하면서, 사내의 뒤통수를 호되게 후려쳤다.

"아이고, 그만 좀 때리쇼!"

사내는 억울하여서 그만 소리를 높였다. 그러나 한 대 맞고 말 것을 한 대 더 맞을 뿐이다.

"이게 뭘 잘했다고!"

풍양자는 흐트러진 사내의 머리를 거듭 후려쳤다.

아이고, 아야, 앓는 소리만 흘렀다. 버둥거릴 수도 없었고, 그럴 기운도 없었다.

풍양자한테는 구렁이라고 불리지만, 그래도 민강 일대를 한껏 아우르는 수적의 두목이다.

민강어룡(岷江魚龍)이라는 별호로, 민강제일이라는 어룡채(魚龍寨)를 당당히 이끌었다. 그러면서 여기 풍양자에게는 수시로 돈을 뜯기는 처지이기도 했다.

풍양자는 종종 어룡채로 들이닥쳐서는 이것저것 잘도 챙겨갔다. 처음에는 청성파 도사라고 하면 어디 칼날이 안 든다더냐 하면서 대들었지만, 바람에 휩쓸려서 쉼 없이 쥐어박힌 이후에는 그냥 포기한 처지였다.

참으로 훌륭한 사이라고 할 수 있다.

풍양자는 에잉, 한 소리만 흘렸다. 그리고 몸을 돌렸다. 소명이 흐르는 물결에 대충 손을 씻고서 자리에서 일어났다.

"그래서 어쩌다가 이 꼴이시오?"

"에고고, 음. 댁은 뉘슈?"

"소림 속가, 소명이오. 그보다 누구에게 당하셨소?"

"에헤, 소림사의 속가이시라. 왜, 누구인지 알면?"

"글쎄, 딱히 달라질 건 없겠지."

소명은 젖은 손을 탁탁 털었다. 사뭇 비아냥에 가까운

되물음이었지만, 소명은 딱히 마음 쓰지 않았다. 그저 뗏목에 편히 앉아서는 싱긋 웃었다.

웃는 눈길에 사내, 두홍은 괜히 머쓱하여서 고개를 돌렸다.

"도사, 소림 속가라는 저치는 또 뭐요?"

"뭐기는, 네놈의 가벼운 목숨을 구해 준 은인이시지."

"은인?"

뜬금없는 소리다 싶어서, 두홍은 목을 다시 세웠다. 뻣뻣하여서 뒷목에 힘이 잔뜩 들어갔다. 두홍은 그렇게 찌푸린 눈으로 소명과 풍양자를 번갈아 돌아보았다.

도무지 영문을 모르겠다.

"네놈이 어디에 뻗어 있는 건지 알기나 하냐?"

"뭐, 어디긴 어디야. 민강이지."

"으이그, 미련한 놈. 쯧쯧."

풍양자는 한심하다는 투로, 혀를 찼다.

민강이 어디 산동네를 타고 흐르는 실개천이라도 된다든가. 저 멀리서 까마득하게 떠내려가는 민강어룡의 모습을 먼저 발견하고, 물길을 박찬 것이 바로 소명이다.

풍양자의 한 소리를 듣고서야, 두홍은 '어매야.' 놀란 눈으로 단춧구멍 같은 눈동자를 연신 끔뻑거렸다.

가만 생각하니, 풍양자와 동시에 뗏목 위로 내려서지 않았던가. 소림 속가라고 마냥 쉽게 생각할 사람이 아니라는 것이다.

"헤, 헤헤. 헤헤헤."

두홍은 이제야 눈치가 보여서 머쓱한 웃음을 쥐어짰다. 그러면서 소명의 눈치를 살폈다. 차마 대놓고 돌아볼 수는 없어서, 곁눈질로 살짝이었다.

소명은 자신을 보면서 피식 웃고 있었다. 그 웃음에는 사뭇 짓궂은 기색이 딱 어려 있었다. 풍양자가 자신에게 수작질을 벌일 때와 크게 다르지 않았다.

'아이쿠야, 젠장!'

탄식이 절로 맴돌았다.

저 풍양자와 같이 있다. 그것만으로도 배배 꼬인 성질머리가 조금도 덜하지는 않을 터이다.

소명은 곧 앞으로 몸을 기울이고서, 두홍에게 다시 물었다.

"이 사람이야 어떻든, 다시 들어나 봅시다. 어떻게 된 일이요. 여기 가짜 도사 녀석 말로는 그래도 민강 일대에서는 알아주는 채주라고 하던데."

"헤헤, 알아주지요. 아무렴요. 그런데. 홍천교. 그 미친 마구니들한테는 다른 수가 없더이다. 아주 득달같이 달려들어서……."

솔직한 말로 굳이 감출 것도 없다. 두홍은 눈을 내리깔고 한결 온순해진 태도로 입을 열었다.

　민강 주변으로는 이래저래 생겼다가 없어지는 수채가 참으로 여럿이었다. 흐르는 굽이진 물길이 복잡할 뿐만 아니라, 오가는 물류가 원체 방대하였으니.

　민강을 제압하면, 실제 사천 일대의 주요한 길목을 틀어막는 것이나 다름없었다. 서에서 동으로 흘러가는 장대한 장강의 물결 속에서도 유독 부침이 심한 곳이 바로 민강의 물길이었다.

　그런 민강에서도 대를 이어가며 자리를 유지하는 곳이 바로 어룡채였다. 전통 있는 수채라는 말이 우습겠지만, 오대를 이어오면서 백 수십 년 동안 민강의 물길을 장악하고 있었다.

　그것이 가능한 것은 지닌 무력은 물론이거니와, 수적 무리에게 어울리지 않겠지만, 상당한 인망을 지니고 있기 때문이었다.

　한마디로 적당히 털어먹고, 적당히 나누어 먹으며, 섣부른 원한을 쌓지 않았다는 말이다. 그런즉, 어룡채는 천하를 가로지르는 장대한 장강의 물결을 아우르는 장강의 수적들, 장강수로십팔채(長江水路十八寨)에서 한시도 빠진적이 없는 대채(大寨)였다.

그리고 당대의 어룡채주는 민강의 어룡이라고 자처하는 두홍이었다.

타고난 무재가 상당하여서, 일개 수채의 두령이라고 볼 수 없는 무공을 지녔고, 정도를 알아서 수채를 이끌어가는 데에 과함이 없었다.

민강일대를 따라서 숨은 수채가 크고 작은 것이 대여섯에 이르는데, 그중에서 두홍의 눈을 벗어나서 오래 버티는 수채는 감히 없었다.

이렇고 저렇고 험한 꼴을 여럿 보기는 했지만, 어룡채는 민강일대를 좌지우지하는 수채였다.

풍양자도 오죽하면, 수시로 들이닥쳐서 이들 창고를 털어가거나, 두홍을 비롯한 수채의 소두목들에게 손을 써놓기는 할지언정, 아예 수채를 무너뜨리지는 않았다.

그런 어룡채라도, 홍천교의 미친 짓거리 앞에서는 도리가 없었다.

오래 버티었다고 볼 수도 있었다.

민강일대에 드문드문한 수채 열 몇이 일거에 무너지고, 죄 끌려가서 그것들이 말하는 정화의식인지, 뭔지로 아주 참담한 꼴을 당하였다.

끝끝내 버티어냈건만.

"하루, 쳇, 하루가 다 뭐랍니까. 들이닥치고 한 시진도 못 버텼습니다."

"네놈이라면 어찌 채비해 놓았을 것 아니냐."

"이를 말입니까. 아주 단단히 준비해 놓았지요. 걸리기만 하면 아주 끝장이 나는 함정을 물샐 틈 없이 잔뜩 깔아 놓았는데."

두홍은 잠시 말을 멈췄다. 울컥하고 치미는 것이 있어서, 입술을 아프도록 질끈 물었다.

"뭐냐?"

"신도랍시고, 정신 나간 백성을 마구 밀어 넣더군요."

두홍은 퀭한 눈으로, 쓸쓸함을 가득 담아서 중얼거렸다.

자신도 도적 중의 도적으로, 어지간한 험한 짓거리에 눈살 한 번 찌푸리지 않는다.

민강 수적의 잔인한 짓거리는 수적 사이에서나 벌일 뿐이었다. 그러나 홍천교라는 것들이 벌이는 짓거리는 자신이 생각할 수 있는 정도가 전혀 아니었다.

아무것도 모르는 백성을 남녀노소 가리지 않고 홀려서, 함정에 끝도 없이 밀어 넣었다.

함정 구덩이를 사람 시신으로 가득 메워놓고서, 그제야 수채로 들이닥쳤다.

홍천교의 홍천병인지, 홍천사자인지 하는 것들보다, 그

렇게 몸 던지는 백성의 모습이 더욱 두려웠다.

두홍은 허흐흐, 앓는 것인지, 헛웃음인지 모를 기이한 소리를 흘렸다.

"이 빌어먹을 것들이 하는 짓거리가 영락없이 마교 놈들 꼴이구나."

풍양자도 화가 치밀어서 이를 악물었다.

"그래, 네놈을 그런 꼴로 만들어 놓은 놈은 또 누구냐?"

"어, 그, 그건……."

두홍은 멈칫했다. 하기야 자신을 모르는 풍양자가 아니었다. 아무리 험악한 처지에 몰렸어도 몸을 뺄 자신은 너끈했다.

그만한 능력과 준비가 있었다. 그런데 끝에는 온몸이 난자당한 채, 표류하는 뗏목 위에 버려지지 않았던가.

두홍은 머뭇거리다가 그만 눈을 내리깔았다. 선뜻 말을 꺼내기가 어려워서 입술을 잔뜩 말아물었다.

풍양자는 팔짱 끼고서 가만히 지켜보다가 혀를 찼다.

"뒤통수 맞았구만."

"젠장! 부채주, 그놈이!"

"부채주? 네놈 동생이잖아?"

"뭐, 친동생은 아니잖수."

풍양자가 거든 한 마디에, 두홍은 시무룩해서 대꾸했다.

민강의 어룡이라고 하지만, 속에는 구렁이가 한 댓마리가 잔뜩 들어가 있어서, 아는 사람은 풍양자처럼 미친 구렁이라고 부르기도 했다.

홍천교의 헛짓거리를 진즉 위험하게 보고서, 숨을 구석은 물론이거니와 도망할 길목까지 단단히 준비해 놓았을 터였다. 그런데 어찌 알고서, 와르르 몰려왔다.

그래도 두홍은 더 버틸 수 있었다.

제대로 뒤통수를 맞아버리기 전까지는.

교토삼굴(狡兔三窟)이라고 하는데, 구렁이 두홍은 아주 작정하고서 다섯 이상의 굴을 파놓았다. 그런 것이 한 번에 들려나갔다.

부채주가 뒤를 칠 줄이야.

부채주, 두송은 이미 홍천교에 귀의한 것인지, 붉은 놈들 사이에서 착 달라붙어 있었다. 그 꼴을 생각하면 사지에 기운이 들어가지 않는 지금에 생각해도 이가 갈렸다.

"제기, 덕분에 같이 자라온 육걸이 다 죽어버렸습니다. 저 하나 살려보겠다고. 그것들이, 그 욕심 많은 것들이 온몸을 던지더이다."

"쯧……."

육걸이면, 부채주 두송과 더불어서 풍양자도 면식이 있는 처지였다. 수채를 털 때에 꼭 마주치면 한 놈씩 호되게

쥐어박았으니까. 그런 것들이 모조리 죽었다고 하자, 풍양
자도 한숨이 흘렀다.

"에라이, 멍청한 놈."

"네에, 네에, 도장 말씀대로. 제가 멍청했습니다. 수채
고 나발이고, 때려치우고 물러나 있기라도 했으면…… 그
랬으면……."

"그래서, 수채는 어디요?"

"에? 어룡채 말씀이십니까?"

"상처를 보아하니, 일은 새벽에 벌어진 모양이고."

"그렇지요."

두홍은 천천히 고개를 주억거렸다. 소명은 긴 말없이 자
리에서 일어났다.

"수채를 먼저 들이닥치려고?"

"홍천교라는 것들, 면상 먼저 확인해 봐야지. 잘하면,
몇 놈은 남아 있지 않겠어?"

소명은 담담하게 말했다. 풍양자도 수긍하여 고개를 끄
덕였다. 그리고 두 사람은 아직 뻗어 있는 두홍을 빤히 돌
아보았다.

"뭐, 뭡니까?"

"뭐기는, 안내해야지. 네놈 수채잖아."

"엑? 아니, 지금 몸이."

"에헤이, 안 죽어. 안 죽어. 누가 네놈보고 싸우라고 하더냐?"

그런 문제가 아닐 텐데. 풍양자는 별걱정을 다 한다는 듯이 휘휘 손을 내저었다.

어룡채, 아니 정확하게는 두홍이 따로 마련해 놓은 안가 (安家)였다. 안가는 두홍을 구해낸 민강의 물길에서 그리 멀지 않았다.

치열한 도주였지만, 같은 자리를 맴돌았던 까닭이다.

꼬박 한밤을 쫓겼음에도 물길을 거스르면서 다시 오르자, 채 두 시진도 못되어서 닿았다. 뭍에 이르러서는 도리 없이, 뗏목에서 내려 걸을 수밖에 없었다.

두홍은 한 걸음 옮기기가 힘겨운 처지였다. 부상이 상당하지 않은가. 하지만 소명과 풍양자는 두홍의 사정을 크게 봐주지 않았다.

등 떠밀지 않은 것만도 고맙다고 해야 할지.

삿대로 삼았던 장대에 의지하여서는 두홍은 낑낑거리면서 걸음을 옮겼다. 그렇게 안가에 다시 닿을 수 있었다. 실로 용케 다시 걸었다.

안가로 드는 길목은 전부 불타서 굳이 찾을 필요도 없었다. 사방에 불을 놓은 흔적이 역력했다.

안가가 있는 곳은 무성한 수풀, 울울창창한 대나무 숲 사이로 자리 잡은 구릉이었다. 그곳 일대가 까맣게 타들어가 있었다. 그런데 기이한 것은 한 줌의 연기도 보이지 않았다.

"불을 놓고, 불씨를 다잡을 정도로 정성을 다했다는 말인가? 시체를 이렇게 널어놓고서?"

풍양자는 의아함 섞인 한마디를 툭 던졌다. 까맣게 탄 것은 분명한데, 한참 오래전에 불이 났던 것처럼 온기는 물론이고 약간의 불씨조차 없었다.

산에서 일어난 불길이었다. 불씨를 다잡는 것이 그렇게 쉬울 리가 없었다.

풍양자는 찌푸린 눈으로 소명을 돌아보았다. 소명도 주변의 탄 흔적을 가만히 쓸어내렸다. 손끝에 검댕이 묻어나왔다.

두홍은 겉이 까맣게 탄 대나무 등치에 몸을 기대고서 씩씩 숨을 몰아쉬었다.

몸이 힘들어서만이 아니었다.

두홍은 형편없이 얼굴을 일그러뜨렸다. 안가는 청죽으로 울타리를 세우고, 그 안쪽으로 죽옥(竹屋)을 지었다. 얼핏 보아서는 죽옥이나, 터가 있으리라고 생각할 수 없었다. 그렇게 공들여 숨겨놓았던 곳이지만, 안가를 감추었던 수풀과 대나무가 온통 검게 타고 짓밟혔다. 그리고 앞에는 수많은 시체가 까맣게 탄 채 널브러져 있었다.

풍양자의 말마따나, 시체를 아무렇게나 널어놓은 셈이었다.

저 시체 중에서, 두홍이 공들이지 않은 녀석이 없었다. 어룡채의 주력이면서, 또한 형제들이었다.

"에효."

두홍은 백 근의 한숨을 탁 토해냈다. 그리고 미끄러지듯이 주저앉았다. 붕대로 칭칭 감아놓은 손을 들어서, 얼굴을 덥석 움켜쥐었다.

열 손가락에 힘이 잔뜩 들어갔다.

소명과 풍양자는 엉망이 된 안가 주변을 찬찬히 둘러보았다. 불길이 사방을 휩쓸었다. 안가를 에워싸고 있는 죽림은 까맣게 타버렸고, 울타리도 전부 불타서 내려앉았다. 그런데 정작 죽옥은 그대로였다.

"평범한 불길이 아니야."

"나무 속에서 치솟았지. 따로 불을 낸 게 아니란 말이지."

소명과 풍양자는 처참한 모습의 시체보다는 주변을 까맣게 태운 흔적에 집중했다.

"화염산주에 비하면 애들 수준이지만, 다른 것 없이 불길을 일으켰어. 그 산채에서 봤던 것처럼, 오혈족이 움직였을 수도 있겠는데."

"홍혈족이 부리는 홍염이 꽤 번거롭기는 하지."

소명은 부정하지 않고 고개를 끄덕였다. 이름도 모르고, 앞으로도 알고 싶지 않지만, 산채의 깊은 동혈에서 마주하였던 요녀는 분명히 성마의 오대혈족 중 하나가 분명했다.

시뻘건 불길을 마치 날개처럼 드리우고서, 상대를 태워 버리려 한다. 홍염익. 그러나 분노한 청풍의 검기에는 속절없이 흩어져버렸다.

대성하였거나, 직계의 홍염이라면 그렇게 쉽게 되지는 않았을 것이다.

"구렁이. 무리 중에 불을 다루는 자가 있었던가?"

"불을 다뤄요?"

두홍은 축 늘어져 있다가, 퍼뜩 고개를 들었다.

축 늘어진 눈꼬리가 흔들렸다. 싫은 기억이지만, 다시 되짚었다. 그러나 두홍은 고개를 가로저었다.

"불길이 절로 일어나기는 했지만, 딱히 불을 부리는 사람은 보지 못했습니다."

"그래?"

"그럼, 밖에서 따로 손을 썼다든가?"

"그럴 수도 있겠네. 거리가 상당하다면, 그만큼 직계에 가깝다는 소리일 텐데."

풍양자는 소명이 하는 말에 공감하여서 고개를 끄덕였다. 홍혈족의 직계라면, 꽤 골치 아픈 일이다. 오대혈족의 직계는 어지간하여서는 성산, 천산정을 벗어나지 않는다. 그곳에서 성마를 추존하는 것이 유일한 삶의 이유이기 때문이었다. 그들은 따로 현사의 지시도 받지 않는 등, 성마교 안에서도 독특한 위치에 있었다.

뭐라 하여도, 성마에게 직접 이능을 하사받아서 가문 대대로 이어오는 곳이기 때문이다.

홍혈족이 이렇게 나섰다는 것부터 쉽지 않은 일이었고, 성마교에서 남다른 속셈이 있다는 뜻이나 다름없었다. 풍양자는 슬쩍 허리를 세웠다.

가슴이 문득 답답했다.

뒷짐을 진 채, 안가를 찬찬히 거닐었다. 죽옥에는 본래 이것저것을 잔뜩 챙겨놓았던 모양이지만, 싹 비워 가서 아무것도 없었다.

소명은 풍양자를 잠시 지켜보다가 곧 걸음을 옮겼다. 안가에 드는 다른 길목을 확인하고자 함이지만, 한편으로는 풍양자와 두홍, 두 사람이 각자 속을 달랠 시간이 필요하기 때문이었다.

소명은 무성한 수풀을 밟으면서 조용히 주변을 배회했다. 그리고 걸어갈수록 얼굴이 딱딱하게 굳어갔다. 드러낸 눈매가 한없이 일그러졌다.

이쪽으로 무리하게 몰려든 모양이었다.

보보(步步)마다 죽은 이가 부지기수였다.

어찌 헤아리기도 어렵다. 대부분은 멍하니 눈을 뜬 채, 각종 함정에 빠져 죽었다. 이들을 위한 함정이 아니었을 텐데. 두홍이 진저리치던 것을 이해할 수 있었다.

이들은 홍천교의 교도나 군세가 아니었다. 저들의 무자비한 짓거리에 죽어나간 자들이다. 남녀노소가 따로 없었다. 일대에 백성을 마구잡이로 끌고 와서 이렇게 희생을 시켰다.

참담한 작자들이다. 대관절 무엇을 위해, 무엇을 노리고 이런 짓을 한단 말인가.

소명은 눈을 감았다. 비록 출가한 몸은 아니라지만, 이럴 때에 읊어줄 경문 한 줄 모른다는 것이 안타깝다. 그저 아미타불이나 속절없이 우물거릴 뿐이다.

"망할 것들."

소명은 덥석 입술을 깨물었다. 가슴 깊은 곳에서부터 뜨거운 분노가 새삼 일었다.

마동은 그렇다고 하지만, 요녀는 너무 쉽게 처리한 것이 아닌가. 뒤늦게 그런 생각이 들 정도였다.

그렇게 느릿느릿 걸었다.

어디를 둘러볼 것도 없었다. 작은 야산의 요소요소에 함정을 세밀하게 준비해 놓은 것도 어지간한 일이지만, 그것을 따로 해체하기보다는 무작정 백성을 밀어붙여 파훼한 자들에 대해서 본능적인 분노가 맺혔다.

결국, 제일 잔인한 것은 사람이더라.

소명은 고개를 흔들었다. 아무것도 모르는 백성이, 수많은 민초가 내몰려서 흡사 버려진 것처럼 죽어 있다. 달리 무슨 생각을 할 수 있겠는가.

결국, 마도라고 하는 것들, 사교라고 하는 것들은 죄 똑같은 것들이라.

소명은 주먹을 가만히 쥐었다가 펴기를 반복했다.

드넓은 천하, 다른 하늘 아래에서 또 이런 짓을 하고 있다는 사실이, 불길 속으로 끊임없이 기름을 끼얹어대는 것처럼 가슴 속을 더욱 뜨겁게 불태웠다.

소명은 불현듯 걸음을 멈췄다. 고개가 한쪽으로 홱 돌아갔다.

눈매가 한껏 일그러졌다.

잘못 감지한 것일까. 아니, 그럴 리가 없다. 소명은 즉각 땅을 박찼다. 무성한 수풀을 헤치고 내달렸다. 그리고 움푹 내려앉은 구덩이 앞에서 딱 멈췄다.

구덩이 속에는 뾰족한 나뭇가지를 빼곡하게 세워놓았고, 그 위에는 여럿의 시신이 쌓여 있었다. 그런데 소리는 저기 아래에서 나고 있다.

"으, 으으, 으으."

사람의 입에서 흐르는 신음이다. 속절없어, 당장에라도 끊어질 듯하다. 소명은 사뿐히 바닥으로 내려섰다. 미처 건드리지 못하였는지, 다른 함정이 왈칵 솟구쳤다.

진흙 속에 숨은 대나무였다. 대나무가 한껏 휘어져 있다가, 맹렬히 튀어 올랐다. 얼굴을 후려칠 기세였지만, 소명은 그냥 손으로 못을 박아둔 대나무를 간단히 그러쥐었다. 힘 한 번 쓰는 것으로 대나무는 바로 산산조각이 나서 흩어졌다.

소명은 들리는 신음을 향해서 다가갔다.

"하, 이런."

바닥에 널브러져 있는 것은 아주 어린 아이였다. 작은 덩치 덕분이랄까. 바닥에 세워 둔 나무 창 사이로 뚝 떨어져서 꿰뚫린 것은 피할 수 있었지만, 바닥에 뚝 떨어지고, 위에서 덮치는 다른 사람의 무게에 깔려서 힘겨운 처지였다.

소명은 손을 썼다. 아이의 몸을 뒤덮은 시체를 밀어내고, 아이를 조심스럽게 안아 들었다.

아이는 정신을 차리지 못했다. 고통에 찬 신음만 계속해서 흘렀다. 소명은 아이를 안고서 구덩이를 벗어났다. 넝마 걸친 아이의 모습은 그저 안쓰러울 뿐이었다.

아이는 위험한 상태였다. 높은 곳에서 뚝 떨어지고, 제 몸의 몇 배나 되는 어른들에게 무참하게 짓눌린 것도 있었지만, 아이의 원래 상태가 좋지 않았다.

몇 날이고 먹지를 못한 것처럼 비쩍 말라 있었다.

넝마 꼴인 옷을 가만히 살피면, 제법 부유한 집의 자제로 보였다. 그러나 무슨 사정인지는 이제 절대 알 수가 없게 되었다.

아이는 꼬박 앓다가 결국 돌아오지 못했다.

눈조차 뜨지 못했다. 조금만 빨리 발견했으면 달랐을까. 아니, 모를 일이다.

소명은 죽어서야 평온해진 아이의 얼굴을 물끄러미 내려다보았다.

"이봐, 권야."

"열 받는군. 정말 홍천교인지, 성마교인지, 어느 놈 할 것 없이 마음에 들지 않아."

소명은 아이의 야윈 손가락을 조심스럽게 그러쥔 채, 중얼거렸다. 조금의 기세도 일어나지 않았다. 행여나 아이의 영면을 방해라도 할까, 소명은 자신을 꼭 붙잡고서 서늘한 한 마디를 흘렸다. 풍양자는 묵묵히 고개를 끄덕였다.

아주 솔직한 마음을 받아들이면서, 소명을 몸을 돌렸다.

"사람 아닌 짓을 하고서, 사람처럼 살기를 구구히 바라지 마라."

＊　　　＊　　　＊

밤하늘이 어둡다. 너른 터에는 사방으로 불길을 환히 밝혀놓았고, 수백, 기천에 이르는 군막이 줄지었다. 상당한 규모의 군영이었다.

한복판에 붉은 깃발이 높이서 펄럭거렸다. 다른 문양은 없이, 그저 붉게 물들인 긴 삼각기였다.

깃발이 펄럭일 때마다 불길한 기운이 사방으로 퍼지는 듯했다. 그저 피로 물들인 것처럼 검붉은 깃발이었다. 그리고 아래로 큼직한 군막이 자리했다.

군막 안에서는 불을 환하게 밝혀 놓았다. 여럿의 그림자가 두꺼운 군막에 비추어서 어른거렸다.

군막의 가장 안쪽에는 단을 마련하여서, 붉게 칠한 불상을 놓았고, 좌우로는 굵은 황촉이 타올랐다. 그리고 홍불상 앞에는 붉은 전포(戰袍)를 뒤로 늘어뜨린 초로의 사내가 의자에 앉아 있었다.

그는 사뭇 위엄이라도 드러내려는 듯이 수염이 뾰족한 턱을 잔뜩 치켜들었다. 그리고 직각의 긴 탁자 좌우로, 멀끔한 모습을 한 자들이 줄지어 섰다.

상석의 초로인은 물론, 군막 안에 있는 모두가 갑주를 잘 갖추고 있었다. 차림새는 마치 백전(百戰)의 정병이라도 되는 양 단단한 모습이었다.

그러나 솔직한 말로 군막 안에 있는 자들은 죄 제각각이었다. 좋게 말하려 해도, 어중이떠중이에 지나지 않았다. 차림만 그럴듯하게 군문의 적정을 갖추었을 뿐이었다.

홍천교의 군세, 적로일천군의 수뇌들이다.

상석에 앉은 자는 홍천교의 일곱 사령, 칠대사령(七大司令) 중 여섯 번째로 육사령이라는 자였다.

초로인은 갑주나 전포부터가 어색했다.

좌우로 늘어선 자들은 적로사자들이다. 자리한 모습도 엉거주춤하고 방만하여서, 군막이라고 하는 장소와는 전혀 어울리지 않았다.

"이것으로 민강 일대의 수적 패는 모조리 정리한 셈입니다."

적로사자 가운데 하나가 사뭇 예의를 차리면서 보고를 마쳤다.

앞에 놓은 탁자를 대부분 덮을 정도로 큰 가죽 지도에는 민강의 흐름이 그려져 있었고, 강을 따라서 곳곳에 붉은 표시가 새겨져 있었다.

"흠, 민강어룡. 그놈을 놓친 것이 못내 걸리기는 하네만."

육사령은 헛기침과 함께 듬성한 수염을 쓸어내렸다.

억지로 위엄을 꾸며대는 모습이었다. 그러면서 가는 눈
초리로 늘어선 사자들 가운데에 혼자 다른 차림새인 한 사
내를 흘깃 보았다.

사내는 갑주가 아니라, 표범 가죽을 어깨에 두르고서,
사뭇 험한 얼굴을 하고 있었다. 그는 자신을 보는 눈초리
에 냉큼 나서서 고개를 조아렸다.

"예, 육사령."

"그래, 자네는 어찌 생각하나?"

"비록 시체를 손에 넣지는 못하였지만, 목숨 부지하기는
글렀습니다. 제대로 손을 써 났으니. 지금쯤이면 분명 어
딘가에 잠겨서는 물고기 밥이 되었을 겁니다."

사내는 다른 사자들보다 머리 하나는 더 컸고, 무엇보다
위험한 냄새가 물씬 풍겼다. 조용히 웃고 있다지만, 살기
와 피 냄새가 잔뜩 고여 있었다.

좌중 모두가 그를 거북하게 여겨서 미미하게나마 거리를
두고 있었다. 사내는 예의를 차린다고 정중한 모습이었으
나, 입가에는 잔인한 미소가 절로 어렸다.

그는 자신에게 집중한 눈길을 의식하고서 웃음을 거두었
다. 그래도 자신에 찬 기색은 또렷했다.

"그놈을 급습할 적에, 육사령께서 내려주신 기물을 사용

하였지요. 결코, 살아남을 수 없을 겁니다."

"오호, 그렇게 손을 써놓았나?"

"신임 천병이…… 참으로 걸물이로군."

좌우에서, 열다섯 사자가 호응하여서 웃음을 흘렸다. 언 뜻 보기에는 사내의 당당함을 칭찬하는 것처럼 보였다. 그 러나 고개를 돌리는 순간에 바로 얼굴색이 돌변했다.

'어디 저런 근본 없는 놈이……'

'저런 수적의 배신자 놈까지 거두어야 한단 말이오?'

소리 내어서 말하는 자는 없었지만, 눈빛은 그렇게 험한 뜻을 주고받았다. 나선 자는 바로 어룡채의 부채주인 두송 이었다.

전대 어룡채주의 수양아들로, 민강어룡과는 당당한 형 제로 알려졌다. 그러나 두송은 거리낌 없이 홍천교에 귀의 하여서 형제의 뒤를 쳤다.

조금의 고민도 없었다. 어차피 누구의 아래에 있을 것이 면, 더 나은 쪽에게 붙는 것이 당연한 일 아닌가. 두송은 떳떳했다.

그러나 다른 자들에게 두송은 하찮은 도적에 불과했다.

아무리 홍천교의 적기 아래에 같이 있다지만, 결코 좋게 볼 수는 없는 일이다. 그런데 두송은 한술 더 떠서 어떻게 손을 썼는지를 자랑한다.

다들 어색함에 웃기만 웃었다.

영 마뜩잖은 상황이지만, 당면한 과제 중에서 제일 골치 아픈 일, 바로 끈덕지게 반항하던 민강의 수적 떼를 모조리 소탕했다.

이것으로 대사령을 볼 낯이 생긴 셈이다.

비록 두송이라는 뱀 한 마리가 거슬리기는 해도, 이에 비하면 별일이 아니다.

적로일천군의 수장인 육사령은 고희가 멀지 않은 나이라고 하지만, 셋으로 나뉘어 있는 적로군 장수 중에서도 가장 공을 탐했다.

그렇지 않아도 육사령은 민강의 수적 따위라고 가볍게 여겼다가, 위에서 내려준 공물(供物)을 크게 잃어서 짐짓 난처했던 참이었다.

이런 때에 두송이 귀의하여서 나름대로 활로를 열어준 셈이라서, 육사령은 두송을 쉽게 여길 수가 없었다.

'흐음.'

일단은 두고 볼 일.

두송은 육사령의 의심 담은 눈빛을 미처 보지 못하고, 나름대로 엄정한 모습으로 고개를 숙였다.

"좋다. 늦은 감이 없지 않으나. 민강 수적 놈들도 다 정리하였으니. 이제 일천군은 성도로 바로 나아갈 것이다.

이천군, 삼천군 놈들에게 뒤질 수야 없지."

"네, 육사령!"

참으로 기다리던 말이었다.

성도를 도모한다는 것, 그것은 참 대담한 일이고, 돌이킬 수 없는 일이다. 그 자체로 일성(一省)을 노린다는 것으로, 이미 무림 간의 분쟁이라고 할 수가 없다.

그러나 불리한 소리를 하는 자는 아무도 없었다.

규모 있는 중앙 군막 안이 공명심으로 서서히 달아올랐다. 성도로 향하는 진로를 정하겠다고 머리를 맞대어가면서 떠들어댔다.

적로일천군 수뇌라는 자들이 망상에 빠져 있을 때에, 야음을 틈타서 그림자 몇이 군영을 향해서 조심히 다가섰다.

다해도 채 열이 되지 않는 자들이다. 얼굴 감춘 그들은 복면 사이로 눈빛을 빛냈다.

군영의 기본은 갖춘 모양인지, 경계를 서는 홍천병이 여럿이었다. 홍천병은 창을 앞세우고서 느릿하게 주변을 둘러보았다. 다른 손에 든 횃불이 화르륵 흔들렸다.

불빛에 납작 엎드렸던 자들이 다시금 고개를 들었다.

'독이다.'

선두에 있던 자가 뒤를 향해서 손짓으로 뜻을 전했다.

그러자 늘어선 몇몇은 고개를 한 번 끄덕였다. 그리고 선두가 다시 손을 썼다. 소매를 살짝 걷어서 좌우로 뭔가를 뿌렸다. 다른 변화는 없었지만, 손을 쓴 선두는 변화를 바로 감지했다.

곧 앞으로 움직였다.

엎드린 것이나 다름없었지만, 그들은 빠르게 나아갔다. 불편한 자세에서도 남들 걷는 것만큼이나 어려움이 없었다.

군영 외곽에 따로 마련한 울타리를 스며들 듯이 조용히 파고들었다. 내부에 들어서는 것과 동시에, 그림자들은 좌우로 조용히 흩어졌다.

다만, 선두의 그림자, 그는 홀로 정면으로 파고들었다.

경계를 오가는 홍천병이 여럿이라서 나름 신중한 보보였다. 제압하고자 하면 눈 깜빡할 새에 제압할 수도 있겠지만, 거미줄처럼 뒤엉켜 있는 경계망이었다.

자칫 실수하였다가는 돌이킬 수 없는 일이 벌어진다.

그것을 알기에, 그림자는 빠르게 몸을 숨겨가면서 군영의 가장 깊숙한 곳으로 파고들었다.

군영의 한복판, 홍천교의 붉은 깃발을 높이 세운 군막에 이르러서야 멈춰 섰다. 군막 사이의 그림자 속으로 스며들다시피 하였다.

그러나 더는 그런 식으로 다가갈 수는 없었다.

외부인의 접근을 사전에 알아챌 수 있도록, 상당한 거리를 두고서 군막을 따로 설치한 까닭이었다. 그러면서 네 곳에 따로 불길을 놓아 대낮처럼 환하게 주변을 밝혔다.

에워싼 홍천병의 기색도 사뭇 엄중하기 이를 데 없었다.

'흐음……'

그림자는 눈을 깜빡였다. 그래서 여기서는 다른 도움이 필요한 것이다.

어둠 속에 몸을 숨긴 채, 잠시 기다렸다. 사전에 약속한 바를 기다리는 것이다. 기다림은 그렇게 오래 걸리지 않았다. 문득 외곽에서부터 어수선한 소리가 들려왔다.

그러고는 급박한 소리가 터져 나왔다.

땡! 땡! 땡!

경계를 알리는 징소리가 어지럽게 터졌다. 그는 그림자 속에서 고개를 돌렸다. 눈매가 문득 호선을 그렸다. 군영의 외곽을 따라서 불길이 높이 솟구쳤다.

화르륵! 일어나는 불길은 빠르게 번져 가면서 군영을 온통 에워쌌다.

"불이다! 불!"

"불이야!"

다급한 외침이 연이어 터졌다. 여러 군막이 무너질 것처럼 뒤흔들리면서 홍천교의 병졸들이 제대로 옷가지를 갖추

지도 못한 채 튀어나왔다. 이내 중앙의 군막에서도 여럿이
서둘러 달려나왔다.

"뭐냐! 무슨 일이야?"

적로일천군을 이끄는 뭇 사자들이다. 그들은 번쩍번쩍
한 갑주를 흔들면서 주변을 연신 둘러보았다.

"이런, 빌어먹을! 뭣들 하는 거냐! 당장 불길을 잡지 않
고!"

"예, 사자!"

성난 외침에 군막을 지키던 병사들이 고개를 조아렸다.
헐레벌떡 달려가려는 찰나인데. 별안간 군막 속에서 버럭
큰 소리가 터졌다.

"잠깐!"

"아니, 육사령. 어찌……."

붉은 전포를 끌면서 육사령이 느리게 나섰다. 그 자신은
갑주와는 어울리지 않는 노구였으나, 그 또한 고도의 공력
을 지닌 노고수, 마냥 늙은 간신은 아니었다.

육사령이 발하는 스산한 기파를 목격하고서, 두송은 흠
칫 어깨를 움츠렸다.

'그냥 귀만 얇은 노인네가 아니구나.'

"여봐, 두송 천병."

"예, 군장!"

"어찌 생각하는가?"

"반도 놈들의 방화가 틀림없습니다."

"그렇지."

두송은 냉큼 말을 받았다. 아주 충실한 수족처럼 정중한 모습이다.

육사령은 고개를 끄덕였다.

그 모습에 다른 사자들 눈초리가 영 곱지 않았다. 그래도 지금 뭐라고 말을 꺼낼 사람은 없었다. 공과를 다툴 때가 아니지 않은가. 따로 손을 쓴 모양인지, 여기저기서 당황한 소리가 터지면서도 불길이 빠르게 퍼져갔다.

육사령은 눈을 가늘게 떴다. 붉게 퍼져가는 불길이 기이할 정도로 빨랐다. 검은 연기가 매캐하게 솟구쳤다. 밤하늘 사이로 오르는 검은 연기를 물끄러미 보다가, 육사령은 이를 드러냈다.

"당가의 잔챙이들 짓이군."

"당가!"

사자들은 퍼뜩 눈을 크게 치떴다. 당가라면, 단순한 반도라고 할 수 없다. 그러자 육사령은 허허, 낮은 웃음을 흘렸다.

"고작 몇에 불과하다. 본가 놈들은 이쪽으로 오지도 못하였어. 기껏 창고나 지키던 녀석들이 전부야."

육사령은 지나가는 투로 말했지만, 놀라는 사자들을 꾸짖는 것이나 다름없었다. 그러고는 사자들로 하여금 직접 나서게 했다.

"본 사령은 정면으로 나서도록 하지."

"예, 육사령!"

육사령과 사자들이 군세를 다잡기 위해서, 분주하게 흩어졌다. 서두르는 그들 모습을, 한 쌍의 눈길이 어둠 속에서 가만히 지켜보고 있었다.

발소리가 멀어진 것을 확인하고서야 몸을 일으켰다.

온통 검게 물들인 야행복 차림으로, 흡사 어둠 속에서 불쑥 그림자가 솟아오르는 듯했다.

복면 사이로 언뜻 드러난 검은 눈은 흩어진 자리를 일별하고서, 바로 중앙의 군막으로 들어섰다.

복면인은 노랗게 밝힌 불빛을 받아서, 언뜻 가녀린 모습을 드러냈다. 사뭇 신중한 눈길로 군막 내부를 차차로 둘러보았다. 조용한 눈길이 한층 신중하다. 이내 눈빛이 한 곳에서 딱 멈췄다.

군막의 가장 안쪽에 마련한 신단이다. 홍천교에서 추존하는 홍불상, 홍천마라불이 흉한 모습을 불빛 사이에서 드러냈다.

붉게 칠한 불상은 언뜻 푸근한 모습을 머금고 있지만, 좌우로는 더없이 흉악한 얼굴을 같이 지니고 있었다. 보결을 맺은 손 뒤에는 또 다른 손이 있어서, 한 손에는 칼자루를 다른 손에는 창을 쥐었다.

복면인은 기괴한 불상 앞으로 지그시 다가섰다. 좌우에 밝혀놓은 불빛이 아른거려서 불상에 드리운 음영은 한층 불길하게만 보였다.

느리게 손을 뻗어 가는 찰나, 쫘악! 날카로운 소리와 함께 군막 한쪽이 갈라지면서, 번쩍이는 칼날이 들이닥쳤다. 대번에 복면인을 두 쪽으로 쪼갤 듯 흉험한 참격이다.

그림자는 즉각 손을 거두고서 빙글 몸을 돌렸다.

채 한 치도 남겨 두지 않았지만, 큰칼은 허공을 힘껏 갈랐다.

군막 사이로 뛰어든 것은 두송이었다.

두송은 제 키만 한 대도를 번쩍 치켜들었다. 솟은 도첨이 불빛을 받아서 붉게 빛났다.

"흐, 흐흐흐! 내 이럴 줄 알았지."

두송은 대도의 칼날을 위협적으로 들썩거렸다.

칼날만 석 자 다섯 치, 이른바 춘추대도(春秋大刀)라 불리는 큰 칼이다. 내민 칼날을 마주하지만, 복면인은 딱히 흔들리지 않았다.

복면 사이로 드러난 눈초리는 고요한 그대로였다.

"여기를 노릴 줄 알았지."

두송은 히죽 웃었다. 그림자는 딱히 반응하지 않았다. 부정도, 긍정도 않은 채, 옆으로 한 걸음 물러섰다. 두송은 허리를 구부정하게 낮추면서, 마치 독사의 혀 놀림처럼 칼날을 위협적으로 흔들었다.

칼날이 요동치면서 불빛이 날카롭게 번뜩였다. 문득 그림자의 입에서 탁한 목소리가 흘렀다.

"어룡채 반도, 두송이로구나."

"크……크크……."

복면 아래로 흐르는 탁한 목소리는, 쇠붙이가 스치듯이 걸걸하고 날카로웠다.

나이, 성별, 어느 것 하나 짐작할 수가 없는 목소리였다. 그러나 두송은 상대의 정체는 물론, 반도 운운하는 소리에도 딱히 동요하지 않았다.

오히려 턱을 세웠다.

"어차피 도적 패거리, 거기서 반도는 무슨 얼어 죽을 반도야."

"아하, 그런 의리조차 없다는 말인가? 솔직한 도둑놈이군."

"흐흐흐."

두송은 이를 드러내고서 스산하게 웃었다. 일순 호흡을 끊어내면서 빠르게 다른 손을 뻗었다. 칼날 아래를 잡고 있던 손이 활짝 펼쳐지면서 무언가를 뿌렸다.

왈칵 뿌린 하얀 가루는 정확히 복면의 눈을 노렸다. 동시에 칼날을 크게 휘둘렀다.

"이놈!"

부웅! 대도가 바람을 가르는 소리가 사뭇 묵직하다. 그러나 얕은 수작에 불과했다.

마주하는 신형이 좌우로 흔들리더니, 자연스럽게 군막 끝으로 물러났다.

하얀 가루는 닿지도 못하고 바닥에 흩어졌다. 휘두른 대도 또한 허공만 갈랐다. 몸이 크게 휘청하는 듯하지만, 두송은 기세를 그대로 땅을 박찼다.

허공에서 몸을 뒤틀면서, 다시 칼날이 날아들었다. 사선으로 떨어지는 칼날이 묵직했다.

"어딜!"

힘껏 내지른 노성이 터졌다. 들으라는 듯이 하는 소리였다. 그러나 복면인은 다른 내색도 없이 손을 뻗었다. 아무것도 없이, 그저 맨손으로 달려드는 대도를 맞받았다.

칼날이 허공을 가르는 소리는 처음보다 더욱 위맹하다. 그러나 손이 그려내는 궤적은 나비처럼 펄럭이더니, 대도의 도배에 이르렀다.

작은 손이 도배를 덥석 움켜쥐었다. 떨어지는 칼날에 실린 막강한 역도 따위는 조금도 아랑곳하지 않았다.

옆에서 보기에는 건네는 칼날을 간단히 받아든 것처럼 단순한 모습이었다.

"흐윽!"

두송의 입에서 당장 놀란 소리가 터졌다. 그야말로 전력으로 내지른 일도였다.

대도의 무게는 물론이거니와, 자신의 몸까지 내던졌다. 그런 일도의 참격이 이렇게 간단히 잡힐 줄은.

두송은 황급히 대도를 끌어당겼다. 붙든 손을 떨쳐내고자 한껏 힘을 썼다. 끌어당기는 힘에, 복면인은 버티지 않고 그대로 딸려갔다. 아니, 오히려 땅을 차서 더욱 파고들었다.

두송의 일그러진 얼굴을 향해 가볍게 주먹을 뻗었다. 크게 힘을 쓰지 않았지만, 끌어당기는 힘까지 더하여서, 목이 부러질 듯이 고개가 홱 돌아갔다.

"커헉!"

벌린 입으로 피와 더불어서 몇 개인가 누런 이가 날았다.

두송은 눈이 풀려서는 휘청거리며 물러났다. 몸이 물먹은 솜처럼 무겁게 늘어졌다. 그래도 어찌 주저앉지는 않았지만, 마주하는 것은 또 다른 주먹질이다.

퍽! 퍽! 퍽!

복면인은 아예 두송의 멱살을 움켜쥐고 연이어 주먹을
날렸다. 둔탁한 소리가 연이어 터졌다. 고개가 홱홱 돌아
갔다.

눈은 몽롱하게 다 풀렸고, 헤 벌린 입 주변은 피가 흥건
했다.

"네놈 말대로, 어차피 도적놈. 반도 운운할 건 없겠지.
그래도……."

복면인은 힘주어서 두송의 얼굴을 끌어올렸다.

축 늘어진 두송의 큰 덩치가 속절없이 딸려 올라갔다.
헐떡거리는 얼굴은 마냥 몽롱했다. 이렇게까지 엉망으로
처맞은 것이 대체 얼마 만인가.

도무지 정신을 차릴 수가 없었다. 아래로 떨군 손가락이
꿈틀거렸다. 풀린 눈동자는 자리 잡을 줄을 몰랐다.

복면 사이로 드러나는 눈빛에는 반 푼의 감정도 실려 있
지 않았다. 그런 눈으로 늘어진 두송을 물끄러미 내려다보
았다. 다시 주먹을 그러쥐고 들어 올렸다.

이 한 방으로 끝을 낼 작정이다. 흐린 숨소리가 간신히
이어졌다. 마지막이라는 것을 알았는지, 입안으로 피가 잔
뜩 고여서 엉망이었지만, 뭐라고 말하려고 애를 썼다.

"흐으, 흐으으…… 제브알, 제……에……."

줄줄 피를 흘려내면서 컥컥 소리가 터졌다.

복면인이 복면 속의 눈매를 잠시 찌푸렸다. 뭐라고 떠드는 것인가. 치켜든 손을 살짝 내렸다. 힘겨워하던 두송은 찰나 눈을 번뜩였다.

고통스러운 것은 분명했지만, 그렇다고 때를 놓칠 정도로 어수룩하지는 않다.

떨구었던 손을 냅다 치켜들었다. 언제 뽑았는지, 굵은 쇠침 하나가 들려 있었다. 그러나 복면인이 더욱 빨랐다. 벌떡 일어나면서 한쪽 발로 두송의 손목을 짓밟았다.

우득!

발아래로 섬뜩한 소리가 터졌다.

"크악! 카윽!"

두송은 온몸을 들썩였다. 짓밟는 발길질 한 번에 굵은 손목이 아예 으스러졌다. 격통이 뇌리를 한껏 들쑤셨다.

"하여튼, 도적놈들 하는 짓거리 하고는."

탁한 목소리에 언뜻 짜증이 실렸다.

"잠깐! 잠깐, 잠깐!"

두송은 다른 손을 번쩍 치켜들었다. 어디서 기운이 솟았는지, 더듬거리던 모습이 전혀 아니었다. 이렇게 허망하게 죽을 수는 없다. 어떻게 배신하고, 여기까지 왔는데. 하지만 상대는 기다려주지 않았다.

복면인은 주저 없이 두송의 턱을 걷어찼다. 덜컥, 하는 순간 두송의 고개가 뒤로 꺾였다. 그것이 끝이었다. 사지가 맥없이 축 늘어졌다.

참으로 허망하기 이를 데 없지 않은가.

복면인은 쓰러지는 두송을 돌아보지도 않고, 몸을 돌렸다. 목적은 수적의 반도 따위가 아니다. 거침없이 단 앞으로 가서, 불단을 냅다 걷어찼다.

와장창, 소리가 요란했다.

단을 치워버리자, 아래로 뻥 뚫린 구멍이 드러났다. 그곳에서 음산한 바람이 휘잉 불어 올라왔다.

복면인의 눈빛이 한층 복잡하게 일렁였다.

"이런."

바람은 음산한데, 저곳 아래에는 아무런 기척도 들려오지 않았다. 그것이 못내 가슴에 걸렸다. 기척이 중요했다. 기척이.

복면이 크게 일그러졌다. 입술을 질끈 깨물었다.

"확인하지 않을 수는……. 없겠지."

탁한 목소리에 한숨이 한참 무겁게 실려 있었다. 기운이 쭉 빠져서, 그만 어깨가 축 늘어졌다.

복면인은 한쪽에서 밝히는 등잔을 하나 움켜쥐고서, 아래로 내려갔다.

바깥에서는 계속해서 일어나는 불길을 잡는다고, 중앙 막사에서 일어나는 일에 대해서 눈치챈 사람은 아무도 없었다. 그저 두송, 하나만 덩그러니 죽어 널브러져 있을 뿐이었다.

　비좁은 동혈이었다. 복면인이 그렇게 큰 키가 아니었음에도 목을 움츠려야 할 정도였다. 조심스럽게 들어서면서 나서는 걸음에는 아무런 소리도 울리지 않았다.

　불빛을 조심스럽게 좌우로 비추었다.

　동혈의 좌우로는 따로 굴을 내었다. 본래 있는 곳이 아니라, 땅을 급하게 파내어서 만들어 낸 것이다. 그리고 전부 비어 있었다.

　"아아, 늦었구나. 늦고 말았어."

　끝에 닿고서, 힘없이 중얼거렸다. 아무런 기운도 남지가 않았다. 고개가 무거웠다. 들고 있던 등불이 툭 떨어졌다.

　심지가 잠시 화륵 일었다가, 곧 피식하고 꺼져버렸다. 가는 연기가 일다가 사라졌다. 불빛이 꺼지면서 주변이 확 어두워졌다.

　입구 쪽에서 스며드는 불빛만 점이 되어서 반짝거렸다.

　그래도 한참이나 그렇게 서 있었다. 발길을 옮길 수가 없었다. 적진의 한가운데에 있다는 것을 잊은 것처럼. 그렇게 서 있었다.

자책이 깊었다.

조금이라도 더 빨리 움직였어야 했다. 조금이라도.

한동안 상념에 침잠해 있던 그가 번쩍 눈을 치떴다. 으드득, 맞물린 잇새가 틀어지면서 험악한 소리가 터졌다. 숨어든다고 그래도, 자제하였던 기세가 무섭게 일었다.

동혈이 무너질 것처럼 우르릉 울렸다.

발소리를 쿵쿵 울리면서 나섰다. 무거운 걸음은 처음 두세 걸음이었다.

"으아아아!"

힘껏 발을 굴렀다. 땅이 움푹 내려앉았다. 그 기세로 쏜 살처럼 앞으로 튀어 나갔다.

중앙 군막을 아예 무너뜨리면서 뛰쳐 올랐다. 내려서기가 무섭게 작정하고 살수를 펼칠 작정이다. 그런데 상대가 없었다.

"어?"

맹한 소리가 흘렀다.

인적이 조금도 없었다. 불길을 잡지도 못한 모양인지, 대부분이 불길에 휩싸여서 활활 타올랐다. 그리고 사람 모습은 전혀 보이지 않았다.

"이게 무슨?"

"여어!"

어리둥절한데, 불현듯 부르는 소리가 들렸다. 복면 쓴 얼굴이 그쪽으로 돌아갔다. 불길을 등에 진 한 사내가 휘휘 손을 흔들었다.

맹한 눈으로 사내를 보다가, 곧 사내의 아래로 눈길을 내렸다. 사내의 한쪽 손에는 축 늘어진 갑주 차림의 육사령이라는 자가 붙들려 있었다. 노구가 안쓰러울 정도의 모습이었다. 말끔하게 끌어올렸던 머리가 아주 산발이 되어 있었고, 번쩍거리던 갑주는 여기저기 우그러지고, 깨어져 있었다.

특히나 눈길을 끄는 것은 육사령의 두 무릎이었다. 어찌 손을 썼는지, 한쪽은 아예 박살이 나서 너덜거렸고, 다른 쪽은 반대쪽으로 꺾여 있었다.

"하, 정말."

손을 들어서 복면을 끌어내렸다. 검은 머리카락이 폭포수처럼 화르륵 쏟아졌다. 그 머리를 가볍게 쓸어넘겼다. 드러난 것은 바로 당민의 옥용이었다.

당민은 입술을 살짝 깨물고서 쓴웃음을 보였다.

"소명."

"소식 듣자마자 달려왔는데. 정작 부른 사람이 없으니. 어쩌라는 거냐."

등장한 소명은 히죽 웃었다.

"어떻게 알고 왔어?"

"너 있는지는 몰랐지."

"그럼?"

"오는 중에 민강의 뭐라는 수적 하나를 구했지. 그자에게 대충 얘기를 들었어. 여기 홍천교 놈들. 아주 험한 짓거리를 해대더군."

멀지 않은 곳이었기에 소명도 대뜸 들이닥친 것이다. 무려 일천에 가까운 병력이 모인 자리로. 우뚝 서 있는 소명의 모습에는 조금의 손해도 없어 보였다.

당민은 문득 눈길을 돌렸다.

"그 작자는 죽었나?"

턱짓으로 가리켰다. 소명은 축 늘어진 육사령을 한번 들어 보였다. 서슬에 낮은 신음이 흘렀다. 들썩거리는 통에 통증이 다시 밀려온 것이다.

"아직. 들을 말이 있지 않을까 해서."

"그래."

당민은 이를 악물고서 고개를 끄덕였다. 소명의 말대로 들을 말이 있을 터였다. 흔한 홍천병 따위가 아니라, 사령이라고 하는 자리이니.

솔직한 마음으로는 단박에 목숨을 끊어버리고 싶었지만, 후우, 한숨을 빠르게 내뱉었다.

달래지 못한 분노가 가슴 깊은 곳에서 뒤채고 있었다.

날카롭게 뜬 눈초리에는 은은한 녹광이 맺혀서 번들거렸다.

육사령은 흠칫하여서 고개를 들었다. 아득한 고통도 고통이었지만, 당장 엄습하는 살기의 기파 앞에서 찬물을 뒤집어쓴 것처럼 정신이 번쩍 들었다.

"으, 으으! 이게 무슨! 네놈들은 대체 누구냐!"

육사령은 눈을 하얗게 뜨고서 다급하게 울부짖었다. 그러나 아무도 귀 기울이지 않았다.

육사령은 몸을 다급하게 흔들어댔다.

처참하게 박살 나고, 뒤틀린 무릎이 너무도 고통스러웠지만, 아직 두 손은 멀쩡했다. 혈도를 잡힌 것도 아니었다. 그러나 어찌 발악하려 들어도, 손가락 하나를 까딱할 수가 없었다.

어떻게든 공력을 끌어올려서 사내의 손에서 벗어나고 싶었지만, 공력은 헛되이 흘러가기만 했다.

가만 생각하니, 눈앞의 사내에게 붙잡힌 순간에 모든 것이 끝났다.

"그럼, 여기 포로는 너에게 맡기도록 하고."

"음."

"주변 정리는 이제 끝난 모양이군."

소명은 육사령을 검댕이 그득한 흙바닥에 휙 던졌다. 넝

마처럼 널브러졌다. 사람 손에서 벗어났지만, 그래도 굳은 몸은 풀리지가 않는다.

"으, 으응! 으응!"

틀어 문 잇새로, 신음인지, 비명인지 모를 소리만 겨우 흘렀다.

소명과 당민은 몇 마디를 주고받았다. 홍천교의 군세 중 하나를 괴멸시킨 마당이다. 다음에 대해서 몇 마디를 나누고서, 소명은 선뜻 고개를 끄덕였다.

"그럼, 나머지를 수습하고서 그곳에서."

"좋아."

소명은 바로 몸을 돌렸다. 일어나는 불길은 군영을 전부 휘감기 시작했다. 행여 불씨가 다른 곳으로 번지지나 않을까, 다잡을 필요가 있었다. 그가 홀쩍 모습을 감추고 나자, 주변은 새삼 조용했다.

비명도, 신음도 없다. 그저 불길이 화르륵 일어나는 소리가 바람을 쫓아서 울려댈 따름이다.

당민은 천천히 몸을 돌렸다. 서늘한 눈매가 널브러진 육사령에게로 향했다.

숨죽이고 있던 그는 사지를 바르르 떨었다. 납빛으로 굳어버린 얼굴이 이제 검게 죽어 갔다. 당민은 녹색 빛이 번들거리는 안광을 발하면서 다가섰다.

"자아, 그럼 이제. 대화 나눌 준비를 해 볼까. 참고로, 허튼소리는 별로 듣고 싶지도 않으니까. 먼저 손을 쓰는 것을 너무 탓하지 말라고."

"으음! 으으음!"

육사령은 마구 소리를 내면서 미친 듯이 고개를 흔들었다. 뜻은 분명했다. 무엇이든 말하겠다는 것이다. 야윈 고개가 안쓰러울 지경이었다. 그러나 당민은 듣지 않았다.

조용히 다가서서, 야행복의 치렁한 소매를 천천히 걷어 올렸다. 비갑이 드러났다. 특별히 다른 문양이나, 표식은 없었다.

곤음철로 정련하였고, 겉에는 녹피를 감쌌다. 그러나 육사령은 한눈에 비갑을 알아보았다.

"흐읍!"

노인의 야윈 눈이 찢어질 듯이 크게 벌어졌다. 무엇보다 두려운 것은 그 안에 숨겨진 것이었다.

당민의 비갑은 당가의 암기와 독을 위해서 특별히 제작된 물건이었다.

"으으! 으으으!"

육사령은 엉망인 갑주가 절그럭거릴 정도로 몸부림쳤다. 다가서는 당민의 그림자가 더욱 두려웠다.

민강 수적도 잔인하기로 말하자면야 끔찍할 정도였지

만, 그것도 어디까지나 수적들 사이에서 얘기일 뿐이었다.

어디 독문당가와 견줄 수가 있을까. 무슨 짓을 하든, 당가의 독한 손 앞에서는 아이 장난이나 다름없다. 육사령은 그것을 누구보다 잘 알았다. 왜냐면, 그 자신 또한 당가에 속했던 자이기 때문이다.

당민이 이렇게 분노한 것 또한 이러한 이유였다.

"자아, 반도. 어디부터 시작할까?"

"으으읍!"

육사령은 세차게 고개를 내저었다. 그러거나 말거나, 당민의 그림자가 더욱 가까이 다가섰다.

*　　　*　　　*

일천에 가까운 홍천병이 와르르 무너졌다. 무엇 하나 다 잡을 새도 없었다. 다급하게 일어난 불길을 어찌 다잡으려고 뛰어다닐 새에, 불쑥 뛰어든 두 맹호, 소명과 풍양자가 거침없이 손을 썼다.

불길이 왈칵 갈라지면서 모습을 드러내기가 무섭게 육사령은 물론, 열다섯의 사자들이 죽어나갔다. 채 목소리를 높일 겨를도 없었다.

육사령은 물론, 홍천사자들 또한 각자 한가락 하던 자들이지만, 소명과 풍양자, 두 사람의 무자비한 손속 앞에서는 아무런 도리가 없었다.

그러고 나니, 아무리 일천의 군세라도, 사방으로 흩어져 있던 마당이었다. 와르르 무너져서 도망할 수밖에 없었다. 도망하면 목숨은 부지할 수 있었다. 그러지 않은 자는 어김없이 목을 잃거나, 피를 토하면서 죽어나갔다. 광신을 압도하는 것은 그보다 더한 공포뿐이다.

두 사람은 조금의 사정도 두지 않았다.

무표정한 둘의 모습은 천병이라 자처하던 홍천교 무리에게 지독한 공포를 낙인처럼 새겨서, 내쫓아 버렸다.

"으, 으아아악!"

"아아악!"

창이며, 칼 할 것 없이 집어던지고 헐레벌떡 흩어지기에 급급했다. 도망하는 자들을 붙잡아 세울 사람은 아무도 없었다. 자칫 칼을 높이 치켜들고서 어떻게든 독려해 보려고 하지만, 채 일성을 내뱉기도 전에 목이 날아가거나, 미간에 구멍이 날 뿐이었다.

두 사람뿐만이 아니었다. 불을 내었던 복면인들도 나섰다. 처음에는 돌변한 상황에 당황하였지만, 지금의 호기를 놓칠 수야 없는 일이다.

제대로 손을 쓰기 시작하자, 복면으로 가린 것이 우습게도 감추었던 정체가 제대로 드러났다.

손을 뻗을 때마다 비침, 비도가 번쩍였다. 어김없이 홍천의 병졸들이 죽어나갔다.

당가의 솜씨였다.

그들로부터 등 돌리고 도망할수록 오히려 독수를 피할 수가 없었다. 어둠을 틈타 펼치는 당가의 비침, 비도는 실로 죽음의 손길이다.

달빛이 채 기울기도 전에, 적로일천군은 그렇게 무너졌다.

홍천교의 붉은 것들은 대부분이 시신이 되어서 흙바닥에 널브러졌고, 용케 살아남은 자들은 사방으로 죄 쫓겨서 흩어졌다.

군영은 온통 불길이 휘몰아치면서 사방을 에워쌌다.

그 불길이 다른 곳까지 번져가지 않도록, 당가의 복면인들은 분주했다. 사방으로 뛰어다니는 와중인데, 그들은 단 한 사람도 잃지 않았다는 사실이 여전히 믿기지 않아서, 얼떨떨한 얼굴이었다.

군영이 원체 규모가 있었기에, 불길 잡는 것은커녕 번져가지 않도록 하는 것만도 여간한 일이 아니었다. 그런 와중, 잔불을 밟고 한 덩치의 사내가 절뚝거리면서 들어섰다.

민강어룡 두홍이다.

소명과 풍양자를 쫓아서 어찌 여기까지 왔지만, 내내 나서지 못하고 있다가, 상황이 끝난 것을 보고서 이제야 들어선 참이었다. 그는 까맣게 타버린 군영을 가로질렀다. 그리고 무너진 중앙 군막에서 멈춰 섰다.

"허, 참."

헛웃음 섞인 한 마디가 불쑥 튀어나왔다. 아무 말도 떠오르지 않는다. 물끄러미 내려다보는 것은 엉망진창으로 짓이겨진 두송이다.

의형제로 한평생을 같이 해왔고, 그런 까닭에 무엇보다 두송의 배신에 심화가 자신을 태울 듯했다. 그런데 심화를 쏟아낼 것도 없이, 이런 몰골을 보게 될 줄이야.

계속 헛웃음만 새었다.

두홍은 한참 지켜보다가, 옆에 떨어져 있는 대도를 덥석 집어들었다. 본래 자신의 것이다. 그것에 기대면서 절뚝절뚝 걸음을 옮겼다. 그러면서 한 마디를 짓씹었다.

"잘 죽었다. 망할 놈."

어째 물기 섞인 목소리였다. 저쪽에서 풍양자가 손짓하면서 두홍을 부르고 있었다.

"어이, 구렁이! 와서 좀 거들어!"

"나 부상자라고 망할 가짜 도사야!"

두홍은 울컥하여서는 목에 핏대를 세웠다.

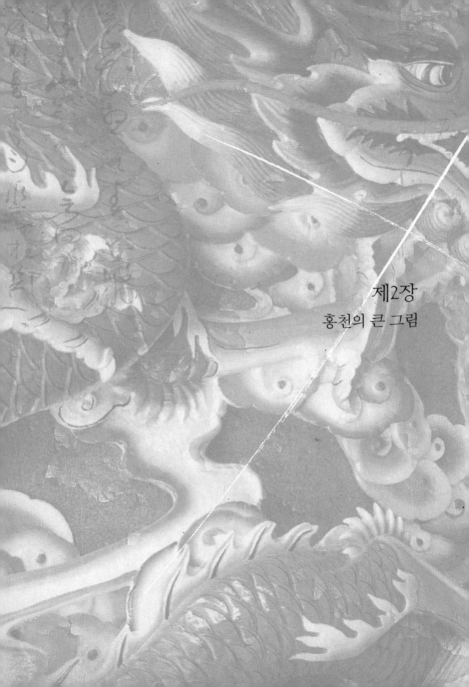

제2장
홍천의 큰 그림

불타버린 홍천교의 군영, 그곳에서 소명은 고개를 들었다. 밤은 한참 늦어, 저기 새벽 어슴푸레함이 밝아오고 있다. 사방에서 하얀 연기가 가늘게 솟아올랐다. 그 수를 헤아릴 수가 없을 정도였다.

불길을 다잡고 보니, 지금이었다.

중앙 군막이 있던 자리에서, 소명과 당민 그리고 풍양자는 그나마 멀쩡한 의자를 두고서 지친 몸을 잠시 쉬었다. 당민은 다시 녹면옥수의 가면을 눌러쓰고서 뒤로 고개를 젖혔다.

후우, 내뱉는 숨소리에는 사뭇 답답한 속내가 어렸다.

소명과 풍양자, 두 사람은 눈살을 찡그리고서 주변에 이는 냄새를 피해서 손을 휘휘 내저었다. 매캐한 냄새가 주변에 가득 고였다.

시체 타는 냄새, 전장에서 볼 법한 광경이다.

문득 소명이 건너로 눈을 던졌다. 불길을 다잡고서, 주변을 대충 정리한 마당이다. 몇몇의 인영이 주변을 정리하는 모습이 눈에 들어왔다.

당민을 따르던 자들이었다.

"아민, 저 사람들은 뭐야?"

"응?"

당민은 축 처져 있다가, 고개를 세웠다. 분주하게 움직이는 검은 인영들, 저들은 지치지도 않은 모양인지 바쁘게 돌아다니고 있었다.

"당가의 생존자들. 이쪽에도 당가의 거점은 있었으니까."

당민이 조용히 대꾸했다.

민강 건너에 꾸려둔 당가의 비고 중 하나, 현무고를 지키는 당가인 중에서 겨우 살아남은 자들이다. 당민은 요행히 그들과 조우할 수 있었다.

"허헛, 원시천존. 원시천존. 다행한 일이구먼."

풍양자는 고개를 끄덕였다. 그래, 생존자와 마주할 수

있다는 것은 실로 다행한 일이겠다.

당민은 가면을 쓸어내렸다. 가까이 밝혀 놓은 불길이 드리워서, 굴곡진 가면은 더욱 기괴했다. 그 사이로 드러난 눈동자는 한층 지쳐 있었다.

"그런데 뭘 찾고 있는 것 같은데."

"후우. 얘기하자면 좀 긴데."

당민은 한층 지친 눈으로 대꾸했다. 그러면서 분주한 아홉의 모습을 차차로 둘러보았다. 허겁지겁 서두르는 모습은 마치 뭔가에 쫓기기라도 하는 것처럼 보였다.

당민은 가면을 한 번 고쳐 쓰고서, 고개를 들었다.

"여기 이 무리를 이끄는 사령이라는 노인. 본래는 당가의 창고 중 하나를 관리하던 노인이었어. 그런데 갑자기 확 돌아버려서는 창고를 털어내고, 홍천교에 귀의해 버렸지."

"음, 그런 일이. 그럼 당가의 생존자라고 하는 저들은 그 창고의?"

"그래, 창고를 지키던 자들이야. 본래는 현무칠십이성이라고 하여서, 일흔에 이르렀지만, 저렇게 아홉만 남았지."

당민은 씁쓸한 어조로 중얼거렸다. 현무칠십이성이라. 가만히 듣던 풍양자가 퍼뜩 고개를 세웠다.

"당가의 사대고주 중 하나였군."

다른 곳도 아니고, 당가의 창고이다. 그중에서 사대비고

(四大祕庫)가 있다는 것은 비밀 아닌 비밀이었다. 그곳을 관리하는 자를 단순히 창고지기 정도로 볼 수는 없는 일이었다.

당가의 창고는 그 자체로 비역으로, 그런 곳을 맡은 인사라면 당가에서도 참으로 중요한 위치라고 할 수 있었다. 그만한 이가 가문을 등지고, 사교에 몸 담다니. 좀체 생각할 수 없는 일이다.

당민은 풍양자의 놀란 얼굴을 흘깃 응시했다. 아는 사람은 아는 일이라고 하지만, 사대비고가 지닌 의미를 정확하게 파악하는 사람은 흔치 않았다.

"풍양자, 들은 것 많다고 자랑하나."

"그런 건 아니지만. 아니, 아니지. 어디 그게 중요한가. 대체 어찌 된 영문이야? 사대비고의 주인이라면, 거의 장로급의 인사가 아닌가 말이야."

"몰라. 별로 알고 싶지도 않고. 이제는 알 바도 아니고."

당민은 심드렁한 어조로 대꾸했다. 가문을 배신한 자의 끝이라고 하기에는 너무도 간단하게 끝을 낸 듯하다. 지금 생각하면 성에 차지 않는 일이라, 당민은 입술을 한 번 삐죽거렸다.

녹면 너머에서 은은한 녹광이 새삼 흘렀다.

"정신 나간 노인네가, 현무고를 털었어. 혹시나 있을지 모를 당가의 물건을 찾는 중이지. 그런데 주변에 경계 삼아서 뿌려놓은 것, 그리고 늙은이가 직접 지니고 있던 것을 빼고는 별다른 것이 없더군."

"허어, 그런."

당가의 창고에 있던 것이라고 하면, 무엇이 되었든 위험하지 않겠는가. 풍양자는 저도 모르게 한숨을 흘렸다. 소명도 안색이 어두워지기는 매한가지였다.

당가에서도 심상치 않은 일이 벌어졌다는 것은 알고 있었지만, 창고 하나가 털렸을 줄은.

"으으. 생각하기도 싫은 일이군."

"하지만, 일어난 일이지. 뭐."

당민은 입술을 삐죽거렸다. 그러고는 새삼 앉은 풍양자의 위아래를 훑었다.

원체 정신이 없는 탓에, 미처 알지 못했다. 당가의 비처에서 빈사 상태로 있던 풍양자가 이렇게 멀쩡한 모습으로 마주하고 있다니.

참으로 신기한 일이 아닌가.

"그나저나, 용케 정신을 차리셨군. 다 죽어가던 사람이 말이야."

"여기, 권야가 거들어 준 덕분이지. 휘유, 말 마시오. 정말 끔찍했다니까."

풍양자는 소명을 눈짓으로 가리키고는 손을 휘휘 내저었다. 마기, 그 지독함은 지금 돌이켜도 절로 진저리가 인다.

당민은 새삼스럽게 진지한 눈으로 소명을 돌아보았다.

"소명, 마기를 제압할 방편이 있는 거야?"

"음, 이를 방편이라 할 수 있을지는. 편법에 지나지 않는 일이라, 사람마다 크게 다르거든. 풍양자는 청성파의 현문정종 내공을 지녔으니. 그래도 수월하였지."

소명은 한숨 섞인 목소리로 대꾸했다. 마기라는 것은 하늘 아래에 있어서는 아니 되는 부정함의 총화이다. 그 자체가 역리(逆理), 이치에 어긋나는 것으로서, 인력으로는 좀체 다스릴 수가 없다.

설사 하늘에 이른 의술이 있다고 한들, 제압할 방편이 되지는 않았다. 당가의 대단한 의술로도, 기껏 풍양자와 몇몇 당가인의 숨을 이어가게 하는 것이 고작이었으니.

아무리 편법이라고 해도, 결코 가벼운 일이라고 할 수가 없는 일이었다.

당민은 '재주도 좋네,' 한 소리를 중얼거렸다. 그리고 다시 고쳐 앉았다.

"그런데 둘이 구면인가?"

"그렇지."

"아니, 어떻게?"

소명과 풍양자가 순순히 고개를 끄덕이자, 당민은 퍼뜩
의아해 물었다.

소명은 가운데에 두고, 당민은 풍양자가 과거 천산일대
를 헤집고 다녔던 사실에 놀랐고, 풍양자는 당민과 옛적의
동무라는 사실에 놀라기도 했다.

소림사의 용문제자, 그리고 천하육절이라는 것은 이제
놀랄 일이 아니다. 그런데 이래저래 대단한 인연이라니.

제 얼굴에 금칠하기에 가깝다고 하지만, 사천일대를 떨
어 울리게 하는 삼세 중 둘, 당가와 청성과도 큰 인연을 맺
어놓고 있다는 것이다.

둘은 짜증을 담은 눈길로 소명을 쏘아보았다.

"왜, 왜 그딴 눈이야?"

"하여튼, 짜증 나."

"아하, 참 절묘한 표현이시오. 당 아가씨."

풍양자가 고개를 끄덕이면서 동감을 표했다. 소명은 듣
다, 듣다 어이가 없다.

"아니, 이것들이. 기껏 도와주려고 온 사람한테, 그게
어디 할 소리냐!"

"헹!"

그만 발끈하여서 하는 소리에, 당민은 그냥 코웃음으로
응수했다. 그러고 있을 새, 두홍이 절뚝거리면서 군막 가

까이 다가섰다.

"거, 계속 노닥거리고만 계실 거요?"

대도에 몸을 지탱하면서 힘겹게 다가온 차였다. 그런데
다른 이들보다 당민이 홱 고개를 돌렸다. 녹색의 안광이 살
벌하게 번뜩이자, 불만 가득하던 두홍의 얼굴이 딱 굳었다.

"어, 아니. 저기…… 그런 것이 아니옵고."

"이자가 민강어룡?"

"응, 그리 불리지. 나는 그냥 구렁이라고 부르기는 하지
만. 흐허허."

풍양자가 받아서 대꾸했다. 당민이 아예 돌아앉아서, 움
츠러든 두홍을 똑바로 마주했다. 그 앞에서 두홍은 애처로
울 정도로 작아졌다.

뭐라 한마디라도 던졌다가는 돌이킬 수 없을 듯했다.

벌벌 떠는데, 당민이 입을 열었다.

"어룡채 채주 정도면, 어디 하나 있지."

"네? 뭐, 뭐가요?"

"노후 대비의 안가 말이야."

"그게 무슨……?"

"한 번 더 모르는 척하면, 당가의 독이 어떤 맛인지, 알
려줄 용의가 있는데."

"네에, 있습니다. 여기서 멀지 않지요."

말 끝나기가 무섭다. 두홍은 바로 고개를 끄덕였다. 당민은 자리를 털고 일어섰다.

"좋아, 그럼. 앞장 서."

"······네에."

감히 좋다, 싫다를 어찌 말할꼬.

새벽하늘이 한참 어둡다. 새벽 별이 멀리서 반짝였다. 민강일대로는 낮은 운무가 고여서, 물길을 타고 흐르듯이 흘렀다.

끼익, 끼익.

새벽 고요함을 깨고서, 노 젓는 묵직한 소리가 운무 사이로 울렸다. 곧 안개를 헤치고서 검은 그림자가 드러났다. 배 위에는 두 사람이 있었다. 한 명은 뱃전에 기대어 앉아 있었고, 한 명은 긴 삿대로 노를 천천히 젓는 중이었다.

민강의 물결을 타고서 흐르는 조각배는 마냥 고요했다.

주변의 물결 소리가 가만히 울렸다. 앉아 있는 이는 승복차림으로 둥근 방갓을 깊이 눌러썼고, 노 젓는 이는 단삼 차림으로 오래되어 갈라진 죽립을 걸쳤다.

두 사람은 아무런 말도 없었다. 각자 눌러쓴 방갓과 죽립 아래로 드러난 입매가 단단히 다물려 있었다. 무슨 사연인지 몰라도, 두 사람의 속내가 영 좋지 않은 듯했다. 한

참 노 저어가던 중, 사공 역할을 하던 이가 고개를 돌렸다.

"다 온 것 같습니다."

"……."

낮은 목소리에, 방갓을 살짝 들어 올렸다. 그러자 흐린 운무 사이로 흐릿하게나마 뭍의 윤곽이 보였다.

"저곳일까요? 어룡채의 안가라는 곳이……."

"글쎄요, 일러준 대로 따라오기는 했습니다만."

사공도 그리 자신은 없었다. 죽립을 벗어서, 뒤로 넘겼다. 목 뒤로 걸치자, 사뭇 앳된 얼굴이 드러났다. 청성파의 신진, 양정이다.

청성파 장문인의 제자로, 당민과 함께 홍천교의 동태를 살피고자 떠난 그였다. 지금 양정에게 단정한 도문 제자의 모습은 전혀 없었다.

닳은 단삼에 삿대를 굳게 쥔 손까지. 흔한 어부의 모습이었다. 그러나 흙칠을 한 얼굴에 맺힌 두 눈에는 담담한 정광이 흘렀다.

"당 소저께서 이제 연락을 주셨으니. 그나마 다행이라고 해야 할지는 잘 모르겠습니다."

"……."

뒤에 앉아 있는 방갓인은 양정의 자조 섞인 한 마디에 입술을 살짝 깨물었다. 아미의 소신니, 장우빙이다. 그녀는 곧 더 말하고 싶지 않다는 듯이 방갓을 끌어내렸다.

양정도 장우빙의 불편한 기색은 짐작하여서 더 입을 열지 않았다. 삿대에 힘주어서 물길을 갈랐다. 조각배는 이윽고 뭍에 닿았다.

두 사람은 군소리 없이 마른 땅에 내려섰다. 어룡채의 안가라고 하지만, 표식이라고 할 것은 달리 없었다. 언질대로 조심스럽게 주변을 살피면서 움직일 뿐이었다.

"오셨구먼."

수풀을 헤치고 얼마나 나갔을까. 반기는 목소리가 들렸다. 양정은 흠칫하여 몸을 낮추었다. 기척은 어디에도 없는데, 목소리는 들려온다.

장우빙도 퍼뜩 선장을 가슴 앞에 세웠다.

두 남녀는 빠르게 등을 맞대고서 주변을 경계했다. 익숙한 모습이었다. 불과 며칠 정도에 지나지 않았지만, 사뭇험한 일을 여럿 겪은 것처럼 발 빠른 모습이었다.

그런데 부스럭하면서 낯선 이가 모습을 드러냈다.

"청성의 양정, 그리고 아미의 소신니. 맞으신가?"

"그렇, 그렇소만. 귀하께서는?"

"하하, 소림의 속가로. 소명이라고 하는 강호의 범부라오."

소명은 하하, 가볍게 웃었다. 그리고 딱히 격의 없는 태

도로 다가섰다. 그런 모습을 양정이야 어떻든, 소신니 장
우빙은 가볍게 넘기지 않았다.

"잠깐, 멈추시오!"

경계하는 바를 전혀 풀지 않았다. 거꾸로 잡았다고 하지
만, 선장을 겨누는 모습이 사뭇 날카로웠다.

"소신니께서는 어찌 그러시는가?"

소명은 고개를 갸웃거렸다. 자신을 향해 겨눈 선장 끝에
서 머무르는 서늘한 기운이야 아무래도 좋았다. 방갓 사이
로 번뜩이는 적의 어린 눈빛은 사뭇 의아했다.

"소림의 속가이든, 아니든. 귀하를 어찌 믿고 거리를 허
용하겠소."

딴은 옳은 말이겠다. 처음 본 사람을 말 몇 마디로 믿을
수야 없는 노릇이다. 더욱이 이런 곳에서는.

소명은 흔쾌히 고개를 끄덕였다. 다가가는 것을 관두고
두 손을 벌렸다.

"내 따로 손을 쓸 생각은 없소. 저쪽은 지금 꽤 분주해서
말이지. 손이 빈 내가 잠시 길 안내 삼아서 내려왔을 뿐이
라오."

"그것을 어찌 믿지?"

"굳이 믿을 필요야 없지."

소명은 편하게 대꾸했다. 그리고 몸을 돌려서 손을 흔들

었다. 그것이 신호였는지, 장정의 어깨까지 자라 있던 무성한 수풀이 좌우로 갈라졌다.

몇몇 인영이 모습을 드러냈다. 그중에는 양정에게 익숙한 얼굴이 있었다.

"억! 대사형!"

놀라서 소리가 터져 나왔다. 풍양자가 분명했다. 마기에 당하여서 빈사지경으로 있었던 풍양자가 저렇게 태평한 모습으로 다시 등장하다니.

"오오, 양정. 왔느냐."

"대사형!"

양정은 더 가릴 것 없었다. 그만 어린 사제 모습으로 확 돌아가 버리고 말았다. 눈물이 다 글썽하였다. 다 죽었다고 여긴 풍양자가 아니었던가. 여기서 장우빙만 어안이 벙벙하였다.

"자아, 소신니. 그대도 그만 들어갑시다. 안쪽에 손님 맞을 채비를 다해 놓았답니다."

"으음."

장우빙은 입술을 깨물고서 느리게 고개를 끄덕였다. 아직 선장을 치우지도 않고 있었다. 소명이라고 하는 자는 전혀 마음 쓰는 기색이 아니다.

그것이 오히려 불편하다.

소명은 장우빙의 불편한 기색을 크게 염두에 두지 않고서, 몸을 돌렸다. 일단 근거지로 삼은 안가로 향했다. 그곳은 겉으로 보기에는 엉성하기 이를 데가 없었지만, 막상 들어서면 또 다른 은신처가 나오는 식이었다.

어디로든 도망하기에 좋았다. 자맥질에 자신이 있다면 냅다 강물에 뛰어들기만 해도, 삽시간에 뭍에서 멀어질 수 있었다.

그런 조건이라서 은신처로는 꽤 그럴듯하다. 그래도 허술한 경계는 어쩔 수가 없겠다.

장우빙은 주변을 살피면서 느리게 걸었다. 지금까지 어깨를 나란히 하였던 양정은 저 앞에서 풍양자와 함께였다. 고개는 숙여지고 어깨가 다 들썩거렸다.

장우빙은 주변이 허전한 것이 못내 거슬렸지만, 애써 무시하고, 안가로 들어섰다. 그러다가 흠칫하여서 걸음을 멈추었다. 저기에 또 아는 모습이 있었다.

장우빙은 아프도록 입술을 질끈 물었다.

녹면으로 얼굴을 가리고, 오연하게 서 있는 여인. 당가의 녹면옥수 당민이다. 장우빙은 마른 침을 애써 삼켰다.

"이제야 뵙는군요. 당 소저."

"……그렇군."

당민은 눈동자만 굴려서 조심히 다가서는 장우빙을 흘깃

보았다. 그녀의 눈초리에는 다른 감정은 아무것도 없었다. 반기는 것도 아니고, 안도하는 것도 아니다. 아무 관계도 없는 타인을 보는 눈과 조금도 다르지 않았다.

생판 모르는 사람이라고 해도, 이런 눈으로 볼 수가 있을까.

소신니 장우빙은 그만 울컥하였지만, 더 뭐라고 말하지 않았다. 처음부터 그렇게 좋은 인상은 아니었다. 그것은 부정할 수가 없는 일이다.

속으로는 크게 불만이 일었고, 불복하는 바였지만, 입 밖으로 꺼낼 수는 없었다. 비록 아미의 소신니라는 그럴듯한 이름을 지녔다고 해도, 녹면옥수 앞에서는 그냥 강호초출이나 다름없었다.

녹면옥수는 자신을 전혀 신뢰하지 않는다.

"이런, 분위기 한번 싸늘한데."

웃는 목소리가 끼어들었다. 소명은 둘 옆으로 다가와서는 하하 웃었다. 당민은 그러자 눈살을 찌푸렸다. 처음으로 낭패한 감정을 드러낸 셈이었다.

"뭐야?"

"네가 그러고 있으니 그렇지. 찬바람이 아주 쌩쌩 불어치는데."

소명은 하하 웃었다. 장우빙은 상황이 어색해서 눈을 동그렇게 떴다. 긴장한 기색이 역력했다.

녹면옥수에게 이렇게 편히 대할 수 있는 사람이 당가의 외인 중에 있으리라고는 전혀 생각하지 않았기 때문이었다. 아니, 설사 당가에서도 이럴 수 있는 사람이 어디 있을까.

당민은 피식하고 헛웃음을 흘렸다.

"하여튼, 너도 사람이 너무 좋아서 탈이다. 뭘 굳이."

당민은 고개를 흔들었다. 소명은 보란 듯이 턱을 치켜들었다.

"그럼, 내가 또 성격 한번 좋지. 그러니까 불원천리하고 여기까지 온 거 아니냐."

두 사람은 툭탁거리면서도 참으로 편한 사이라는 것을 보여주는 것이다. 소명은 장우빙을 돌아보았다.

"아미의 그러니까, 소신니라 하시었지. 너무 곤란해하지 마시오. 이 녀석이 이렇게 냉랭하게 굴어도, 본심마저 이러지는 않으니까."

"야, 내가 뭘."

머쓱한 기색이다.

장우빙은 그런 두 사람 모습을 번갈아 보다가, 쭈뼛거리면서 방갓을 벗었다. 그러자 삭발한 모습이 아니라, 삼단 같이 긴 머리카락이 주르르 흘러내렸다.

방갓 아래로 드러난 하얀 얼굴과 붉은 입술을 보아서 젊다고 생각했지만, 막상 방갓을 벗고 모습을 드러내자 젊은 것이 아니라 어리다고 할 모습이었다.

양정보다 훨씬 어린 듯했다.

앳된 장우빙은 특히나 눈망울이 크고 맑았다. 그리고 눈을 내리깔면서 얌전히 고개를 조아렸다. 가슴 앞에 두 손을 합장하고서 진지한 모습이었다.

"아미 제자, 장우빙이. 소명 소협께 결례를 범하였습니다. 죄송합니다."

당민과 이리 편한 이를 두고서, 계속해서 경계하고 거리를 두어서야 마땅한 일이 아니다.

"하하, 어디 결례까지야. 있을 수 있는 일이니. 괘념치 마시오. 소신니."

소신니 장우빙은 퍼뜩 고개를 들었다. 소명은 정말로 마음을 쓰지 않는 기색이었다. 한 조각의 여유가 짙었다. 장우빙은 더 말하지 못했다. 재차 고개를 조아리고 한층 소심한 기색으로 걸음을 옮겼다.

당민은 팔짱을 끼고 가만히 있다가 넌지시 물었다.

"결례라니. 무슨 일이야?"

"아아, 별일 아니라니까."

"뭔데. 뭐냐니까? 야!"

당민은 말 돌리는 소명을 쫓아갔다.

안가라고 하는 그곳은 이전에 머물렀던 불탄 곳이 아니었다. 한층 한적한 곳에 단정한 초가 세 채가 둥그렇게 자리했다.

대나무로 울타리를 만들었고, 다져 놓은 마당에는 잡초가 드문드문 자라 있었다. 처마에는 흙먼지와 뒤엉킨 거미줄이 가득해서 가만히 이는 바람에 천 자락처럼 흔들거렸다.

마당 한복판에 불을 피웠고, 모든 이들이 마당 흙바닥에 편히 주저앉아서 불길을 쬐었다.

산중에 드리우는 밤하늘은 어둠을 다른 곳보다 빠르게 불러온다. 밝혀놓은 화톳불이 붉은빛을 일렁거리면서 가까이 있는 사람들의 얼굴을 비추었다.

불빛 받은 얼굴은 누구랄 것 없이 딱딱하게 굳어 있었다. 불길이 흔들릴 때마다 생기는 음영이 짙었다.

현무고의 생존자 아홉이 이제 복면을 벗고서 한껏 초췌한 모습으로 자리를 지키고 앉아서 건량을 느리게 씹었다. 그리고 이곳의 본래 주인이라고 할 수 있는 두홍은 사뭇 거리를 두고서 앉았다.

그는 마당 한쪽에 심어둔 나무 한 그루에 등을 기대고 있었다. 팔다리, 몸통까지 붕대를 두껍게도 칭칭 감아놓아서 사람 모습이 아닌 듯했다.

붕대 사이에서 퀭한 눈으로 저기 불빛이 아른거리는 것을 빤히 보았다.

"아, 제기럴."

가만히 있다가, 험한 한마디를 툭 던졌다. 손발이 다 끊긴 것이나 다름없었다. 아끼는 수하들은 죄 죽어나갔고, 수채의 모든 것은 죄 불타버렸다.

민강의 용이라고 자부하였던 것이 팍팍 쪼그라들었다.

"어이, 구렁이."

"아, 거참."

저기서 툭 던진 한마디에, 그만 오만상을 썼다. 기껏 착잡한 심경 속에서 고개 숙이고 있었는데. 그 분위기를 대번에 깨뜨리는 경망스러운 목소리였다.

자신을 '구렁이'라고 부를 사람이 또 누가 있을까.

청성의 대사형인 풍양자뿐으로, 그는 설렁설렁 느긋한 모습으로 다가왔다. 손에는 술병 하나를 들고 있었다. 어디서 챙겨왔을까. 그것도 안가의 창고에서 꺼내온 것이 분명했다.

'아주 자기 집이야. 아주 자기 집.'

속으로 험한 말을 우물거리고서, 두홍은 짜증을 가득 담은 눈으로 흘겨보았다.

"왜 그러오. 가짜 도사."

"어쭈, 아주 맞먹어라."

"쳇!"

두홍은 혀를 차며 홱 고개를 돌렸다. 더 상대하고 싶지 않았다. 무슨 말을 하든지 간에 씨알도 먹히지 않는 상대였다. 그렇다고 물러날 풍양자는 아니다.

풍양자는 두홍 옆에 털썩 앉았다.

"야, 그래도. 네놈 원수는 갚아 줬잖냐."

"그걸 어디 도사가 했수? 저기 당가 아가씨가 해주었지."

"그거나, 저거나. 고만 삐죽거려라. 죽어가는 놈을 기껏 살려놨더니. 요거 안가 하나 내어준 게 그렇게 아깝냐. 뭐 있지도 않구만."

"여기가 그냥 안가인 줄 아시오!"

"그래, 뭐. 딱 봐도. 네놈 은퇴 대비인 줄은 알겠다만."

풍양자는 고개를 들어서 주변을 대충 둘러보았다.

초가 몇 채라고 하지만, 이것저것 공을 들인 흔적이 역력했다. 가까운 수하에게도 절대 알리지 않은 곳이었다. 그런 곳이 홀라당 넘어간 것이나 다름없었다.

한번 드러났으면, 그때부터는 안가가 아닌 것이다.

"에이, 정말이지."

"자아, 자아. 속은 그만 좀 풀고. 이제 얘기 좀 나누어 보자고. 홍천교 것들을 어떻게 해야 되지 않겠냐."

"나한테는 이제 다 끝난 일이오."

"얼씨구, 그게 무슨 서운한 소리야."

"다 날아간 마당에 뭘 어쩌라는 거요."

두홍은 붕대 감은 두 손을 슬쩍 펼쳐 보였다.

이것도 가업이라고 한다면, 가업인 셈이었다. 삼대를 이어온 수채는 절단이 나버렸고, 나중을 대비해 준비했던 마지막 안가도 이렇게 털려버렸다.

여기 또한 홍천교가 들이닥칠 것이 불 보듯 뻔하다.

한번 드러난 안가는 결국 안가일 수가 없었다. 그러거나 말거나, 풍양자는 손을 휘휘 내저었다.

"그래, 알았어. 알았다고. 네놈 사정은 나중에 듣고."

"저, 이!"

두홍은 크게 발끈하여서 이를 드러냈다. 그래도 풍양자는 조금도 신경 쓰지 않았다. 떠나 있던 둘, 양정과 장우빙을 새삼 마주한 마당이다.

소명과 당민이 다가오자, 두홍은 더 말 못하고 입을 다물었다.

따로 흩어져 있던 이들이 새삼스럽게 얼굴을 마주했다. 당가 현무고의 생존자들은 당민의 뒤에서 호위라도 하듯이 우두커니 섰다.

초췌한 기색은 다르지 않았지만, 그래도 당민의 뒤에서

눈빛만큼은 살아 있었다.

소명과 풍양자, 그 뒤에서 두홍이 싫은 기색으로 자리했다. 아픈 사람을 억지로 끌어다 놓다니. 입술이 닷 발이나 튀어나왔다. 그리고 양정과 장우빙은 좀체 어려운 기색이라지만, 한쪽을 차지했다.

"그래, 우선은 어디부터 시작해야 하려나?"

"내가 먼저 하지."

소명이 넌지시 말문을 열었다. 그러자 당민이 턱을 치켜들었다. 가면 속 눈동자가 깊이 가라앉아 있었다.

"시작부터 말하는 편이 좋겠지. 저쪽 청성과 아미, 두 사람도 알겠지만, 당가타를 나서서 먼저 향한 곳은……."

당민은 차분한 어조로 말을 꺼냈다.

당가타를 나선 당민과 그 일행이 맨 처음으로 향한 곳은 처음 홍천교의 근거지로 파악했던 산중에 숨은 산채였다. 풍양자를 비롯해 사천삼세의 정예가 큰 화를 당한 곳이다.

그곳에서부터 사태를 파악해 나아갈 생각이었지만, 일행은 미처 그곳까지 닿을 수도 없었다. 가까이 다가가기 무섭게 홍천교의 무리에 단단히 에워싸였다.

진즉 일거수일투족을 감시당하기라도 한 것처럼 즉각적인 반응이었고, 제법 위협적으로 몰아쳤다.

두어 번의 충돌을 겪었다.

충돌 중에 이대로라면 본래 목적인 적의 동향을 은밀히 파악한다는 것이 어렵다는 것은 분명했다.

거기서 거지가 꾀를 내었다. 흩어지자는 것이다. 언뜻 듣기에는 무모하다고도 할 수 있는 일이지만, 당민은 바로 동의했다.

그 말을 할 적에, 양정은 고개를 돌렸고, 장우빙은 괜히 헛기침을 흘렸다.

솔직한 말로 도움이 되지 않는다고 하는 셈이었기 때문이다. 더욱 참담한 것은 그 지적이 크게 틀리지도 않았다.

연이은 충돌 속에서 둘은 큰 도움이 되지 못했다. 손발이 뒤엉켜서 거들기는커녕 쓰러지지 않는 것만도 다행이다 싶었다.

한참 나중에 알았지만, 그것조차 당민이 뒤에서 신경을 써준 덕분이었다.

그렇게 일제히 흩어지면서, 당민은 우선 따로 목적하고 있던 곳을 은밀히 찾았다. 당가의 사대비고 중 하나, 현무고였다.

당연하게도 그곳은 처참한 모습으로 버려져 있었다.

기관은 죄 무너졌고, 창고는 비었다. 다행이라면, 그때에 용케 목숨을 구한 칠십이성의 생존자들과 만날 수 있었다는 것 정도였다.

당민은 그리고 팔짱을 꼈다. 일흔여섯 중에서 불과 아홉이라니. 현무고에 갖춘 기관과 개개인의 무력을 생각하면 있을 수 없는 일이었다.

아무리 만반의 준비를 하고, 경계한다 하여도, 결국에 제일 위험한 것은 등 뒤의 비수, 배신자인 셈이다.

당민은 이후, 남은 아홉의 현무인과 함께 민강일대를 어지럽히는 홍천군을 교란하고, 당가를 배신한 현무고주의 뒤를 쫓았다.

자신의 일은 여기까지였다. 당민은 그래도 남은 아홉, 현무구성과 함께 현무고의 폐허를 떠나서, 당장 민강을 넘으려고 드는 홍천교의 군세를 틀어막았다. 그녀의 활약이 없었다면 진즉 큰 충돌이 있었을 것이다. 그리고 그 피해가 어느 정도일지는 상상하기 어려웠다.

그러면서도 사천련으로 소식을 전하고자 했지만, 지금 상황을 보아하니 역시나 실패로 돌아간 것이 틀림없었다.

지나가는 투로, 당민은 큰 무게를 두지 않은 채 말을 맺었다. 한숨이 불쑥 튀어나왔다. 여기에 양정과 소신니 장우빙은 입을 다물고 슬그머니 고개를 돌렸다.

둘은 딱히 털어놓을 사연이 조금도 없었다. 쫓기기에 급급했기 때문이었다.

홍천교로 인해서, 북방 일대가 크게 피폐한 것만 두 눈으로 담았을 뿐이다. 실상, 여기 안가로 이끄는 소식을 받은 것만도 다행이라 할 정도였다.

풍양자는 고개를 끄덕였다.

"그렇군, 그래. 다들 고생하기는 했는데. 결국, 뭐 알아낸 건 하나 없다는 소리잖아."

풍양자는 오만상을 썼다.

"덕분에, 가짜 도사가 여기까지 편히 왔다는 생각은 안 하시나?"

"어허, 편히 오다니. 이거 왜 이래. 우리도 고생 꽤나 했다고."

당민의 날이 바짝 선 면박에, 풍양자는 볼멘소리로 응수했다. 이쪽도 고생이 간단치 않았다.

"고생은 뭔!"

"너무 그러지 마라. 아민. 정말 고생이었다고."

"응?"

소명이 툭 거드는 한 마디에 당민은 입을 다물었다. 사연이 있는 모양새였다.

후우, 한숨을 흘리고서, 소명은 슬쩍 앞으로 몸을 기울였다. 은근한 어조로 입을 열었다.

"산중의 그곳을 찾아갔는데 말이야…… 마도, 천산 성

마의 일족이 움직였더군."

천산 성마. 그를 따르는 오대성혈 중 하나인 적화혈족. 혈족의 상당한 공력을 지닌 마녀가 거기에 있었다.

소명은 느릿느릿 말을 이어갔다.

남녀노소를 가리지 않았다. 홍천교의 교세가 번성할 적에 자취를 감췄다고 여겨지는 여럿이 거기에 있었다. 그들은 죽어서도 안식을 취하지 못했다.

시신 자체를 부리는 마도의 술수였다.

끔찍한 자들이다. 그것이 제대로 기능하기 전에 소명과 풍양자는 마녀와 마동을 베었다.

그리고 남은 시신은 어찌할 수가 없어서, 동혈을 무너뜨려 묻을 수밖에 없었다.

당민은 입술을 말아 물었다. 겨우겨우 살아 돌아온 자들이 말하던 시체들이 그런 목적이었던 것인가. 죽어서 움직이는 병기. 강시라고 하기도 하고, 실혼인이라 하기도 한다.

차이는 있겠지만, 천륜을 어기는 일이라는 것만은 다르지 않았다.

풍양자는 양 볼을 한껏 부풀리고서 조용히 있었다. 소명이 설명하는 데에 딱히 거들 말이 없었다. 그러다가 문득 한 마디를 툭 내뱉었다.

"그중에 있더라고. 우리 녀석들도."

고저가 따로 없는 어조였다. 그러나 풍양자의 참담한 속내는 가감 없이 드러났다. 풍양자는 목을 길게 내빼면서 고개를 떨구었다.

우리 녀석들이라니. 누구를 말하겠는가.

"대, 대사형……."

양정은 그만 울 것처럼 눈가에 물기가 그렁그렁했다. 그런데 장우빙의 기척이 또 달랐다. 안절부절못하는 모습이었다.

뭔가를 다그쳐 묻고 싶은데, 차마 나설 수가 없는 것 같은 기색이었다. 주저하는 그녀의 모습을 먼저 알아본 것은 당민이었다.

"왜 그러지?"

"그것, 그것이……."

장우빙은 떠듬거렸다. 말이 쉽게 튀어나오지 않았다. 일이 너무 어렵기도 할뿐더러, 무엇보다 두렵기 때문이었다. 답을 듣는 것이 두려웠다.

풍양자의 착잡한 눈길이 퍼뜩 장우빙에게로 향했다. 무슨 영문인지 모를 수가 없는 일이다. 자신만큼이나 가슴 졸이지 않았겠는가.

"그곳에 아미는 없었네. 소신니."

"그, 그렇습니까."

"음, 아마도…… 홍천교의 어딘가로 옮겨진 것이 아닌가 하네."

결국에는 홍천교이다.

장우빙은 그만 어깨를 늘어뜨렸다. 무릎 위에 올려놓고 있는 방갓을 두 손으로 더욱 꼭 그러잡고서 고개를 숙였다.

소신니의 심상을 어찌 모를까.

달리 위로할 말은 없다. 불길을 가운데에 두고서 모두 입을 굳게 다물었다. 상황을 파악하는 것만으로도 상처가 깊이 남는다.

당민도 여기서는 다른 말을 하지 않았다. 그저 눈을 지그시 감았다.

가운데에 밝혀 놓은 불길이 타탁 소리 내면서 타올랐다.

소명은 입을 굳게 다물고서 솟구치는 불길을 묵묵히 지켜보았다. 그는 침묵을 깨트렸다.

"그래서 홍천교라는 것들. 어떻게 움직이고 있지?"

"무리해서 밖으로 움직이려고 하더군. 처음처럼 교세를 넓히려는 게 아니야. 마치 군세가 정벌이라도 하는 것처럼 무력을 동원해서 주변을 짓밟고 있어."

"그 정도면 사교라고 할 수도 없겠군."

소명은 고개를 끄덕였다. 그러면서 눈을 가늘게 떴다. 사천에서 벌어지는 홍천교의 난이 성마와 이어졌다는 것은 분명했다.

"저것들이 말하는 홍천불이라는 게, 천산 성마일지도 모르겠군."

"딱히 교리랄 것도 없다면서."

"흠, 지금 죽어서 내세에 꽃을 피운다던가."

"그건 참…… 사교다운 소리로세."

풍양자가 한숨 흘리면서 고개를 흔들었다.

그로부터 한두 마디씩 얘기가 오갔다. 수상한 상황이 계속해서 이어지고 있었다. 여기서 드는 생각은 홍천교의 목적이 과연 사천을 도모하는 데에만 있겠느냐는 것이었다.

"사천 무림의 발을 묶어두려는 듯한데."

"상대하면서 깨달은 것은, 이미 지녔다고 생각했던 것을 아직 드러내지 않고 있다는 거야."

"당가의…… 현무를 말하는 건가?"

소명은 에둘러 말했다. 당가의 현무, 북방의 독고를 말하는 것이다. 당민은 심각한 눈으로 고개를 끄덕였다. 처음부터 당민이 집중한 것은 북고라는 현무고였다. 그곳에는 양도 양이지만, 실로 위험한 독물이 가득했다.

육사령이 현무고의 주인이라. 그가 있는 군세를 궤멸시

키면서, 방패막이 삼은 민초들은 물론, 현무고에서 탈취한 당가의 물건을 샅샅이 뒤졌지만, 결국 찾아낸 것은 극히 일부에 지나지 않았다.

현무고에서 가장 위험한 곳은 어찌 무사하였지만, 그보다 낮은 단계라고 해서 안전할 리는 만무했다.

하나라도 잘못 쓰였다가는 사람이 죽고 사는 것을 떠나서 일대가 불모지가 되기에 십상이었다.

십 년, 이십 년의 문제가 아니었다.

몇 대에 이르도록, 사람이 살 수 없는 땅이 될 수도 있었다. 그런 일이 벌어지는 것은 결단코 막아야만 했다.

"때를 노리기라도 하는 건가?"

"아니면, 달리 쓸 데가 있을는지도 모르지."

풍양자가 슬쩍 거들었다. 그러자 소명의 굵은 눈썹이 한번 솟구쳤다.

"달리 쓸 데라?"

"중원도 마도로 소란하다면서. 홍천교가 마도의 군세라는 것은 이미 확실하였으니. 저쪽으로 넘어가지 않았다고는 할 수 없잖나."

"생각하기도 싫은 일인데."

그럴듯하여서 더욱 끔찍한 소리였다. 당민은 녹면 속에서 눈을 가늘게 떴다. 미처 생각지 못한 것을 지금 풍양자가 꺼낸 것이다.

"이봐, 당민. 어떻게 생각해?"

"나도 정확하게 파악하고 있지는 못하지만…… 현무고에서 털린 것을 생각하면……."

당민은 말을 끝맺지 못했다. 가면 속에서 입술을 질끈 깨물었다.

소명은 눈을 가늘게 뜨고서, 먼 산을 물끄러미 바라보았다. 이렇게도, 저렇게도 끔찍한 상황만 빤히 그려진다.

당가에서 비장한 독고가 털려나간 것을 생각하면 머리가 아찔했다. 소명은 그만 고개를 절레절레 흔들었다. 한숨이 피식하면서 새었다.

"뭐, 어쩔 수 없지. 최악의 상황을 염두에 두고, 서두르는 수밖에."

*　　　*　　　*

웃기는 꼴이다.

여기 한 곳에 대체 몇이나 모여 있는 것인가. 눈동자를 살짝 굴렸다. 대부분이 피처럼 붉은 장포를 축 늘어뜨리고서, 검은 가면으로 얼굴을 감추고 있었다.

자신 또한 그들 사이에서 똑같은 차림새를 하고 있기는

했지만, 영 마뜩잖았다.

사천을 뒤흔드는 사교, 홍천교의 본거지라고 할 수 있는 곳. 여기는 홍천이라 이름 붙인 작은 성시였다. 이전에는 흔한 산골 마을에 지나지 않았지만, 불과 수년 사이에 길을 내고, 어지럽게 건물을 올렸다.

여기 사람들은 그저 외지인이 정착하려 드는가 하였던 것인데.

지금은 누구랄 것도 없이, 홍천교의 교도가 되어 있었다.

사내는 지금 그런 곳 한복판에 있었다.

홍천교주가 거한다는 홍요궁(紅耀宮), 궁이라고 이름 붙이지만, 그냥 조금 큰 기와집에 지나지 않는다. 그런 궁 옆에 이룬 가산이 어느 언덕처럼 거대했고, 그 아래로 이만한 공간을 이루고 있었다.

반구형으로 거대한 가운데에 어지러운 붉은 비단 깃을 몇이나 줄지어 늘어뜨렸고, 사방에서 환하게 밝힌 불빛 때문에 가산 아래, 지하라는 것을 잠시 잊을 정도로 밝았다.

그만한 공간 속에서도, 마땅히 앉을 자리가 없을 만치, 사람이 바글바글하였다.

사내는 좌우를 살피다가, 고개를 한 번 꺾었다.

대부분이 그와 다를 바가 없는 꼴을 하고 있지만, 몇은 붉은 비단장포의 모양이나 색이 조금씩 다르고, 또 누구는 검은 가면이 아니라 화려한 문양을 새겨놓고서 보란 듯이 턱을 세우고 있었다.

그런 자 앞에서는 한결 조심하는 모습이었다.

가면과 장삼 사이에도 차이가 있는 모양이었다.

그런데, 전혀 딴판인 자도 있었다. 딴판인 정도가 아니라, 자리와는 전혀 어울리지 않는 작자였다.

검고 붉은 가운데에서, 혼자 금박이 번쩍거리는 갑주 차림이라니. 얼굴을 드러낸 것도 그렇지만, 전혀 다른 모습이었다.

사뭇 위맹한 풍채를 지녔고, 잿빛으로 물든 수염이 거칠었다.

무엇보다 한 자루 장군검을 앞에 세우고서, 검 자루에 두 손을 걸치고 있는 모습은 한없이 당당했다. 그러면서 투구를 쓰지 않아, 드러난 얼굴에는 불편한 기색이 잔뜩 어려 있었다.

숱이 많아서 굵은 잿빛 눈썹을 바짝 모았다. 오른쪽 눈썹 끝을 크게 가로지른 붉은 흉터가 한차례 꿈틀거렸다.

다들 수군거리면서 자기들끼리 입을 놀렸다. 오가는 은밀한 소리가 속닥거리자, 마치 한여름의 모기떼처럼 앵앵 울렸다.

이를 더 지켜보고 있기가 어려웠다.

갑주의 장년인은 불편한 속을 더 감추지 않았다.

"대체 어제까지 이러고 있으라 하는 건가!"

버럭 내지른 일성이 우렁우렁 크게 울렸다. 규모 있는 지하 광장, 그곳을 타고 퍼지는 목소리에 신경질과 짜증이 솔직했다.

그러자 속닥거림을 멈추고서, 검은 가면들이 고개를 돌렸다. 느닷없이 모인 눈초리에 위축될 법도 하겠지만, 장년인은 보란 듯이 턱을 세웠다.

한껏 부라리는 눈동자가 뜨거웠다.

"아하하하. 이거 바쁜 분을 모셔놓고, 우리끼리 다른 소리를 하고 있었으니. 큰 결례를 범하였군요. 감 장군, 사죄드립니다. 하하하."

사이에서, 다른 한 사람이 불쑥 나섰다. 두 손을 맞잡으면서 가만히 웃었다. 일그러진 검은 가면 뒤에서 흘러나오는 웃음소리는 한없이 기이했다.

웃는 얼굴을 마주하고 성을 내기는 쉽지 않다.

감 장군이라 불린, 장년인은 헛기침을 흘렸다.

"크흠. 그대는?"

"이 사람이, 장군을 청한 일사령이올시다."

"일사령이시라?"

"허허허."

대사령 아래로 칠대사령이 있음은 일단 들어서 알았다. 그중 첫 번째라고 하니. 여하간에 간단한 인물일 리는 없는 일이다.

감씨 장군, 변방을 지켜내는 정예 중의 정예, 서북팔로 군의 장수인 감천방은 불편한 눈으로 나선 일사령을 노려보았다.

"본관의 임무는 어디까지나 북방을 경계하는 것이오. 내 어른의 청을 감히 마다하지 못하여서 오기는 하였소만. 계속 허튼소리를 하면서 본관의 귀한 시간을 허비하게 하지 마시오!"

"허허허!"

크게 웃었다. 올곧은 모습이기는 하다. 지금 감천방이 신경질적으로 내뱉은 말에 틀린 것이 없었다.

일사령은 그만 헛웃음을 흘렸다.

감천방은 눈을 가늘게 떴다. 일사령의 웃음이 크게 거슬렸다. 냅다 성질을 이기지 못하여서 내지르기는 하였지만, 이곳이 어디인가.

나라에서 금한 사교 집단의 한복판에 와 있었다.

'제기, 이런 자리일 줄이야…….'

평소 교분이 있는 어른이 이런 곳으로 자신을 등 떠밀

줄은 정말 꿈에도 몰랐다. 감천방은 혀를 차는 한편으로 입술을 지그시 깨물었다.

장군검을 움켜쥔 손에 남몰래 힘이 들어갔다.

"장군, 그렇게 걱정하지 마시오. 오늘 장군을 청한 것은 다른 이유가 아닙니다. 본교의 대사령께서……."

"이곳이 나라에서 금하는 사교라는 것이 분명한 일. 내 비록 사적인 인연으로 인해서 이곳에 들기는 하였으나. 나라의 명이 있으면 당장에라도 토벌해야 마땅할 자들이오."

"오호, 맺고 끊음이 확실하시군요."

"사교의 대사령이 본관에게 무슨 용무가 있는지는 몰라도."

"그것은 이 사람이 직접 말하지."

머리 위에서 가는 목소리가 울렸다. 말이 끊긴 감천방이 번쩍 고개를 치켜들었다.

마치 아이가 투정이라도 부리는 것처럼 가늘고 높은 목소리였다. 그런데 기이한 힘이 있어서 좌중을 한순간에 짓눌렀다.

드넓은 공간을 한마디로 침묵하게 하였다.

장수는 자기도 모르게 장군검을 잡은 손에 힘이 바짝 들어갔다. 무슨 일이 있어도 흔들리지 않을 듯하던 얼굴이 크게 요동쳤다.

"본교에서 귀관에게 필요한 것이 있다오."

목소리가 가만히 울렸다. 그리고 어디서 다가오는 것인지, 어지러운 기척이 피어올랐다.

"흡!"

장수는 빠르게 몸을 비틀었다. 그의 쏘아보는 시선에 사람들이 분분히 물러났다. 그러자 목소리는 다시 울렸다.

"그것은 귀관만이 내어 줄 수가 있어."

"이익!"

이번엔 전혀 다른 쪽이다. 장수는 이를 악물고서 휙 몸을 돌렸다.

"이게 무슨 귀신 놀음이냐! 나라의 장수를 희롱하고서 무사할 줄 아느냐!"

장수는 장군검을 기울여서 당장에라도 검을 뽑아낼 듯했다. 입안이 바짝 말라붙었다. 사방을 연신 경계하는데, 기척이 여기저기 있으면서도 정작 목소리의 실체는 발견할 수가 없다.

초조함이 크게 일었다. 그것은 곧 불안함이다. 짧은 순간이었지만, 감천방은 그만 흔들리고 말았다.

"저런, 저런, 자네는 무엇이 필요하냐고 물었어야지."

"흐아압!"

바짝 다가온 목소리가 바로 귓가에서 속삭였다.

감천방은 벼락같은 일성을 터뜨리면서 바로 검을 뽑았다. 허리를 뒤트는 것과 동시에 뽑혀나오는 거친 장군검은 의전용의 물건이 전혀 아니었다.

시퍼렇게 날이 서 있었다.

어지간히 베고 또 베었던지, 두터운 검신에는 온갖 흔적이 남아 있었다. 그러한 장군검이 크게 횡을 그리면서 길게 베었다.

허공을 가르는 소리가 사뭇 날카롭다. 길이가 육 척에 가까운 장군검이었다. 그럼에도 검 끝에 닿은 느낌은 아무것도 없었다.

"흐으윽!"

감천방은 장군검을 앞에 세우고서, 좌우를 빠르게 살폈다. 어디냐, 어디에 있는 것이냐. 그러는 사이에, 일사령이라고 하는 자들을 비롯한 다른 이들은 분분히 물러나 있었다.

다들 적잖이 당황한 눈초리였지만, 그렇다고 다른 두려움을 품거나 하지는 않았다.

감천방은 연신 헐떡거렸다. 고작 일검을 떨쳤을 뿐인데, 이렇게 지친 느낌이라니. 입안이 바짝 말라붙었고, 어깨는 단단히 뭉쳐서 아플 정도였다.

주춤, 주춤하면서 쉼 없이 사방을 계속해서 경계했다.

대체 어디냐, 어디서 오는 것이냐. 흔들리는 눈초리가 역력했다. 이제는 가슴을 다잡을 만한 여력이 없었다.

갑자기 다가왔다가, 갑자기 멀어지는 목소리를 경계할 뿐이었다. 실체도 없이, 몇 마디 말로 군문의 으뜸가는 장수라는 자신이 이 지경까지 몰리다니.

"헉, 허억, 허억."

"이제 진정이 되는가? 아니면 아직도."

"차합!"

목소리는 닿기가 무섭게 꼬리를 길게 남기고서 또 휙 사라졌다. 감천방은 즉각 반응하였지만, 아무도 없는 허공만 베었을 뿐이다.

"크윽!"

힘주어 악문 잇새를 잔뜩 드러냈다.

뜨겁게 치미는 분노가 머릿속을 태울 듯하지만, 가슴 한구석이 홀연 싸늘하게 얼어붙었다.

공포였다. 닿지 못하는 상대에 대한 공포가 슬금슬금 퍼져가기 시작했다. 하하, 하하하하. 목소리가 머리 위에서 둥글게 맴돌았다.

검이 흔들리지 않는 것만으로도 다행이다. 목소리의 주인이 이들이 말하는 대사령이 틀림없을 것이다. 실로 귀신같은 보신경으로 자신을 들었다가 놓아댄다.

짙은 자괴감 속에서도, 감천방은 쉽사리 검을 내릴 수가 없었다.

"이제 그만 검을 거두는 게 어떻겠는가?"

"흐으, 흐으, 장수가 검을 놓을 때는 그저 목을 잃을 때이다!"

"하하하, 그거 좋은 말이구나. 그래, 딱 필요한 것이 바로 네놈의 얼굴이니."

"흡!"

바로 코앞이다. 붉은 연기가 휘돌더니, 불쑥 사람 얼굴을 이루어냈다. 사람의 모습이 아니다. 붉은 연기 속에서 사람의 형체를 갖추었고, 붉은 연기가 마치 손발을 뻗어대는 것처럼 빠르게 밀려왔다.

괴변이라고 밖에는 할 수 없는 현상 앞에서, 감천방은 발작하듯이 몸을 뒤틀었다.

어김없이 검광이 번쩍이면서 솟구쳤다. 공력 한 점을 아낄 때가 아니었다. 지닌바 검공을 아낌없이 흩뿌렸다. 난도질하듯이 휘두르는 검적을 따라서, 날카로운 바람이 솟구쳤다.

형식은 그야말로 전장의 살벌한 검세로, 오로지 상대를 먼저 베어 죽이는 것이 목적인 살검이다. 그런데 뜻밖에도 검법을 뒷받침하는 것은 상당히 정심한 내공기력이었다.

"캬아아악!"

붉은 연기를 거침없이 휘둘러서 가두고는 그대로 베어버렸다. 일점에 집중한 내가공력은 그야말로 진신내력의 전부였다.

붉은 연기가 모래알처럼 사방으로 흩어졌다.

터져 나오는 괴성에 절로 소름이 돋았다. 허허, 웃으면서 지켜보는 다른 이들도 소리에 놀라 움츠러들었다.

감천방은 장군검을 휘두른 그대로 굳었다. 헐떡임이 더욱 거칠어졌다. 눈앞이 깜깜할 정도였다. 마지막의 기력, 한 줌까지 쥐어짜냈다.

그러나 힘찬 일검에 닿은 것은 미미할 뿐이었다.

검세가 다한 지금에, 흩어졌던 붉은 연기가 머리 위에서 다시 모여들었다. 감천방은 느리게 고개를 들었다. 위를 보는 두 눈이 망연할 따름이다.

대사령의 붉은 연기는 감천방의 두 손을 덥석 얽어맸다.

"커억!"

감천방은 그 순간에 벼락이라도 맞은 듯이 몸을 떨었다. 뿌리치고자 해도 뿌리칠 수가 없었다. 공력을 소진한 탓도 있었지만, 손목을 뒤트는 역도가 상상 이상이었다.

단련된 강골이었지만, 휘감은 붉은 기운 속에서 수숫대처럼 그대로 바스러질 듯했다.

일그러진 얼굴에 식은땀이 역력했다. 살짝 비틀린 채, 당기는 힘으로 그대로 끌려갔다. 버티고자 하였지만, 속절없는 일이었다.

붉은 연기를 전신으로 휘감고서, 모습을 드러낸 자는 아주 앳된 얼굴을 하고 있었다. 그러나 사람의 얼굴이 있다고 해서, 사람은 아니었다.

사람일 수가 없었다.

"대사령의 존체를 뵈옵나이다."

"대사령!"

붉은 연기 속에서 모습을 드러내기가 무섭게, 사방에서 신도라는 것들이 분분히 무릎을 꿇었다. 남녀노소를 구분할 것 없었다. 무겁게 고개마저 숙였다.

대사령이라는 괴이한 것은 드러낸 앳된 얼굴에 미소를 가득 머금었다.

사특한 미소였다.

"자아, 이제 얘기를 할 자세가 되었느냐?"

"너는…… 무엇이냐? 요, 요괴냐?"

"호오, 아직도 반항할 마음이 남아 있다니. 서북방에서 으뜸가는 장수라는 말이 빈말이 아니로군."

"이이익!"

"그 정도 반항심이야 어여삐 여겨줘야겠지. 자자, 어차피 내가 필요한 것은 네놈의 얼굴이니라."

"뭐라?"

"얼굴을 빌려야겠다. 이것은 귀한 분을 위한 대업의 하나이니. 너는 마땅히 영광으로 알라."

"개……소리!"

감천방은 마지막이 다가왔음을 알았다. 항거할 수 없는 거력에 붙들린 와중이었고, 자신의 재간으로는 아무 수단도 남아 있지 않다. 그렇다고 한들, 어찌 마음조차 꺾이랴.

감천방은 눈을 찢어질 듯이 눈을 부릅떴다. 얼굴 가죽을 벗겨가든 어쩌든, 저 괴이한 것을 죽는 순간까지 눈에 담아내리라 단단히 각오하였다.

그 지독한 눈길을, 대사령은 오히려 기껍게 받아들였다.

"그래, 원망하여라. 저주하여라. 너의 원망과 저주가 대업을 이루는 초석이 될지니."

점점 모를 소리였다. 그런 것이야 어떻든, 뭉클 솟아오른 또 다른 한 가닥의 안개가 모습을 달리했다. 칼날처럼 섬뜩한 날이 서는 듯했다. 그 자체로 예기를 드러냈다. 그리고 얼굴을 향해서 차츰차츰 다가왔다.

"아, 정말."

문득 한숨이 울컥 솟아올랐다. 여기 자리에 끼어들려고

몇 날을 납작 엎드려서, 온갖 눈치를 다 보았는데. 그렇다고 저 모양을 내내 지켜보고만 있을 수도 없었다.

고개를 푹 숙이고 있다가 슬그머니 눈빛을 반짝였다. 웅크린 시뻘건 장포 너머로 불길한 붉은 안개가 뭉클거리고, 거기에 휘감긴 장수의 모습은 애처롭기만 했다.

힘주어서 잔뜩 부릅뜬 장수의 눈길이 장렬하기는 하였지만, 그뿐이었다. 거미줄에 걸린 날벌레처럼 조금도 항거하지 못하는 처지였다.

이것을 그대로 내버려 두면, 그것도 그대로 속이 불편한 일이다.

"썩을."

다시 고개를 움츠리면서 험한 욕설을 한번 읊조렸다.

짧은 욕설이지만, 주변에 들리기에는 충분했다. 좌우에서 기이한 눈으로 흘겨보았다. 자중하라는 경고의 뜻이 분명했다.

눈길에 어색한 미소를 한번 지어 보였다. 그리고 한층 고개를 숙였다. 붉은 장포 아래에서 뭔가 꿈지럭거렸다. 그러는 사이, 대사령은 천천히 장수를 끌어당겼다. 뭐라고 떠드는데, 그런 소리는 귓등으로 흘려 넘겼다.

지금 중요한 것은 그게 아니었다.

"아니, 이보게. 지금 뭣하는 건가?"

어깨가 들썩거리는 꼴이 심히 수상하다. 가까이 있던 자가 꾸짖듯이 속삭였다. 소곤거림에 힘이 실려 있었다. 그러자 슬쩍 고개를 돌렸다.

이목구비 짙은 얼굴에 어색한 미소가 어렸다.

"음, 뭐 약간의 준비라고나 할까요."

"준비? 무슨?"

"히히."

이를 드러내면서 방정맞은 웃음을 보였다. 그러고는 자리에서 벌떡 일어났다. 걸친 장포가 어깨 뒤로 후드득 떨어졌다.

좌우에서 놀란 얼굴로 눈을 치떴다. 그런 이들을 향해서 두 손을 거침없이 뻗었다.

덥석 움켜쥔 손아귀 힘은 우악스럽기 그지없었다. 너무 당황한 것도 있었지만, 그 손놀림은 그림자조차 남기지 않을 만큼 빨랐다.

"받아라!"

뱃심에서 터지는 괴성이 우렁차게 울렸다. 그리고 좌우에 있던 붉은 혈포의 사내들을 냅다 집어던졌다. 둘뿐만이 아니었다. 앞에 있는 자들은 고개 조아린 모습 그대로 엉덩이를 뻥뻥 걷어찼다.

끄어억!

어어억!

놀라고 당황한 비명이 울렸다. 그것은 곧 끔찍한 단말마의 비명으로 돌변했다. 대사령의 전신을 에워싸고 있던 붉은 혈무 속에 닿자마자 처참한 몰골로 갈가리 찢겨나갔기 때문이었다.

"으응?"

대사령도 전혀 예상하지 못한 일이다. 자리를 주관하는 셈이었던 일사령이 바로 고개를 세웠다.

"웬 놈이냐!"

"알 바냐!"

사내는 버럭 외치고서는 앞으로 뛰쳐나갔다. 서슬에 축 늘어진 장수의 뒷덜미를 잡아채고서 그대로 내달렸다. 요동치는 붉은 혈무가 장수와 사내의 뒤를 노렸다.

하늘을 향해서 쏘아 올린 강전(鋼箭)이 뚝뚝 떨어지는 것처럼 날카롭고 세찬 경력이었다. 파파팍! 요란한 소리를 내면서 떨어졌다. 그러나 사내는 그만 좌우로 휘청거리면서 넘어질 듯하면서도 용케 몸을 가누면서 내달렸다.

휘청휘청하는 것이 불안한데, 내달리는 속도는 오히려 더욱 빨랐다. 저러한 독특한 보신경이 다른 곳에 있을 리가 만무했다.

일사령은 바로 알아보고서 이를 악물었다.

"취팔선(醉八仙)! 개방의 거지새끼로구나!"

그리 알아보거나 말거나.

개방의 사천분타주, 백결호 오군은 뒤돌아보지도 않고 마구 내달렸다.

"아오, 젠장! 젠장! 젠장!"

바락바락 악을 써대듯이 욕지거리만 마구 내뱉었다. 지금 위험한 것보다는, 여기까지 숨어든답시고 공들인 것이 아까워서 이렇다.

"여보쇼! 죽었소!"

"으, 으, 안, 안 죽었네."

덜그럭거리는 서슬에 감천방은 정신을 차릴 수가 없었지만, 어찌 대꾸는 할 수 있었다. 오군은 혀를 질끈 깨물었다.

"조금만 버티쇼! 지금은 뭘 어찌할 수가 없으니까!"

"……으음."

감천방은 신음하듯이 겨우 소리를 내었다. 그러고는 눈을 질끈 감았다. 온몸의 기운을 쏙 빼앗긴 것처럼 깊은 탈력감에 아무것도 할 수가 없었다.

감천방의 체구도 체구였지만, 거기에 갑주까지 당당히 걸치고 있다. 백결호라는 별호에 부끄럽지 않게, 호랑이처럼 빠르게 내달리는 것은 좋았지만, 발걸음은 점점 느려지고 있었다.

'이러다가는 험한 꼴을 피할 수가 없겠는데.'

오군은 질끈 혀를 깨물었다. 그러다가 불현듯 눈앞으로 가파른 절벽이 펼쳐졌다.

순간, 머리에 떠오르는 생각은 하나뿐이었다.

"머리 잡아! 머리!"

"으, 으응?"

감천방은 느닷없는 외침에 감기는 눈꺼풀을 억지로 밀어 올렸다. 갑자기 무슨 소리인가. 그런데 눈을 어렵게 뜨기가 무섭게 몸이 부웅, 떠오르는 것을 똑똑히 느낄 수 있었다.

놀랄 겨를도 없다.

감천방도 냅다 고개를 숙이고, 부러질 뻔한 두 손을 치켜들어서는 머리를 감쌌다. 그렇게 두 사람은 바닥을 데구르르 구르기 시작했다.

구르고 또 구른다. 그렇게밖에는 이곳을 내려갈 방책이 없었다.

쿵! 쾅! 퍽!

돌부리에 채이고, 자기들끼리 부딪치고, 까지고 온갖 난리를 치면서도 수 장에 이르는 까마득한 비탈을 그렇게 굴렀다.

오군도 그렇지만, 감천방도 아주 죽을 맛이었다. 몸도 성치 않은 판국인데. 족히 수십 근은 나가는 갑주를 단단히 걸치고서 돌바닥을 냅다 구른 것이다. 갑주의 무게에 없던 내상도 생기겠다.

그래도 사교 무리에게 붙잡혀서 얼굴 가죽을 뜯기는 것보다야 나은 일이다.

"으어어어어!"

진심으로 비명이 길게 터졌다. 그리고 구르고, 구르는 것의 끝은 차디찬 강물이었다.

"아아아아!"

두 사람은 몸이 허공으로 부웅 떠오르는 것을 느끼고는 한목소리로 새된 비명을 흘렸다. 그리고 첨벙! 묵직한 물소리가 크게 울렸다.

둘을 집어삼킨 강물은 한차례 혼탁해졌지만, 곧 흐르는 물결에 쓸려서는 다시 도도하게 흘러만 갔다. 그렇게 오래지 않아서, 두 사람이 똑 떨어진 절벽가로 수십의 인영이 솟구치듯이 모습을 드러냈다.

좌우로 쫙 늘어서서는 흐르는 강물을 무서운 눈으로 노려보았다.

보이는 것은 흐르는 세찬 물결뿐이다. 아래로는 뻔히 확인할 수 있어서, 달리 숨을 곳은 없었다.

"너희는 하류로 내려가 보아라. 거기서 그물을 치든, 물에 뛰어들든, 무슨 수를 써서든 찾아내! 너희는 강을 따라서 내려가도록 하고. 그리고…… 혹시 모르니, 상류 쪽으로도 올라가서 살피도록."

아무리 그래도 상류로는 거슬러 올라갈 수 없겠다만, 혹시나 하는 것을 배제할 수 없었다. 일사령의 무거운 지시에, 혈포 차림을 한 자들은 답없이 고개를 푹 숙였다. 그리고 빠르게 흩어졌다.

일사령은 절벽 끝에서 입술을 질끈 깨물었다.

"이런! 이런 일이 있나!"

짜증이 또렷하게 어렸다. 다른 사령들을 제치고, 대사령의 눈에 들 기회였다. 그런데 눈에 드는 것은 고사하고, 오히려 눈 밖에 나는 것을 걱정해야 할 판이니.

일사령은 좀체 자리를 뜨지 못하고, 흐르는 강물을 무서운 눈으로 노려만 보았다.

우스운 일이었다.

그렇게 목맸을 때에는 멀었던 일이, 손에 닿을 듯하자 이렇게 일이 틀어지다니.

일사령은 한참 만에야 한숨을 토하면서 고개를 치켜들었다.

"사는 것 참. 인생사 새옹지마라고 하더니."

한숨과 함께 내뱉은 한마디에는 아무런 기운도 없었다. 결국, 두 어깨를 축 늘어뜨리고서 몸을 돌렸다.

비척비척, 걸어가는 뒷모습은 그저 왜소할 따름이었다. 앞날에 먹구름이 드리웠음을 직감한 까닭이다.

"아그로로로!"

오군은 말소리인지, 뭔지 모를 소리를 물거품과 함께 토해냈다. 거친 탁류 속에서 눈을 무섭게 치떴다. 잠깐이라도 정신을 놓았다가는 물결에 휩쓸려서 고대로 익사할 판이다.

오군은 흐르는 바위를 한 손으로 붙들고도 모자라, 천근추의 공력으로 강바닥에 두 발목을 깊이 파묻었다. 그런 채, 때리는 물결을 맞받아가면서 버티고 또 버텼다. 다른 손으로는 축 늘어져 있는 감천방의 갑주를 정말 힘껏 부여잡았다.

숨이 정말 간당간당해질 무렵에 이를 즈음에, 오군은 눈을 치떴다. 물 바깥이 어떨지 모르겠지만, 더는 물 밑에서 허우적거리고 있을 수가 없었다.

"으르르르!"

오군은 괴이한 소리를 물거품과 함께 토해내면서 있는 힘껏 몸을 솟구쳤다.

바윗돌을 파고드는 손가락에 핏물이 맺힐 지경이다. 그렇게 의지해서 겨우, 겨우 물 밖으로 고개를 내뺐었다.

"에페페페!"

흙 섞인 강물을 대충 뱉어내고서, 오군은 빠르게 좌우를 둘러보았다. 다행이랄지, 주변에 다른 인적은 없었다.

여기까지 쫓아온 것들은 하류를 살피든, 강물을 따라서 달리든 하겠지. 오군은 물가의 바위를 붙들고서 고개를 흔들었다.

하필 지금 있는 곳은 굽이 산을 타고서 크게 맴도는 위치인지라, 강의 흐름이 한층 격렬할 뿐만 아니라 여타 잡스러운 것이 잔뜩이었다.

오군은 후우, 후우 간신히 숨을 가다듬었다. 이제 어쩌면 좋을지, 딱히 뾰족한 수가 떠오르지 않았다. 그렇다고 마냥 이리 떠 있을 수도 없는 일이었다.

벌써 손가락에서 힘이 빠져나가고 있었다. 오군은 입술을 질끈 깨물고서, 갑주의 장수를 돌아보았다. 아주 정신을 놓은 듯이 축 늘어진 채, 두둥실 떠 있었다.

물을 너무 먹어서 행여 숨이나 막히지 않았을지.

"보쇼! 보쇼! 죽었소? 죽었냐고!"

"크, 크허윽…… 아, 안 죽었소……."

"손은? 손은 움직일 수 있나?"

"끄으……으읍……."

감천방은 급하게 다그치는 말에 겨우 반응했다. 두 눈은 초점 없어서 흐릿했고, 입가에는 핏물이 연신 흘렀다.

손을 움직일 수 있느냐고 묻는 말에, 그는 이를 악물었다. 굳어가는 손을 어떻게든 움직여보겠다고 용을 썼다. 그러나 쉽지 않았다.

스치는 물결이 아플 정도였다.

"안 되겠소. 힘이 들어가지 않아."

"젠장."

"그만 놓으시오. 나 때문에 귀하마저……."

"에잇, 어차피 저지른 일이오!"

오군은 바락 소리쳤다. 그리고 아프도록 입술을 질끈 깨물었다.

그래, 어차피 저지른 일이다.

오군은 죽기 살기로 남은 내력을 바닥까지 박박 긁었다. 계속해서 몰아치는 물결에 정신을 차릴 수가 없었다. 이런 상황에서 내가공력을 잘못 집중하였다가는 그대로 주화입마에 빠진다. 그러나 이래도 죽고, 저래도 죽을 판이다. 무엇을 가릴까.

"에라잇!"

바위를 틀어쥔 손아귀에 전력으로 공력을 불어넣었다.

요동치는 물결을 타고서 몸이 흔들리는데, 그때에 허리를 힘껏 튕겼다.

평소의 몸이라면 이것 하나로 두어 장의 높이가 우습겠지만, 지금은 고작해야 반장 남짓도 되지 못했다.

철퍽! 철퍽! 흙탕물이 엉망으로 튀었다. 자칫 물살에 휩쓸려서 떠내려갈 판이다. 굴곡진 곳이라서 유속이 한도 빠르지만, 강폭이 좁은 것도 있었다.

"하으읍!"

죽자고 몸을 끌어당긴 끝에, 오군의 피투성이 손이 겨우 뭍에 이르렀다. 실로 천운이 따랐다고밖에는 할 수가 없었다.

젖은 흙을 한 손으로 찍어대면서 오군은 겨우 몸을 끌어올렸다. 그러고는 사지가 덜덜 요동쳤다.

무리에, 무리를 거듭한 탓에 전신의 근육이 제멋대로 뒤틀렸다. 뼈나 부러지지 않았으면 다행이겠다. 그것을 챙길 정신은 조금도 없었다.

덩달아서 어찌 뭍으로 올라온 감천방도 매한가지였다.

엎어진 채, 옴짝달싹하지 못했다. 그렇게 있기를 한참, 바로 옆에서 물 흐르는 소리만 시끄럽게 울렸다.

죽은 듯이 널브러진, 두 사람 위로 누군가의 그림자가 소리 없이 솟았다.

"죽었나? 살았나? 아니면, 죽지도 살지도 못한 걸까?"

어린 목소리였다. 이리 갸웃, 저리 갸웃하기만 할 뿐이지, 딱히 다가서지는 않았다.

"끄응."

고통에 겨운 신음이 흐르자, 그제야 그림자는 폴짝 물러섰다.

"이야, 죽지 않았구나!"

반기는 목소리인지 알 도리가 없다. 하지만 이어지는 행동은 목적이 참 명확했다. 엎어진 둘을 발끝으로 툭툭 건드렸다. 그러자 벌러덩 몸이 절로 뒤집어졌다. 젖은 채로 흙바닥에 얼굴을 단단히 처박은 덕분에, 하나같이 시커멓다.

문득 오군이 말문을 열었다. 기운이라고는 단 일점도 없었다. 신음이나 다를 바 없었다. 그런 목소리라도 일단 말은 나왔다.

"아가야. 여기가 어디냐?"

"물가인데요."

"그래. 안 죽었나."

"안 죽었어요."

"허, 기연이로세."

"그렇게까지 기연은 아닐걸요."

"......."

오군은 마른 입가를 한 번 달싹거리고서, 어렵게 눈꺼풀을 밀어 올렸다. 눈꺼풀이 이렇게까지 무거운 것인지. 덜덜 떨리는 끝에 겨우 실눈을 떴다.

아직 희뿌옇기만 한데, 자신을 빤히 보는 자리에 작은 인형의 모습이 보였다.

"너 홍천의 아이냐?"

"음, 뭐 비슷해요."

"그래, 그렇구나. 에라, 모르겠다. 할 만큼 했지, 뭐. 에효."

오군은 뒤로 고개를 젖혔다. 더 생각하기도 싫다. 정말로 숨 쉬는 것도 힘들었으니. 뒷머리가 땅바닥에 닿기가 무섭게 겨우 붙잡은 정신줄을 다시 놓쳐버렸다.

세상 없이 몽롱하다. 감긴 눈이 천근으로 무겁다. 아니, 애초에 눈 뜰 생각도 없다. 깊을 뿐만 아니라, 달기까지 한 단잠이었다. 그런데 문득 몸을 흔드는 손길이 있었다.

"죽었소?"

"아, 몰라."

"여보쇼. 거지."

"에헤이, 자는 거지는 건드리지 말라고."

"그게, 그래도 지금 일어나는 편이 좋을 것 같은데."

"아, 왜에. 뭐? 왜애?"

오군은 자꾸 툭툭 건드리는 것에 잔뜩 짜증을 부렸다. 그래도 꼭 감은 눈은 뜨지도 않았다. 지금 눈을 뜨기에는 딱 누운 자리가 너무도 알맞았다. 푹신한 보료 속에서 마치, 구름 속에 파묻히기라도 한 것처럼 포근하였고, 은은한 온기마저 적당했다. 이만한 곳은 달리 없을 듯했다. 얼굴에 닿는 부드러운 느낌은 또 어떠한지.

깨우는 손짓을 짜증으로 밀쳐내고서 오군은 몸을 돌렸다.

"으음."

그러다가 문득 이상한 점을 깨달았다. 이렇게 편하면 안 되는 것이 아닌가. 오군은 더 눈감고 있을 수가 없었다. 한순간에 찬물을 뒤집어쓴 것처럼 온몸이 싸늘해졌다.

"그러게 일어나시라니까."

"크흠, 크흠."

움찔한 속내를 읽었던지, 혀 차면서 하는 소리였다. 오군은 마른 입술로 헛기침을 흘렸다. 느릿느릿 몸을 일으켰다. 고개를 돌리자, 화창한 햇빛이 쏟아지듯이 들어왔다.

높은 천장, 사뭇 으리으리한 실내의 모습이 먼저 보였다. 그리고 갑주를 벗은 감천방이 사뭇 난처한 얼굴로 있었다.

"여기가 어디요?"

"그야 나도 모르지요."

"거참."

두 남자는 여전히 맹한 얼굴로 서로 얼굴만 보았다. 다시 방을 살피니, 큼직한 침상 두 개가 번듯하게 놓여 있었다. 그리고 둘만 방에 있는 것이 아니었다.

단정한 차림의 시비 다섯이 공손한 모습으로 한쪽에 가만히 서 있었다.

"하, 하하. 이거야 원."

다른 사람이 있으면, 그것 먼저 말해 줄 일이지.

오군은 어쨌든 마른침을 한번 삼켰다. 얼굴에 철판 까는 것은 거지로서는 첫째로 갖추어야 할 일이다. 오군은 두 손을 얼굴을 한차례 쓸어내렸다.

감천방도 어리둥절하였다가, 바로 신색을 회복했다. 어디인지 모를 곳에서 깨어난 것도 그렇지만, 일단 몸 상태를 약간이라도 회복하였으니.

숨을 다잡고서, 감천방은 헛기침을 흘렸다.

"이곳의 주인은 어느 분이신가?"

한 시비가 고혹적인 미소를 머금고는 살짝 무릎을 굽혔다.

"주인께서 곧 돌아오십니다."

"그, 그런가?"

시비는 참으로 정중하였다. 그러면서도 단호한 면이 있어서, 저 미소를 어떻게 깨트릴 수가 없을 듯했다. 감천방은 헛기침을 흘리면서 오군에게 속삭였다.

"대체 뭐가 어떻게 된 것인지 모르겠소."

"뭐, 나라고 다르겠습니까? 그냥 다른 도리가 없으니."

오군은 심드렁하여서 대꾸했다. 말투는 그리하여도, 저기 있는 시비 다섯을 경계하는 눈초리는 역력했다. 뭔가 심상치가 않았다.

'몸 상태는 그럭저럭인데…….'

평소와는 비교할 수 있을 정도는 아니지만, 까무룩 정신을 잃을 때를 생각하면 상당한 정도로 회복한 것은 분명했다. 그런데 어딘지 모를 곳에서 함부로 난동을 부릴 수는 없었다.

내공을 비롯한 신체에 다른 구속을 해놓지 않았다는 것부터가 찝찝한 일이다.

그만한 자신감이 있다든가, 아니면 자신이 감지하지 못하는 다른 제재가 있다든가.

어느 쪽이든 경거망동할 수는 없다. 그리고 길게 고민할 필요도 없었다. 차분한 발소리가 울렸다. 하나, 둘이 아니었다. 오군은 새삼 허리를 세웠다.

곧 문창 너머로 여럿의 그림자가 나타났다. 그림자가 문창을 가득 메울 정도였다.

"손님께서는 일어나셨는가?"

"예, 주인."

제법 위엄을 갖추었지만, 그럼에도 나이는 감추지 못하니. 한참 어린아이의 목소리였다. 오군은 문득 입술을 삐죽거리면서 고개를 삐딱하게 기울였다.

뭐라는 상황이냐.

두 시비가 조용히 문가로 다가와서 좌우로 방문을 활짝 열었다. 기다렸다는 듯이 한낮의 햇빛이 쏟아졌다. 그리고 긴 그림자가 먼저 들어섰다.

문가에는 여럿이 있었지만, 문지방을 넘어서 들어서는 것은 한 사람뿐이었다. 붉은빛이 감도는 금포가 화려했다. 머리카락 한 올, 흐트러짐 없이 올린 머리에는 금잠을 꽂았다. 그러나 결국에는 어린아이였다.

이제 열이나 되었을까. 한참 어린 녀석은 침상 앞까지 걸어왔다. 시비 한 사람이 바로 의자를 가져왔다. 아이는 턱 끝을 들고서 의자에 편히 앉았다.

금포자락에 주름이라도 잡힐까, 문을 열었던 두 시비가 좌우에서 아이의 옷자락을 단정하게 정리했다. 참 분주한 모습이다.

"허어, 이거참."

오군도 그렇지만, 장수도 어찌 입을 열어야 할지 몰라서 혀를 찼다. 범상치 않은 모습이기는 하지만, 한참 어린아이가 아닌가.

"음, 뭐라고 불러야 하려나. 여하간, 그쪽이 우리를 구하였나?"

"그런 셈이지요."

"음, 먼저 고맙다는 말을 해야겠구먼. 소공자."

"별말씀을요. 서정팔로군의 기둥이라고 하는 감 장군을 이리 모시게 되었으니, 제가 영광입니다."

"음, 이 사람을 아는가?"

"대략적인 정도입니다만."

감 장군, 감천방은 적잖이 놀란 얼굴이었다. 자신은 엄연히 군부의 인물, 군부 밖에서 자신을 알아보는 사람이 따로 있으리라고는 미처 생각지 못했다.

놀라는 감천방과 달리 오군은 한층 심각하여서 눈살을 잔뜩 찌푸렸다. 편히 앉은 채, 무릎 위에 올린 손에 힘이 들어갔다.

"내 짐작이 틀리지 않다면, 아직 이곳은 홍천교의 복판인 듯싶은데."

"바로 그렇습니다. 역시 개방의 협개시로군요. 이곳이

본교의 총단이지요."

"흠, 본교라."

오군은 눈을 가늘게 떴다. 경계하는 기색을 굳이 감추려 들지도 않는다.

"이 거지가, 개방이라는 것을 알았으니. 굳이 내 소개를 할 것도 없겠군. 그럼, 소공자에 대해 물어도 되겠나?"

"홍천교의 교주입니다."

"응? 뭐라고?"

"제가 홍천교의 교주라고요."

아이는 그렇게 말했다.

아, 이런 미친 세상.

오군은 저도 모르게 험한 한 마디를 짓씹었다. 저리 어린 것을 교주라 하여서 대체 무슨 짓거리를 벌이는 것인가.

생각할수록 갑갑한 마음뿐이라서, 그것은 오군뿐만이 아니라, 옆의 감천방도 마찬가지였다. 일그러진 얼굴로 있다가 그만 한숨을 흘리며 고개를 내저었다.

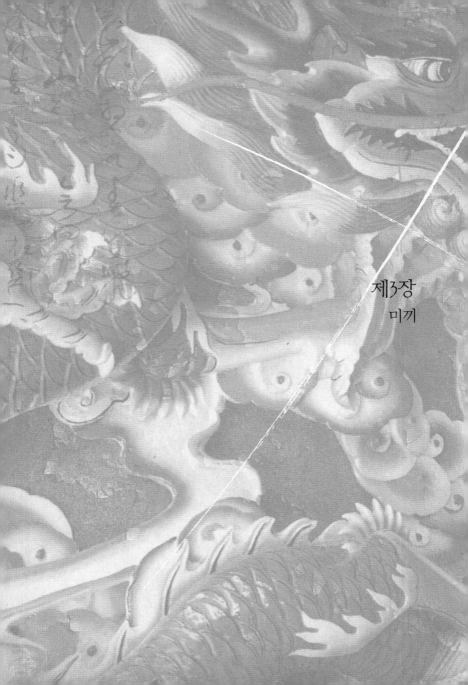

제3장
미끼

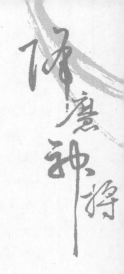

헉, 헉, 헉……

숨찬 소리가 맴돌았다.

높은 곳에서 한낮 햇볕이 따갑게 떨어졌고, 사방은 녹음이 한없이 짙었다. 어디가 어디인지, 전혀 구분하기 어려울 정도였지만, 그런 것은 아무래도 상관이 없었다.

깊은 숲 한가운데에서 헤매는 인영은 한껏 야위었다. 당장 쓰러지더라도 이상할 것이 없었다. 제대로 몸을 가누지 못해서 한 발을 내디딜 때마다 크게 휘청거렸다.

어디로 가야 할지를 알고서 향하는 걸음이 아니었다.

비틀거리는 대로 나아가는데, 높이 자란 수풀이 마구 흩어지고 짓밟혔다.

급기야 풀 더미에 발이 걸려서는 크게 엎어졌다.

"흑!"

놀란 숨소리마저 한참 흐렸다. 그렇게 쓰러져 있기를 잠시, 인영은 느리게 꿈틀거렸다. 수풀 사이에 처박은 얼굴을 힘겹게 치켜들었다. 야윈 얼굴이 흙먼지로 지저분했다. 드문드문한 흙을 어찌 쓸어낼 생각도 하지 못했다. 초점 없어서, 몽롱한 눈빛이 기이했다.

"가야, 가야 해. 가야······."

검은 피딱지가 앉을 정도로 터진 입술 사이로 흐린 소리가 새어나왔다. 무언가 홀린 것이 분명한 모습이었다. 그렇게 잿빛 가사 차림을 한 인영은 느릿느릿 몸을 일으켜서, 앞으로 나아갔다.

휘청거리는 그 모습은 한없이 불길하다. 그런 모습으로 인영은 수풀 짙은 녹음 속으로 차차 파묻혀 갔다.

민강어룡 두홍의 마지막 안가. 민강에서 멀지는 않지만, 그래도 산속 깊은 곳에 교묘하게 숨은 초옥은 고즈넉하여서, 쏟아지는 햇빛 아래에서 한참 평화롭게만 보였다.

정작 집주인이라고 할 수 있는 두홍은 영 엉뚱한 곳에 대층 널브러져 있었다.

"흐어……."

이제 무엇을 하면 좋으려나.

두홍은 아무런 의욕도 없었다. 초옥이 내려다보이는 바윗가에 등을 기대고서는 한숨을 길게 흘렸다. 날은 참 화창하기도 하여라.

대를 이어오면서 갖춘 근간을 다 잃었고, 마지막 터전이랄 곳도 저렇게 털린 마당이다. 가슴 속에서 무슨 열기가 끓어오를까. 의기소침 정도가 아니라 망연자실하여서, 두홍은 축 늘어진 채 거듭 한숨만 내뱉었다.

"민강어룡."

"에?"

두홍은 다가와서 넌지시 건네는 목소리에 고개를 세웠다. 복면을 벗고, 이제 모습을 드러낸 당가인이다. 현무고의 현무칠십이성 중 하나라던가.

여하간에, 두홍은 드리운 당가 사람의 그림자가 불편하여서 주춤주춤 몸을 일으켰다.

아직 통증이 남아서 움직임이 굼떴다.

"크흠, 거 무슨 일이시오?"

"몸은 괜찮으신가?"

"뭐, 그럭저럭이랄까."

불편함이 솔직한 얼굴로, 두홍은 붕대를 묵직하게 감아 놓은 어깨를 천천히 돌렸다. 지끈거리는 통증이 일었지만, 움직이지 못할 정도는 아니다.

"다행이구려. 풍양자께서 찾으시더이다."

"으익, 가, 가짜 도사가?"

"하, 하하."

당가인은 질린 두홍의 표정에 가볍게 웃음을 흘렸다. 청성파의 대사형으로, 사천 무림에서는 상당한 영명을 떨친 풍양자이다. 그런 사람을 가짜 도사 운운할 정도라면 상당한 친분이라고밖에는 말할 수 없을 것이다.

"민강어룡께서는 풍양자와 어떤 인연이 있은 것인지, 사뭇 궁금하구려."

"인연은 무슨…… 그냥 악연이오. 악연."

두홍은 불퉁한 표정으로 대꾸했다. 그래, 다시 생각해도 악연이다. 두홍은 절뚝거리면서 허리를 세웠다. 일어서는 것도 아직 힘이 잔뜩 들어가는 처지였다. 당가인은 쓴웃음을 짓고서, 그런 두홍의 한쪽 팔을 덥석 붙들었다.

"갑시다. 부축해드리지."

"아니, 그, 그럴 것 없는데."

두홍은 흠칫하더니, 떨떠름한 얼굴이 되고 말았다. 그래도 당가인은 손을 풀지 않았다.

"갑시다. 풍양자께서 굳이 당부하시더군. 아픈 척, 절뚝 거리면 그 핑계로 한참이랄 것이라고."

"……"

이건 뭐라고 말도 못하겠다. 두홍은 그냥 부축을 받으면 서 절뚝절뚝 걸었다.

안가의 가장 큰 죽옥, 그곳에 소명과 풍양자, 그리고 당 민이 마주하고 있었다. 소명은 가운데에 놓은 다탁에 편히 앉아 있었고, 풍양자는 창틀에 걸터앉아서는 창밖만 물끄 러미 보았다.

다들 속 편한 모습인데.

당민은 문가에 기대어 선 채, 다만 눈살을 찌푸리고 있었 다. 지금 상황이 아무래도 마뜩잖은 것이다.

안가로 몸을 숨기고서 사흘, 청성의 양정과 아미의 장우 빙이 합류하고서 하루가 지났다.

몸을 살핀다는 핑계는 참 그럴듯하나, 아무리 그래도 너 무 아무것도 하지 않고 있다.

당민은 새삼 힘이 들어간 눈초리로 조용한 소명을 바라 보았다. 달리 이유가 있는 것이 분명하다.

당민은 촉이 빠른 사람이다. 팔짱을 끼고서 슬쩍 턱 끝을 치켜들었다. 찌푸린 눈매가 언뜻 날카롭기까지 했다.

그렇다고 당민의 눈매에 움츠러들 두 사람은 또 아니었다.

"대체 뭐야?"

지켜보다가, 결국 당민이 먼저 입을 열었다. 그러자 딴 청인지, 아니면 정말로 다른 생각 중이었던지. 그냥 조용히 앉아 있던 두 사내가 고개를 돌렸다.

"응?"

"뭐가?"

"뭐가 있잖아. 뭐가 있으니까, 이렇게 주저앉아 있는 거 잖아."

"그야, 뭐 그렇지."

풍양자는 선뜻 고개를 끄덕였다. 주저하는 기색은 조금 도 없다. 그러고는 다시 고개를 돌렸다. 뭐가 있기는 하지 만, 자신은 말하지 않겠다는 태도였다

당민은 찌릿, 풍양자를 더욱 따가운 눈초리로 노려보았다.

소명은 그냥 쓴웃음을 한 번 그렸다. 자리에서 일어나 당 민에게 다가섰다. 아니, 지나치더니 가옥 밖의 기척을 찬찬 히 둘러보았다. 그 모습은 분명 수상하였다. 여기서 따로 이목에 신경 쓸 이유가 무어 있다고 이러는 것인가.

당민의 짙은 눈썹이 한층 깊이 찌푸려졌다. 그렇지만 언 성을 높이지는 않았다. 슬쩍 입술을 말아 물었다.

"그러고 보니 청성의 소도사는?"

소명은 여전히 밖을 내다보면서 은근히 물었다. 풍양자가 대꾸했다.

"고 녀석, 풍신령의 기본이 덜 되어 있단 말이야. 저쪽 들판에 있을 걸세. 아미의 소신니도 수련이 필요하다고 같이 나섰지."

"흠."

소명은 고개를 끄덕였다. 그리고 다시 의자로 돌아와 앉았다. 이제야 뭔가를 말해 줄 모습이다.

당민은 눈살 찌푸린 그대로 소명을 지켜보았다. 이렇게까지 주변을 신경 쓴다는 것은 생각보다 심각하다는 뜻이나 다름없었다.

"뭐야?"

"이거 말하기가 좀 어려운 일인데 말이야."

"계속 뜸들일 거야?"

"아무래도 아미파 쪽에 배신자가 있는 것 같다."

"아미파의 배신자? 그야 알려진 일이……."

당민은 쉽게 대꾸하려다가 그만 입을 굳게 닫았다. 소명과 풍양자가 어디를 거쳐 왔던가. 그것이 즉각 떠올랐다. 당민은 눈을 감았다.

팔짱 낀 한 손을 들어서 얼굴을 감싸 쥐었다.

후우, 답답함에 내뱉는 한숨은 새삼 뜨겁다. 당가에서도 현무고의 뼈아픈 배신이 있었다. 아미의 사정이 뻔히 그려지면서 더 갑갑하다.

우선 진정하고서 비스듬히 고개를 들었다.

다시 뜬 당민의 눈초리에 짜증이나 당혹의 감정은 전혀 없었다. 착 가라앉은 두 눈은 그저 진지할 뿐이다.

"그렇군. 의심할 만한 상황이라는 건가?"

"아미파 전부라고는 할 수 없겠지. 상황을 보면 아미의 탕마창이라 하였나, 그분이 먼저 당했어. 뒤에서의 암습이었지. 그리고 다른 아미제자 대부분도."

"등 뒤의 비수가 제일 두려운 법이지. 아미의 진세가 와르르 무너졌더군."

창틀에 앉아 있던 풍양자가 고개를 끄덕이면서 거들었다.

당민은 찬찬히 고개를 끄덕였다.

"좋아, 알아들었어. 그런데 그것과 여기서 사흘째 이러고 있는 것과는 무슨 관계가 있는 거지?"

"그야 기다리고 있는 거지."

"기다린다니? 뭘 기다린다는 말이오?"

풍양자가 툭 내뱉었다. 그 말을 받아서 되묻는 것은 전혀 엉뚱한 사람이었다. 현무 중 한 사람에게 붙들려서 끌려오다 시피 한 두홍이었다.

두홍은 앞뒤를 전혀 모르고서, 기다린다는 소리에 눈을

둥그렇게 치떴다. 이미 사용한 안가라고 하지만, 계속해서 뭔가 찾아오는 것은 정말 마다하고 싶은 일이다.

이미 청성과 아미의 제자가 들어온 것만으로도 가슴이 쿵쿵 내려앉을 지경이다. 그런 판국에 또 누가 찾아온다는 것인지.

도저히 모를 지경이라서, 한층, 또 한층 불안했다.

불안이 솔직한 두홍의 검은 얼굴을 보면서 풍양자는 히죽 웃었다. 소명은 모르는 척 고개를 돌렸다.

"가짜 도사! 또 무슨 수작을 부리려는 거야!"

"어허, 수작이라니. 사람 서운하게."

창틀에 앉은 풍양자는 거드름 피우듯이 헛기침을 한 번 내뱉었다.

"그럼, 그럼, 뭔데!"

"저쪽에서 찾아올 것을 얌전히 기다린다는 것이지."

"저……쪽? 설마 홍천교? 아니, 여기를 어찌 알고?"

"하하하."

두홍은 상황을 바로 알아듣지 못하고서, 어벙한 기색으로 되물었다. 그러자 풍양자는 그만 소리 내어 웃었다.

수작을 부리기는 한 것이다.

두홍은 그만 열이 올라 뒷목을 덥석 움켜쥐고, 억! 소리를 터뜨렸다.

"이, 이이. 가짜…… 가짜 도사야!"

저기서 일어나는 소란이야 어떻든, 당민은 문가에 기대고 있다가 허리를 세웠다.

"풍양자, 그들이 여기를 알고 찾아올 거라고 생각하나?"

"당연하지. 그러라고 소식을 흘린 건데."

풍양자는 선뜻 고개를 끄덕였다. 소식을 흘렸다니. 그것은 양정과 장우빙을 염두에 두고 하는 말이 분명하다. 그렇다면 수작질은 수작질이 아닌가.

당민은 눈동자를 치켜들어 다른 곳을 보면서 절레절레 고개를 흔들었다.

풍양자는 턱을 들고서, 딴청 피우듯이 창밖을 내다보았다. 밝은 햇빛이 눈가를 비추었다. 눈이 부신 모양인지 눈매를 가늘게 떴다.

조용히 쓴웃음만 짓고 있던 소명도 문득 턱을 치켜들었다.

"왔나?"

"음, 가까이 오는데."

풍양자는 창가에서 고개를 돌렸다. 히죽 웃는 입매였지만, 그 웃음은 싸늘했다. 더 말할 것도 없이, 엄지로 창밖을 가리켰다.

당민은 영 미심쩍었지만, 풍양자가 가리키는 창가로 다가갔다.

사방이 녹음은 짙었고, 내리는 햇살이 환하여서 눈부시다.

이는 바람이 수풀이 간간이 흔들렸다. 그러나 당민의 눈길은 착 가라앉았다. 먼 곳, 더욱 먼 곳에서 흔들리는 수풀이 부자연스러웠다.

무언가 이쪽을 향해서 다가오고 있다.

"그렇군."

당민은 묘한 탄성을 흘렸다. 두홍은 뒷목을 잡고서, 한참 끙끙거리다가 겨우 숨을 다잡았다. 좀 나아졌던 안색이 다시 시커멓게 물들었다.

사태를 이제야 파악했다. 안가는 들통이 난 셈이고, 또 몸을 피해야 하는 상황이 온 것이다.

두홍은 정말 싫은 얼굴로 어깨를 늘어뜨렸다. 이제는 체념할 수밖에 없었다.

"아, 정말이지."

아미파의 소신니 장우빙은 아주 신중한 눈으로 창끝을 아니, 창끝 너머를 노려보았다.

창안일체(槍眼一體), 창과 눈은 같아야 한다. 창술의 시작이자, 무공일체의 시작이다.

아미의 선장에는 창이 숨어 있다.

달리 신창이 아미산에 있다고 하는 것이 아니다.

파사현정(破邪顯正).

요사를 깨트리고 바른 법을 세우는 불법의 도리를 갖추었기에 신창이라 하는 것이었다. 속세에서는 이를 두고서 탕마창이라고도 하지만, 본래 칭하는 것은 마두관음신창이라.

마두관음은 중생구제의 대세력과 용맹정진력을 상징한다.

그런즉 마를 멸하는 것을 목적으로 하여서, 특히나 살기가 가득한 것이 아미의 창이었다.

장우빙은 비록 아미파의 소신니로, 출가하지 않아 속가제자라고 할 수 있지만 타고난 무재가 특출하여서 장문인이 직접 거두었고, 아미의 여러 선승이 참으로 아끼는 제자였다.

아미파에서 전하는 제반 무공을 모두 전수받는 기연을 얻었고, 기대에 부응하여 어느 것 하나 부족함이 없을 정도로 고루 수습하였다.

그중에서도 장우빙이 특히 신경 쓰는 무공이 지금의 마두관음신창이다.

장우빙은 스승인 장문인 만큼이나, 당대의 탕마창인 정진사태를 믿고 따랐다. 그리 의지하는 마음이 깊은데, 정진사태가 당한 변고를 생각하니 속이 까맣게 타들었다.

"흡!"

장우빙은 질끈 입술을 깨물었다.

생각이 너무 많다. 선장을 열어서, 창두를 드러낸 마당이

다. 상념이 지나쳐 창날이 흐려져서야 어디 무인이라고 할
수 있을까.

장우빙은 빠르게 호흡을 다잡고서, 눈을 다시 치떴다.

동시에 어깨 위로 드러나는 기파가 심상치 않게 일렁였
다. 그것을 느끼고서, 멀지 않은 곳에서 기이한 자세를 취
하고 있던 양정이 고개를 치켜들었다.

"아이고, 이런."

양정은 그만 혀를 찼다.

기마세를 취한 채, 창날을 한껏 내뻗은 모습 그대로 멈춰
있는 장우빙이다.

아지랑이 같은 기세가 잿빛의 승복 위로 뭉클거리며 일
어나는데, 어느 순간부터 색이 섞이는 것처럼 일어나기 시
작했다. 한눈에 보기에도 불길한 검붉은 빛이었다.

가만히 두고 보기가 어렵다. 양정은 엄지발가락 하나로
몸을 지탱하고 있던 차였다. 훌쩍 땅을 차고 그대로 몸을
뒤집으며 내려섰다.

파르락!

옷자락 펄럭이는 소리가 세차게 울렸다. 그러면서 양정
은 힘껏 발을 구르면서 내려섰다. 묵직한 소리가 퍼졌다.
서슬에 장우빙은 흠칫하며 눈을 다시 떴다. 멍하였던 두 눈
에 초점이 돌아왔다.

다시 본 창이 끝, 자신의 눈으로 보아도 불길한 검붉은 기운이 은은하게 맺혀 있다가 다급하게 흩어졌다. 이것을 가만히 놓아둘 수가 없다.

"하압!"

장우빙은 바로 다리를 교차하더니, 빙그르르 맴돌았다. 동시에 선장이 바람을 한껏 갈랐다. 마치 일어난 심마를 떨쳐내기라도 하려는 것처럼 격렬한 움직임이었다.

장우빙은 창영을 힘껏 떨쳐, 사방을 휩쓸었다. 급기야 여인의 모습은 간데없고, 삼두육비를 갖춘 것처럼 어지러운 환영이 크게 드러났다.

곧은 창날이 가르는 바람 소리가 날카롭다.

서슬에 무성한 수풀이 마구 잘려나갔다. 창날에서 뻗치는 예리한 기운은 수장을 전부 아우른다.

"에엑……."

양정은 주춤주춤 물러섰다. 검게 탄 얼굴이 핼쑥해져서는 질린 표정이었다. 이거 심상치가 않다. 스치는 바람이 경력을 머금어서는 사뭇 날카로웠다.

살피니, 장우빙은 지금 자신마저 잊고서 한바탕 창무에 빠져들어 있었다. 그 여파가 끝도 없이 몰아쳐 오는 상황이었다. 양정은 자리에 가만히 있을 수가 없었다.

삼두육비의 형상이 허공을 어지럽게 갈랐다. 어느 순간,

장우빙은 자신이 일으킨 환영을 가르면서 창을 떨쳤다.

파악!

막강한 기파가 동심원을 그리면서 드넓게 펼쳐졌다. 왈칵 일어난 경풍이 날카롭게 솟구쳤고, 뒤이어 흙먼지가 뽀얗게 일어나서는 어느 곳 가릴 것 없이 일대를 휩쓸었다.

양정은 허흡! 숨을 집어삼키고서 신형을 뒤틀었다.

스치는 경풍에 옷자락이 후드득 베어졌다. 슬금 거리를 벌려둔 덕분에 피륙의 상처까지는 면했지만, 이어서 밀려오는 흙먼지까지는 피할 수 없었다.

"흡······푸하······."

양정은 참았던 숨을 토하면서 고개를 흔들었다.

부스스 흙먼지가 떨어졌다. 허름한 단삼의 이곳저곳이 죄 갈라졌고, 먼지는 잔뜩 뒤집어썼다. 개방 거지라 하여도 이상할 것 없는 모습이다. 그렇게 볼품없는 꼴로, 양정은 장우빙을 빤히 바라보았다.

장우빙은 가슴 앞에 창을 세우고, 고요한 낯으로 합장하고 있었다.

이 난리를 일으키고서, 정작 당사자인 장우빙은 먼지 한 톨 없어 멀끔한 모습이었다.

"뭐가, 이러냐."

양정은 입매를 찌푸리고서 구시렁거렸다. 아직 단삼 차

림이라서 다행이라고 해야 할지도 모르겠다. 양정은 먼지를 대충 툭툭 털었다.

장우빙은 곧 어깨를 늘어뜨렸다.

참고 참았던 심화를 어느 정도 해소한 것인지. 다시 고개든 장우빙의 얼굴은 발그레하였다. 후끈한 열기가 일기도 하였지만, 이제야 주변을 살필 정도로 정신이 돌아온 것이다.

장우빙은 심히 민망하여서, 거지꼴로 있는 양정에게 고개를 숙였다.

"죄송합니다. 양정 도사. 제가 그만 정신을 놓아버렸군요."

"저야 괜찮습니다. 먼지 정도야, 뭐. 하하. 그보다 소신니야말로 괜찮으신지……."

"부끄럽습니다. 부족한 모습을 보이고 말았군요. 그만 심란이 끼어들어서……."

"그렇군요."

양정은 장우빙의 심란을 이해할 수 있었다. 그나마 자신은 대사형인 풍양자가 저리 강건한 모습으로 돌아오지 않았는가. 그것 하나만으로도 이리 마음이 놓이는 바였다. 그리고 장우빙은 오히려 그것 때문에 더 힘겨울 수 있었다.

어찌 탓하고 말고의 일이 아니다.

"크흠, 그만 돌아가지요. 소신니."

"네. 그보다 이렇게 소란을 부려놓았으니. 당 소저께 또

한 소리 듣겠습니다."

장우빙은 곧 난처함에 미간을 모았다. 아닌 게 아니라, 사방이 난장판이었다. 있는 대로 힘을 쓴 탓에 땅거죽이 다 뒤집어졌고, 무성한 수풀이 멀리까지 흩어졌다.

엉망인 주변 모습도 그렇지만, 기파가 폭발한다고 일어난 소음이 더 걱정이었다.

"그게 그렇군요. 하하하."

양정도 뒤늦게 상황을 깨달았다. 지금 숨어 있는 처지라는 것을 아주 까마득하게 잊고 말았다. 그렇다고 이미 저지른 일을 어찌할까. 여기서 일어난 큰 소리는 이미 안가에 닿고도 남았을 터였다.

양정과 장우빙은 슬쩍 긴장하고서 발걸음을 돌렸다. 그런데 안가에서는 다른 이유로 분주했다. 풍양자가 뭔가 바삐 움직이다가 두 사람을 발견하고는 허리를 세웠다.

"왔느냐. 안 그래도 찾아가 불러올 참인데 마침 잘 돌아왔다."

"네, 대사형. 헌데, 지금은 무슨 일로."

"음, 짐을 싸는 것 아니겠니. 홍천교 것들이 곧 들이닥칠 모양이다."

"헉!"

홍천교 운운에, 양정은 급한 숨을 집어삼켰다. 장우빙도 같이 당황했다. 자신이 일으킨 소란 탓인가 하였다.

두 사람이 놀라는 사이, 풍양자는 짐을 묶은 끈을 단단히 매듭짓고서 손을 털었다.

"뭘 그리 놀라느냐? 떠날 채비나 얼른 하여라."

"풍양자 선배, 혹시 저 때문에……."

장우빙이 잔뜩 미안한 얼굴로 입을 열었다. 풍양자는 눈 한 번 끔뻑거리더니, 곧 하하 웃어버렸다.

"아아, 아까의 큰 소리가 소신니의 재간이셨군."

"부, 부끄럽습니다."

"부끄러울 것 없소. 그리고 당황할 것도 없고. 소신니 때문이 전혀 아니니까. 그보다는."

풍양자는 말끝을 흐렸다. 바로 고개 돌려서 안가의 한 초옥을 눈짓으로 가리켰다. 그러는 표정과 눈길이 사뭇 심각했다.

장우빙은 그 모습에 눈썹을 치켜들었다.

"풍양자 선배?"

"가보시게."

어조가 착잡하기 이를 데가 없다. 장우빙은 더 묻지 않았다. 입술을 말아 물고는 눈치 보듯이, 주춤주춤 초옥으로 향했다.

가슴 깊은 곳이 불안감으로 요동쳤다. 기껏 기운을 발하여서 떨쳐냈다고 여긴 심란이 다시 들러붙은 셈이다.

다가서는 장우빙 모습이 위태하게 보였다. 양정은 저도 모르게 손을 뻗었다.

"소신니."

"아니, 네가 끼어들 일이 아니다."

"대, 대사형."

풍양자가 한 걸음 빨랐다. 바로 양정의 어깨를 붙들었다. 힘이 들어간 손이 억세다. 양정은 의아한 눈으로 풍양자를 돌아보았다. 그러나 풍양자는 굳은 얼굴을 할 뿐, 입을 열지 않았다.

장우빙은 뒤에서 들리는 소리를 제대로 듣지 못했다. 조심스럽게 별채의 문을 열고 들어섰다. 그곳은 당민과 자신이 처소로 사용한 곳이다.

창을 낸 곳에 대나무를 짜서 만든 침상이 놓여 있다. 그리고 자리에는 당민이 아닌 다른 이가 누웠다.

"억!"

장우빙은 살짝 보이는 것만으로도 상대를 바로 알아보았다. 조심하던 것을 관두고 바로 뛰어들어 갔다.

"법지 사저!"

놀란 외침이 크게 울렸다. 목소리 끝이 바들바들 떨렸다.

장우빙은 당장에라도 주저앉아서 울어버릴 듯했다. 먼지 앉은 침상에는 한 사람의 비구니가 아주 힘겨운 모습으로 누워 있었다.

단정하였을 얼굴은 모진 고초를 겪은 것처럼 상해 있었다. 파리한 얼굴의 두 볼은 앙상할 정도로 야위었다. 놓인 손가락은 전부 상해 있었다. 피딱지가 군데군데 맺혀 있었다.

"버, 법지 사저⋯⋯."

장우빙은 법지라는 비구니 옆에 털썩 무릎을 꿇었다. 손이 덜덜 떨렸다. 차마 상처투성이의 손을 붙잡을 수가 없었다. 저 손이 그대로 부서질까 두려웠다.

너무도 집중하여서, 바로 옆에 당민이 있다는 것조차 미처 깨닫지 못했다.

당민은 팔짱을 끼고서 격동을 이기지 못하는 장우빙을 물끄러미 지켜보았다. 굳이 건드릴 생각은 없었다. 법지의 상태는 돌볼 수 있는 만큼은 돌보았다. 목숨이 위태할 정도는 아니었다. 무공의 회복 여부까지는 장담할 수 없겠지만.

"재회의 슬픔은 알겠지만. 상황이 상황이니 그만 진정했으면 좋겠군."

기다리던 당민이 입을 열었다. 사뭇 냉정하다 싶은 말이었다. 장우빙은 흠칫 고개를 치켜들었다. 큰 눈망울에는 굵은 눈물이 잔뜩 고였다.

"다, 당 소저."

"천운이라 해야 할지. 목숨에 지장은 없어. 그러니 그만 진정하고 떠날 채비나 갖추게."

"흐읍. 네, 알겠습니다."

장우빙은 급하게 눈가를 훔쳐냈다. 홍천교 무리가 가깝다는 얘기는 이미 듣지 않았는가. 장우빙은 부랴부랴 일어나서 몸을 돌렸다. 따로 챙길 정도로 짐이 많지는 않았지만, 준비는 필요했다.

풍양자는 두홍의 싫은 소리를 귓등으로 흘렸다.

결국, 마지막 안가마저 포기하라고 하는 것이니. 두홍은 속 쓰린 정도가 아니라, 배알이 꼬일 지경이었다.

"아니, 아니, 왜! 왜애!"

"왜는 뭐가 왜야? 놈들이 온다잖아."

"가짜 도사 솜씨면 다 쓸어버릴 수 있잖수!"

"그렇지, 그렇게 할 셈이기는 한데. 어차피 발각된 곳이 아닌가. 계속 예서 있을 수도 없는 일이다."

"어차피 적이잖아! 적!"

"아오, 시끄러. 그만해!"

두홍은 답답하여서 빽 소리쳤다. 그러자 풍양자는 오만상을 쓰면서 마주 소리쳤다.

어차피 발각되는 것은 시간문제 아니었던가. 뻔히 알고 있었으면서, 왜 이리 미련인지. 그러나 발각되는 것과 드러내는 것과는 크게 다른 일이다.

두홍은 기껏 공들여서 마련한 마지막 안가가 며칠 있어 보지도 못하고 허망하게 버려질 것을 생각하니, 눈앞이 다 아찔하였다.

잔뜩 울상을 짓고서 아담한 초옥을 둘러보았다.

"에효…… 젠장. 내가 도사 말을 듣는 게 아니었는데."

두홍은 결국 체념하여서 한숨을 푹 내뱉었다. 풍양자는 대충 챙긴 짐을 휙 던졌다. 얼결에 받아들고서, 두홍은 멍한 얼굴을 들었다.

"그렇게 넋 놓고 있지 말라고. 이번 일이 잘 마무리되면, 청성 자락에 조용한 거처 하나 마련해 볼 테니까."

"뭐요?"

"내가 이래 봬도 청성파 대사형이야. 나 못 믿어?"

나름 얼러서 하는 말이다. 풍양자는 씩 웃으면서 턱을 치켜들었다. 보란 듯이 하는 모습이다. 그러나 두홍은 당장에 이를 드러냈다.

"앓느니 죽지. 내가 앓느니 죽어!"

두홍은 왈칵 짜증을 내고는 벌떡 일어났다. 아직 절뚝거리기는 해도, 사지가 멀쩡하여서 거동할 만하다. 풍양자는 짐짓 머쓱한 눈으로 두홍의 뒷모습을 흘깃 보았다.

"원…… 짜증 하고는……."

"불난 데에 부채질하는 거랑 뭐가 다르냐."

"아니, 내가 뭘?"

풍양자는 퉁명스럽게 대꾸했다. 고개 돌리자, 외곽을 둘러보던 소명이 헛웃음을 지으면서 걸어왔다.

"고놈들은 어때?"

"십 리 거리. 나름 조심한다고 모여 있더군."

"감싸면서 들이치려나?"

풍양자는 소명의 뒤편을 슬쩍 보면서 턱수염을 긁적거렸다. 안가는 은근한 곳에 숨었지만, 다른 방벽은 없었다. 덕분에 들이치면 사방으로 흩어질 수 있었다.

"아무래도 그렇겠지. 어때, 물길로 나갈 텐가?"

"환자도 있으니 그렇게 할 수는 없겠지."

아미파의 법지를 말하는 것이다. 사람은 여럿인데, 배는 양정과 장우빙이 타고 온 조각배 하나가 고작이었다. 그나마도 환자 한 사람을 누일 수도 없다.

"그럼, 흩어졌다가 알아서 손을 쓰는 것으로 하지."

그냥 도주하는 것이 아니다. 소명이 차분하게 말했다. 풍양자와 당민은 고개를 끄덕였다. 옆에서 두홍만 잔뜩 골이 난 채 입을 꾹 다물었다.

"흩어졌다가 따로 모이는 것은…… 어디 좋은 데 있나?"

소명이 넌지시 물었다. 그러자 자연스럽게 당민과 풍양자의 눈길이 심통 난 두홍에게 모였다.

두홍은 그 눈길에 슬쩍 눈썹을 치켜들었다. 훌쩍, 콧물 한번 삼켰다. 풍양자야 어찌 대들어 보겠지만, 소명과 당민에게는 뻗댈 마음조차 생기지 않는다.

"저쪽 뒤로 보이는 산봉을 둘 넘으면, 꽤 은밀하게 숨을 만한 장소가 있습니다. 내내 머물 곳은 아니지만, 하루 이틀 정도는 거뜬하지요."

두홍은 간단히 설명했다.

"좋아, 그곳에서 모이는 것으로 하고. 그래, 권야께서는 어디를 먼저 잡으시려나?"

"나는 여기서 예봉을 꺾지."

"엑? 괜찮겠어?"

"하하."

풍양자는 흠칫하여서 되물었다. 너무도 태평한 답이라서 당황할 정도였다.

어찌 보면 고작 한 무리라고 할 수 있겠지만, 지금 소명은 몰려오는 홍천교의 마졸을 혼자서 상대하겠다는 것이다. 하기야, 이제는 천하의 고수라고 할 수 있는 권야이고, 소명이다.

무슨 걱정을 할까.

풍양자는 휘휘 고개를 내저었다.

"에고, 그래. 적당히 놀려주라고."

소명은 가볍게 웃기만 했다.

조용한 움직임이다.

서두르는 와중이었지만, 발소리는 울리지 않았다. 누군가 부주의하여서 수풀을 툭하고 건드렸지만, 큰 소리는 나지 않았다.

스스스.

수풀을 가르면서 이동하는데, 소리는 낮고, 수풀의 흔들림은 미미했다. 줄지어 이동하는 모습은 흡사 뱀이 조용히 나아가는 것처럼 은밀했다.

파악한 거점에는 상당한 수준의 고수가 몇이나 머물고 있다. 그들 손에 죽어나간 교우가 수백에 이르렀다.

자연 신중할 수밖에 없었다. 그러면서도 치뜬 두 눈은 붉게 물들었다. 올올이 맴도는 살기가 당장에라도 터질 듯했다. 마른 수풀을 은밀히 가르면서 다가가다가, 문득 멈춰 섰다.

선두가 손을 흔들었다.

목적한 곳이 보인다는 것이다. 선두의 좌우로 늘어섰다. 수풀 너머로 초막의 허름한 지붕이 눈에 들어왔다.

으득, 이를 악물었다.

"이런 곳에……."

그렇게 외딴곳이라 할 수도 없다. 분명 들고나기가 쉽지 않고, 밖에서는 볼 수 없는 곳이다. 그러나 사천 북부를 전부 아우른 홍천교의 교세를 생각하면 앞마당이나 다름없는 곳이었다.

민강이 멀지 않고, 홍천교의 큰 거점이라고 할 수 있는 홍천조차 하루 거리에 불과했다.

"형제들."

선두의 붉은 사내가 이를 악문 채, 낮은 목소리로 속삭였다. 더 기다릴 것 없다. 곧 손을 쓸 때가 된 것이다. 그 한마디에 반응하여서 좌우로 길게 줄지어 선 자들은 말없이 고개를 끄덕였다.

사내가 두 손을 들어 기이한 모양을 그리고서는 입술을 달싹거렸다. 홍천교의 주문이다. 붉은 하늘이 열릴 때를 기다리며, 기꺼이 붉은 피를 흘리겠노라.

그리고 줄지어 있던 홍천교의 혈검대가 일제히 몸을 일으켰다. 감추었던 붉은 장포를 한껏 늘어뜨리고서 땅을 박찼다.

"차합!"

"흐아압!"

이제 기척을 감출 것도 없다. 뛰어드는 것과 동시에 발검이 연이어 일어났다. 곧은 검신이 예리한 빛을 번뜩였다. 검신의 깊게 팬 혈조에는 붉은 칠이 되어 있어서, 한층 섬뜩했다.

그런데 검을 겨눌 상대가 없었다. 사방이 기척 없이 조용했다. 혈검대의 대주, 붉은 두건으로 얼굴을 가린 자가 의아한 기색으로 좌우를 노려보았다.

"이런, 조심하였거늘……."

혈검대의 일백은 잠시 맥이 빠져서 검을 늘어뜨렸다. 서너 채의 허름한 초목이다. 딱히 숨을 만한 곳은 보이지 않았다.

"진작에 물러난 모양입니다. 대주."

수하 하나가 다가왔다. 혈검대주는 한쪽을 흘깃 보더니 고개를 끄덕였다. 급하게 자리를 벗어난 흔적이 역력했다. 문이 반쯤 열려 있었고, 사방이 어수선했다.

"흔적을 보건대, 그리 오래되지는 않았습니다."

"그렇겠지. 미끼를 던지고 얼마나 되었다고."

혈검대주는 짜증을 잠시 드러냈다. 미끼가 정확하게 먹혔다고 여겼는데, 즉시 자리를 옮기다니. 역시 녹록한 상대들이 아니다.

혈검대주는 쯧! 혀를 차고는 버럭 소리쳤다.

"바로 추적에 나선다. 그리 멀리 가지 못하였을 터!"

"네, 대주!"

혈포의 혈검대원들은 검을 거꾸로 잡고 바로 두 손을 맞잡았다. 이대로 추적에 나선다. 각자 나아갈 방향을 잡았다. 여기 머무르던 자들은 뿔뿔이 흩어진 것처럼 사방으로 떠난 흔적이 남아 있었다.

　혈검대원들이 죄 흩어지고서, 혈검대주는 직속 부관 둘과 함께 남았다. 그들은 텅 비어 버린 마당에서 분노가 역력한 눈초리로 주변을 살폈다.

　혈검대주는 이를 잔뜩 드러내고서 더운 숨을 훅훅 뿜어내다가, 급기야 서 있는 돌부리를 냅다 걷어찼다.

　"젠장!"

　단순히 때를 놓친 것 하나 때문이라고는 할 수 없었다. 다른 이유가 있는 것이다.

　"대주, 진정하시지요."

　"음……."

　화를 내는 혈검대주에게 부관 하나가 넌지시 말을 건네었다. 지금 여기서 화를 낸다고 좋을 것이 무어 있을까. 혈검대주는 한숨을 삼키고서 고개를 끄덕였다.

　"그래, 내가 괜히 흥분했다. 하지만 속이 끓는 것은 어쩔 수가 없군. 후천제자가 많아지는 것은 좋은 일이지만, 그로 인해서 본래 선천의 제자들 입지가 줄어들고 있으니."

　"네, 에효. 교주께서는 대체 무슨 생각이신지."

혈검대주는 입술을 슬쩍 깨물면서 낮게 중얼거렸다. 그러자 부관도 공감하여서 한숨을 흘렸다. 불만이라고 할 정도는 아니지만, 어딘지 자책이 어렸다.

"홍천교 안에서도 구분이 있는 모양이군."

"아무렴. 본교도 사람 사는 곳 아니겠나."

문득 던진 물음을 차분하게 대꾸하면서 고개를 돌렸다. 혈검대주는 남은 모옥에서 천천히 걸어나오는 소명을 똑바로 마주했다.

당황하는 기색은 조금도 없었다. 사선으로 늘어뜨린 혈검이 붉은빛을 뿌렸다. 검면에 비춘 것은 소명의 서늘한 눈초리뿐이다.

혈검대주는 무능한 자가 아니었다. 비록 교의 이름 뒤에 웅크리고 있었지만, 한 세월 동안 검객으로 단련했다. 당장 나서서 웅지를 펼치면, 못해도 일세의 패주를 차지하리라. 그리 자신한다.

자신하나, 혈검대주는 눈을 감았다.

'눈앞의 상대는 산이다. 거대한 산.'

혈검이 고요하게 울었다.

"뭣하나."

"대주!"

"서둘러, 대원을 이끌고 물러나도록. 이후 지휘는 자네가 맡도록."

혈검대주는 눈을 돌리지 않고서 말했다. 사뭇 단호한 어투였다. 그것은 끝을 감지한 사람만이 할 수 있는 말이기도 했다.

부관은 그만 말문이 턱하고 막혔다. 자신이 이제껏 보아온 상관의 모습이 전혀 아니었다. 부관은 주춤거리면서 긴장한 혈검대주와 고요한 소명을 번갈아 보았다.

"대, 대주."

"가게. 어서!"

혈검대주는 급기야 소리를 높였다. 당장에 물러나라는 것이다. 그런데 소명은 고개를 흔들었다.

"그리 가서는 안 되지. 그리 보낼 수는 없어."

"뭐잇!"

담담한 어조에는 아무런 감정도 실려 있지 않았다. 그것이 오히려 두렵다. 혈검대주는 이를 드러내면서, 두 눈에 새삼 불길을 태웠다.

화륵 일어나는 붉은 기운, 분명 상당한 경지에 이르렀지만, 그것은 마공기력이라 칭하기에는 부족했다. 그리고 소명을 전혀 압박할 수도 없었다.

소명은 혈검대주가 발한 살기를 가볍게 내저어 흩어버렸다. 그러면서 한 손가락을 튕기자, 허공을 관통하는 탄지신

통의 지력이 쏟아졌다.

혈검대주는 즉각 반응했다. 혈검이 어지럽게 허공을 갈랐다. 다른 이름은 없다. 그저 붉은 검을 쓰기에 혈검이십식이라고 칭한다. 실전 속에서 이루어낸 검법이다.

산만한 검세 속에는 정련된 살기가 숨어 있다.

그러나 소명이 손을 쓴 것은 혈검대주가 아니었다.

혈검의 요란이 딱 멈추는 순간, 혈검대주 옆에서 둔탁한 소리가 울렸다. 혈검대주는 검을 채 수습하지 못하고 굳어버렸다. 귀 뒤로 식은땀이 주륵 흘러내렸다.

'어느 틈에.'

부관이 쓰러졌다. 어떻게 당하였는지, 돌아보지 않아도 알 수가 있었다. 쓰러진 자리로 빠르게 핏물이 번져갔다. 앞에 세운 혈검이 부르르 요동쳤다.

부관도 상당한 내력을 지닌 자, 자신과의 격차는 기껏해야 두어 수에 지나지 않는다. 그럼에도.

"상념이 많군."

"……."

대꾸할 말이 없었다. 눈앞에 수직으로 세운 혈검, 그리고 상대는 고작해야 서너 걸음 앞에 섰다. 검을 뻗기만 해도 닿을 거리였다.

그리고 두 손을 늘어뜨린 채, 고요했다.

자신으로서는 헤아릴 수 없는 깊이를 지녔다. 방금 손을 쓴 사람으로는 보이지 않을 정도로 차분했다.

"당신은 누구시오."

"소림 속가, 소명이라 하지."

"소림의 속가. 본산 제자도 아니고, 그 흔한 소림 속가란 말인가!"

흔한 소림속가라는 소리가 거슬리기는 했지만, 틀린 말은 아니다. 소명은 쓴웃음을 잠시 지었다.

"그런 것은 중요한 일이 아니지. 그보다 지금 홍천교에 대해서 언질을 주어야겠는데."

"흐흐……."

혈검대주는 주춤 물러서면서 낮은 웃음을 흘렸다. 거리를 두었다.

"알고 싶은 것이 있거들랑, 알아서 하시구려. 내 입으로는 아까 한 말이 전부일 테니."

"그런가."

소명은 단호한 기색을 물끄러미 보다가 고개를 끄덕였다. 탓하지 않았다. 사교 무리에게 다른 감정은 떠오르지 않았다. 저들의 사정이야 어떻든. 소명은 여전히 두 손을 늘어뜨린 채, 걸음을 옮겼다.

일견하기에 무신경하다고 할 모습이다.

혈검대주는 마른 침을 빠르게 삼켰다. 소명의 모습은 빠르게 커졌다. 마치 거대한 산악의 그림자가 햇빛에 등 떠밀려서 드리우는 듯했다.

그에 더한 무게감이 천 근으로, 아니 만 근 이상으로 짓눌러왔다.

턱.

둔탁한 소리와 함께, 혈검대주는 저도 모르게 허리를 세웠다. 언제 이렇게까지 밀려났던가. 혈검대주는 고목 한 그루에 등을 맞대고 있었다. 자신이 뒷걸음질쳤다는 것조차 인지하지 못한 상황이었다.

혈검대주는 그제야 발작적으로 검을 떨쳤다. 차합! 폐부를 한껏 쥐어짜면서 내지르는 기합은 차라리 단말마의 비명처럼 처참했다.

혈검이 그려내는 궤적이 한없이 곧았다. 다른 잔재주는 없다. 일평생 단련하고, 쌓아온 공력을 조금도 낭비하지 않고 검에 실어냈고, 그 검은 한없이 단순하게 파고들었다.

일점혈(一點血).

혈검대주는 찰나에 불과하지만, 일생의 한 수라는 것을 자신했다. 그러나 내지르는 일검을 마주하는 것은 가히 금강이라는 단어에 부족함이 없는 곤음수였고, 나한십팔수의 유려한 궤적이었다.

붉은 검적이 서서히 흩어졌다.

"꺼윽……."

억눌린 신음이 기운 없이 흘렀다. 혈검대주는 흠칫 눈을
잔뜩 치떴다가, 이내 눈초리가 초점을 잃어갔다. 속절없이
허공만 가른 혈검이 위아래로 흔들거리다가, 툭 떨어졌다.

혈검대주는 두 손을, 두 어깨를 늘어뜨리고, 이내 무릎이
툭 떨어졌다. 그 자리에 주저앉듯이 쓰러졌다.

소명은 축 늘어진 혈검대주를 물끄러미 내려다보았다.
혈검대주는 피 거품을 꾸역꾸역 토해내면서 빛 잃은 눈으
로 소명을 빤히 올려다보았다.

"흐으, 크흐으……흐, 흐으……."

내뱉는 숨결이 한층 힘겹다. 소명은 딱히 고통을 덜어줄
생각은 없었다.

"보, 본교에…… 영광이……."

혈검대주는 마지막 말을 채 끝맺지 못했다. 마지막 들썩임
도 멈췄다. 소명은 혈검대주를 두고서 천천히 걸음을 옮겼다.

"좌현사, 당신. 정말 가지가지 하는군. 정말 가지가지 해."

소명은 여기 없는 한 사내를 떠올리면서 혀를 찼다. 지독
하게도 손을 써놓았다.

홍천교라. 교세를 일으키는 데에 얼마나 공력을 들이고,
세월을 들였는지.

처음부터 끝까지.

홍천교라고 하는 자들은 결국 좌현사의 손아귀에서 놀아난 셈이었다.

선천과 후천이라, 자신들은 그렇게 구분하였지만, 결국 좌현사는 전부를 자신의 패로 사용하고 버릴 뿐이었다.

"사천을 이렇듯 혼란스럽게 해놓으면서, 챙길 것은 잘도 챙겼어. 존체를 찾는다고? 그래, 참 대단한 존체이신 모양이지."

소명은 나직이 읊조렸다.

개방을 통해 들은 좌현사의 속내, 그리고 천하 곳곳에서 벌어진 마도의 음궤(陰詭), 여기 사천에서 벌어지는 참혹한 상황까지.

모두 하나로 관통하고 있었다.

마도의 영원한 하늘이자, 종주, 성마의 존체를 다시 살린다는 것, 그것 하나였다. 소명은 지그시 입술을 깨물었다. 그리고 덥석 주먹을 움켜쥐었다.

저기 혈검대의 붉은 장포가 눈에 들어왔다.

딱히 기척을 감춘 것도 아니건만, 혈검대는 바로 뒤에서 다가오는 소명에 대해서는 전혀 감지하지 못했다. 그저 도망한 자들을 추적하는 데에 집중할 뿐이었다. 그러면서도 혹시 모를 습격에 대비해서, 연신 고개를 치켜들어서 좌우를 살폈다.

경계하면서 나아가는 모습이, 분명 고련을 거친 자들이었다.

이제까지 홍천교라는 깃발 아래에 있던 자들과는 전혀 달랐다. 교주 직속이라 하였던가.

법지라는 아미의 승려를 미끼로 하였던 것이 전부가 아니었다. 실상, 여기로 몰려든 혈검대라는 자들 또한 한낱 미끼에 불과하였다.

싫든 좋든, 소명은 그 미끼를 치워버리지 않을 수가 없었다.

혈검대원 하나는 불현듯 어깨를 들썩였다. 좌우를 살피고 다시 바닥의 흔적을 찾아서 고개를 숙이는 순간이었다. 자신 말고 다른 이의 그림자가 불쑥 솟았다. 그것은 다른 동료의 그림자도 아니었다.

"익!"

발견하는 것과 동시에 즉각 반응했다. 허리를 틀며 즉각 발검이 이루어졌다. 아니, 이루어질 뻔했다. 검이 채 뽑혀 나오기도 전에 덥석 얼굴이 붙들렸고, 우득 소리가 벼락처럼 귓가를 때렸다.

그것이 끝이었다.

소명은 가운데에 있는 자의 목을 비틀어버리고, 좌우에
서 허리를 세우는 자들에게 짧게 주먹을 끊어 쳤다. 터틱!
둔탁한 소리가 울렸다.

둘은 휘청거리더니 눈을 하얗게 뒤집으면서 널브러졌다.
끈이 끊어진 꼭두각시처럼 축 늘어진 모습이었다. 혈검대
의 붉은 장포가 한차례 펄럭거렸다.

겉으로 보기에는 다른 이상은 없었다. 가벼운 주먹이 콧
대를 때렸을 뿐이다. 슬쩍 코피가 한 방울씩 맺혀 있었다.
그러나 그들이 다시 고개를 들 일은 없었다.

소명은 그대로 나아갔다.

제법 서두른 탓에 숨소리가 사뭇 거칠었다.

"후우, 후우."

장우빙은 애써 숨을 몰아쉬었다. 이렇게 쫓기는 것은 참
으로 마다하고 싶은 일이다. 그러나 환자를 등에 업고서,
장우빙은 다른 무리를 할 수가 없었다.

"괜찮으시오. 소신니."

"양정 도우. 예, 버틸 만합니다."

잠시 걸음을 늦춘 참에, 양정이 급히 다가왔다. 장우빙은
방갓 끝을 살짝 들추고서 어색한 얼굴로 고개를 끄덕였다.

양정과 장우빙은 또 같이 몸을 피하는 참이었다. 두 사람

만이 아니었다. 아직까지 정신을 차리지 못하는 아미의 법지가 있었다.

장우빙이 직접 법지를 등에 업고 여기까지 몸을 피했다.

죽통을 들어서 마른 목을 한 번 축이고서, 장우빙은 새삼 주변을 둘러보았다. 무성한 수풀이 조금도 바래지 않고, 녹음을 빛내었다. 물 소리가 멀지 않은 곳에서 울렸다. 정확하게 방향을 잡고 나아가는 중이었지만, 사방에 가득한 것은 울울창창한 수목뿐이었다.

무성한 가지 사이로 스며드는 햇빛이 눈 따가울 정도로 반짝거렸다.

양정은 촌부의 단삼을 벗고, 청성파의 득라를 갖춘 참이었다. 그 며칠 새에 까맣게 탄 얼굴은 어쩔 수 없었지만, 그래도 청성 도인으로서 풍모는 바래지 않았다. 수실 달린 장검을 등에 걸치고서, 양정의 눈길이 신중하게 주변을 살폈다.

나아가는 길도 길이었지만, 지나온 길을 살피는 것도 중요했다. 그러다가 양정은 곧 한 곳을 발견했다.

비스듬하게 자란 나무가 높았고, 한쪽으로는 묵직한 바위가 기대어 있었다. 그 사이의 틈바구니는 잠시 들어가 몸을 숨길만 했다.

"저곳에서 잠시 몸을 쉬지요."

장우빙은 퍼뜩 고개를 들었다. 양정이 찾은 곳은 과연 절묘하였지만, 그래도 주저할 수밖에 없었다. 혼자가 아니라, 정신 차리지 못하는 법지와 함께였다.

법지의 안위를 생각하면 조금이라도 더욱 멀리 가야 할 듯했다.

"이대로 가다가 쓰러지기라도 하면, 마지막 상황에 대처하지 못할 겁니다. 숨 돌릴 때에는 숨을 돌려놓아야지요."

선뜻 대답하지 못하는 장우빙이지만, 속내를 짐작한 것처럼 양정이 말했다. 장우빙은 입술을 지그시 물고서 고개를 끄덕였다.

숨을 자리로 들어가 법지를 눕혀놓았다. 법지의 안색은 한참 창백했다. 숨소리는 미약하게 이어지고 있었다. 당민이 손을 써놓았다고 하지만, 그래도 장우빙은 불안을 어찌하지 못했다.

장우빙은 바로 법지 옆에 무릎을 꿇고 앉았다. 파리한 법지의 얼굴에는 모진 시간이 고스란히 남아 있는 듯했다. 장우빙은 거듭 한숨을 지었다.

양정은 한쪽 무릎을 꿇고, 바깥 동정에 대해서 경계를 늦추지 않았다. 무릎 위에는 검을 올려두었다. 예리한 눈초리에는 섬뜩한 기운이 어렸다.

산을 막 내려왔을 때와는 전혀 딴판인 모습이었다.

강호초출의 앳된 모습은 홀홀 던져버리고서, 나름 풍파

를 이겨낸 검객의 당연한 모습처럼 보였다. 양정은 눈을 가늘게 뜨고, 귀를 바짝 세웠다. 이는 바람에 스치는 수풀 소리도 놓치지 않았다.

장우빙은 법지의 야윈 얼굴을 한참이고 들여다보았다. 눈을 뗄 수가 없었다. 다른 사자들은 어떠할지, 또 스승이나 다름없는 정진사태의 안위는.

어느 것 하나 명확하지가 않았다.

청성파의 경우에는 풍양자가 목숨이라도 구하지 않았던가. 불제자로서 복수라는 것에 어찌 집착하겠느냐만. 그래도 끓는 심정은 아직 가늘 수가 없었다.

이런 때에 비록 정신을 차리지 못했더라도 법지를 마주하였으니.

"법지 사저…… 제발……."

목숨에 지장은 없다고 하지만, 언제 깨어날지 모를 상황이라. 장우빙은 마음을 놓을 수가 없었다. 그럴 수 있는 상황도 아니다. 그런데 뒤에서 부스럭 소리가 울렸다. 장우빙은 흠칫하며 몸을 돌렸다.

한쪽 무릎을 세우고, 바로 놓아둔 선장을 집어들었다. 양정이 바짝 긴장한 모습으로 검을 세웠다.

"양정 도우."

"추적이 다가오는 모양입니다."

"그럼, 바로 움직이지요."

"아닙니다. 여기서 기다리지요."

"어찌?"

"밖에서 들여다보기 쉬운 곳도 아니고. 설사 발각되더라도 손을 쓸 만한 장소입니다."

양정은 돌아보지 않고 말했다. 그러면서 검자루를 느긋하게 그러쥐었다. 차분한 가운데에 서늘한 기운이 어렸다. 불과 며칠 전, 장우빙과 함께 자신의 모자람을 자책하던 모습이 전혀 아니었다.

장우빙은 자신도 모르게, 새삼 다른 눈으로 양정을 보았다. 눈앞에 있는 것은 분명 양정인데, 마치 다른 사람이라도 된 듯하지 않은가.

'풍양자, 풍양자 선배 덕분인가?'

며칠, 풍양자가 호되게 양정을 굴렸다는 것은 알았다. 직접 보기도 하였을 뿐만 아니라, 사방 앓는 소리가 크게 울리기도 하지 않았던가. 하지만 어디 그 정도로 이렇게까지 달라질 수가 있을까.

장우빙은 지그시 입술을 깨물었다.

그러는 사이에, 이제 바스락하는 소리가 들렸다. 마른 수풀을 가볍게 밟는 소리였다. 거리는 상당했고, 부는 바람 소리도 윙윙거렸다.

충분히 묻힐 법했지만, 긴장한 까닭인지 장우빙과 양정은 그 작은 소리를 놓치지 않았다.

"왔군요."

혈검대 삼오.

혈포차림의 다섯이, 좌우를 유심히 살폈다. 자취를 살피면서도 조금도 속도를 늦추지 않았는데. 이즈음에서는 한층 신중해졌다.

"그저 발이 빠른 것 정도라고 여겼는데."

"음, 흔적이 깊지 않아."

한 명이 무릎을 꿇고서 수풀이 밟힌 흔적을 훑었다. 두 발로 움직이는 것은 두 사람, 한쪽은 그 무게가 상당하다. 다른 이의 무게를 더한 것이다.

그런데 보폭이 좁아지더니, 여기서 잠시 머무른 듯한 흔적이 남았다. 여기서 걸음을 지체한 것이다.

흔적을 살피던 삼오의 오장이 흠칫 어깨를 들썩였다. 그저 쫓기만 할 일이 아니다. 오장은 연신 콧등을 움찔거렸다. 흔적뿐만이 아니라 뭔가 냄새를 맡는 듯했다.

"주변을 경계하라."

짤막한 한 마디였다. 앞뒤가 없었지만 삼오의 대원은 바로 알아듣고서 즉각 움직였다. 자세를 낮춘 오장을 중심으로 둥그렇게 모여 섰다.

혈검대의 붉은 검신을 반쯤 드러낸 채, 사위를 경계했다.

지금까지와는 또 다른 긴장감을 드리웠다. 이제까지는 흔적을 놓칠까 하여서 신경을 곤두세웠다면, 지금은 어딘 가에 있을 목표의 반격을 경계했다.

"멀지 않은 곳에 있어. 비향의 냄새가 짙다."

그런데 불의의 습격은 없었다.

바스락, 소리가 크게 울렸다. 삼오의 눈길이 한 번에 돌 아갔다. 무성한 수풀을 밟고서 젊은 도인이 나섰다. 고개를 들고서 뽑아든 장검이 빛을 발했다.

오장의 눈동자가 크게 벌어졌다. 푸른 득라, 그리고 여타 의 검보다는 한 치는 더욱 긴 검신. 다른 곳이라면 몰라도, 사천일대에서는 한 곳을 뜻할 뿐이었다.

"청성파구나."

"청성의 양정. 귀하들은?"

"흥!"

양정은 침착하게 물었다. 그러나 돌아오는 것은 싸늘한 조소뿐이다. 통성명 따위가 무슨 소용이 있을까. 삼오의 다 섯은 반쯤 뽑았던 혈검을 마저 드러내면서 땅을 박찼다.

물을 것도, 들을 것도 없다.

양정은 득달같이 달려드는 혈검대 삼오를 지켜보면서 한

충 느릿하게 검을 들었다. 한 번의 도약으로 석 장의 거리
를 뛰어넘었다.

한 호흡에도 미치지 못할 사이, 다섯은 거리를 좁혀서 양
정의 머리 위로 그림자를 드리웠다. 전면을 모두 점한 자들
이다. 물러서든가, 그대로 맞받든가. 다른 방편은 없을 듯
하다. 그런데 양정은 오히려 앞으로 나섰다. 발가락 끝으로
공력을 집중하고, 좌우로는 몸을 가볍게 흔들었다.

서걱!

흩어지는 신형 사이로 삼오의 검격이 떨어졌다. 전부 흘
려내지는 못하여서 옷자락이 크게 베어졌지만, 피는 보지
않았다. 옷자락 여기저기가 간단히 베였을 뿐이다.

"킥!"

답답한 신음은 뒤에서 일어났다. 하단을 노리고서 반 박
자 뒤늦게 파고들던 오장이었다. 뛰어드는 넷 사이로 파고
들어서는 대뜸 휘두른 일검이 목을 훑었다. 반응할 틈도 주
지 않았다.

그리 빨랐기 때문이 아니었다. 뻔히 보고도 피할 수가 없
었다.

삼오의 넷이 급히 고개를 돌렸다.

"오장!"

이렇게 허망하게 당할 줄은. 아무리 명문이라 하여도, 강

호초출이나 다름없다고 들었는데. 넷은 다시 검을 세웠다.
그렇지만, 여기에는 양정만 있는 것이 아니었다.

퍼퍼퍽!

이번에는 비명조차 지르지 못했다. 섬전과도 같은 창격
이 연이어 파고들었다. 넷 중 뒤에 있던 두 사람이 맥없이
허물어졌다.

피 묻은 창두를 늘어뜨린 채, 방갓을 눌러쓴 장우빙이 눈
을 빛냈다.

"이런 제, 젠장!"

남은 것은 고작 둘. 그들로서는 살기를 품은 청성과 아미
의 두 제자를 감당할 수가 없었다. 한껏 기세를 일으켜보았
지만, 무릎이 덜덜 떨렸다.

그리고 양정이 움직였다. 바람같이 표홀한 신형으로 파
고들었다. 허둥거리면서도 혈검을 급하게 휘둘렀다. 나름
구명절초라고 서둘러 펼쳤지만, 채 검세가 뻗어가기도 전
에, 양정이 그를 스치고 지나쳤다.

뒤로 목이 뚝 떨어졌다.

눈앞이 그대로 뒤집어지더니 바로 어둠이 내렸다.

마지막 하나는 바로 옆으로 몸을 날렸다. 이대로 이탈할
작정이었지만, 땅을 박차는 것과 동시에 몸이 나동그라졌다.

"헉!"

가슴팍에 불이라도 붙은 것처럼 화끈거렸다. 그것이 마지막 느낌이었다. 가슴을 더듬을 수도, 내려다볼 수도 없었다.

양정과 장우빙은 차디찬 눈으로 삼오, 다섯의 시신을 잠시 일별했다. 다른 감정은 조금도 없었다. 적이라서 싸웠고, 죽였다. 적어도 지금은 그것으로 충분한 일이다.

"후우……."

짧은 한숨, 그것은 꽤 뜨거웠다.

장우빙은 휘청하더니, 급히 창대를 세워서 몸을 지탱했다. 양정은 납검하고서 부쩍 창백한 장우빙의 안색을 살폈다.

"괜찮으시겠습니까?"

"괜찮아야지요. 버텨야지요."

장우빙은 입술을 살짝 깨물고서 억지로나마 웃음을 보였다. 한층 빛을 잃은 얼굴이었다. 양정도 그렇지만, 장우빙도 한껏 무리한 참이었다.

지친 와중이라서 싸움을 길게 가져갈 수도 없었고, 이후로 다른 추적이 있을 것이 불 보듯 뻔한 상황이었다. 단번에 끝장을 내고서 조금이라도 더 숨 돌리는 것이 나았다.

"들어가서 잠시라도 운기를 하시지요. 저는 여기서 흔적을 지워보겠습니다."

"……."

"어서요. 저는 아직 버틸만 합니다."

운공을 권하는 양정이다. 장우빙은 고개를 들었다. 차마 말은 못해도, 눈빛에는 미안한 심경이 어려 있었다. 계속 신세를 지는 것만 같았다.

양정은 머뭇거리는 장우빙을 재촉했다. 마냥 축 처져 있을 상황이 아니었다. 장우빙은 마지못해 돌아섰다. 양정은 두 어깨가 무겁게 처져 있는 장우빙의 뒷모습을 보면서 잠시 쓴웃음을 지었다. 그러다가 고개를 돌렸다. 자신의 손도 덜덜 떨리고 있었다.

양정은 꾹 어금니를 악물었다.

손 떨림은 기운이 떨어져서가 아니었다. 한 치의 간격을 이루어냈기 때문이었다. 풍양자가 그렇게 다그친 한 치의 간격. 청성파의 검법은 한 치를 깨우치느냐, 그렇지 못하느냐에서 성취가 달라진다.

불과 며칠이라고 하나, 그간의 경험은 실로 무궁무진하다.

네 자루의 혈검이 동시에 달려드는 순간에, 한 치의 간격을 두면서 몸을 뺐다. 청성 보신경, 풍산영이다.

종종 발이 꼬이거나 하였는데, 실전에서는 한 치의 실수도 없었다. 가볍게 거리를 벌리고서, 양정은 긴 숨을 힘주어서 내뱉었다. 힘주어 주먹을 꾹 움켜쥐었다.

"좋아."

나름 성취를 확인하였으니. 양정은 곧 얼굴을 풀고서 부랴부랴 움직였다. 이러고 있을 때가 아니었다.

쓰러진 시신을 서둘러 끌어다가 수풀 속으로 숨겨두었다. 대충이나마 핏자국을 지우고, 사방에 밟은 흔적은 어쩔 수 없으니, 오히려 더욱 밟아댔다.

할 수 있는 만큼은 해 두는 편이 좋았다.

장우빙은 비척거리면서 자리로 돌아왔다. 법지가 처음 모습 그대로 드러누운 채, 흐린 숨을 이어가고 있었다. 장우빙은 변화 없는 법지가 안타까웠다. 젖은 눈으로 한 번 보다가 창을 거두었다.

선장의 끄트머리를 비틀어 뽑으면 바로 날이 시퍼렇게 서 있는 창두가 나타나는 구조였다. 장우빙은 창날을 거두어서 본래 선장으로 돌려놓고는 급히 가부좌를 취했다. 그리고 즉각 운공에 들었다.

금빛의 광휘가 흐리게 일었다.

아미파의 본사라고 할 수 있는 금정사, 그곳에서 따로 전하는 금정보광의 신공이다. 마치 금가루를 뿌린 것처럼 은은한 금빛이 장우빙의 미간에서 가만하게 일었다.

한껏 집중한 탓인지. 장우빙은 미처 눈앞에서 일어나는 그림자를 눈치채지 못했다.

법지이다. 죽은 듯이 누워 있던 그녀가 돌연 소리 없이

몸을 일으켰다. 일어나 앉은 채, 흐린 눈으로 주변을 둘러
보았다.

두 눈은 한없이 몽롱하여서 아무런 초점도 없었다. 무엇
을 보는 것인지 도통 모를 일이었다. 뻣뻣한 모습으로 고개
만 좌우로 돌렸다. 그러다가 집중하는 장우빙에게서 고개
가 멈췄다.

법지는 불현듯 진저리처럼 몸을 부르르 떨었다.

"으, 으으……으……."

악 다문 입술 사이로 미약한 신음이 겨우 새었다. 보일
듯 말 듯했지만, 금광을 발하는 장우빙을 향해서 손이 움직
였다. 그런데 다른 손으로는 움직이는 손을 붙잡았다.

손과 손이 다투는 듯한 모습이었다.

"으으……."

법지는 몸을 흔들었다. 그러나 뻗어가는 자신의 손을 자
신이 감당할 수가 없었다. 또 다른 이가 있어서 법지의 몸
을 멋대로 부리는 듯한 모습이었다.

그 기괴함이야 어떻든, 법지는 운공 중인 장우빙을 향해
서 차츰차츰 다가갔다.

자신의 손에 멋대로 이끌려가는 모습이다. 법지는 정신
이 온전치 못하여서 초점 없는 눈 그대로였지만, 어깨를 뒤
흔들면서 끌려가는 몸을 가누려고 애썼다.

아무리 금정보광이 절세의 신공이라고 하지만, 운공 중에 외부 영향을 받으면 치명적일 수밖에 없는 노릇이었다.

"으, 으으!"

법지의 신음이 한층 커졌다. 항거하면서 장우빙을 깨우려고 하는 듯했지만, 소리는 미약할 뿐이었다.

덜컥, 법지가 한차례 몸을 들썩였다. 버둥거리다가 바닥에 솟은 나무뿌리에 발이 걸렸다. 법지는 뻗은 손목을 부여잡고 있다가 서둘러 뿌리를 붙잡았다.

나아가려는 손과 버티려는 법지의 씨름이 그제야 시작이었다. 그러나 온전하지 못한 손이었다. 제대로 힘이 들어가지 않는 몸이었다.

멋대로 움직이는 손의 힘은 더욱 강해졌고, 버티는 손에서 힘은 계속해서 빠져나갔다.

법지는 없는 기운으로 고개를 휘휘 내저었다.

어떻게든 버티어내려고 애쓰는 모습이다. 붙잡은 손가락이 하나, 둘 떨어졌다. 마지막 검지만 남아서 딱 걸렸다. 그마저 점점 벌어졌다.

그 손이 툭 떨어지는 순간, 법지의 뻗은 손은 그대로 장우빙을 향해서 와락 달려들었다.

"어딜!"

고요한 장우빙을 훌쩍 뛰어넘으면서 양정이 들이닥쳤다.

검갑을 휘둘러서 법지의 손목을 빙글 돌렸다. 그러자 법지의 손은 그대로 갈고리처럼 손가락을 모아서는 양정을 공격하기 시작했다.

좌우로 흔들어 어지럽게 조영을 그렸다.

손끝에서 뻗는 경력이 사뭇 날카로웠다. 양정은 장우빙 앞을 버티고 서서 엄습하는 경력을 빠르게 걷어냈다. 검갑 속에서 검이 울 정도로 막강한 무게가 실려 있었다.

"차합!"

기합을 끊어내면서 검갑을 세차게 밀어냈다. 공력을 발하여서 조영을 와락 밀어냈다. 법지는 엉망인 꼴로 바닥을 굴렀다. 그러나 머리와 몸은 여전히 축 늘어진 채였고, 한 손만 독이 오른 것처럼 잔뜩 움츠러들었다.

이쪽을 향해 있는 법지의 손이다.

양정은 그만 입을 벌렸다. 법지가 아니라, 법지의 손이 멋대로 움직이는 것을 이제야 깨달았다.

"이, 이게 무슨 괴사인가."

손이 마치 전혀 다른 사람의 것인 양 공력을 발하고, 살수를 쓰다니. 양정은 마른침을 꿀꺽 삼켰다. 마냥 놀라고 있기에는 쭉 뻗은 손이 발하는 기세가 살벌했다.

조수를 취한, 다섯 손가락에서는 한눈에도 요사한 붉은 빛이 맴돌았다.

뭐라고 하는 수법인지, 어떤 사술인지 알 수는 없었다. 그저 운공 중인 장우빙을 지키고 볼 일이었다. 그러면서도 법지의 신체에도 위해를 가할까, 조심해야 했다.

"하아, 원시천존. 원시천존. 이건 또 무슨 시련인지…… 흐읍!"

절로 앓는 소리가 나올 판이다. 속절없이 신명을 외우다가, 왈칵 엄습하는 경풍에 바로 반응했다.

아무리 운공 중이라지만, 장우빙이라고 마냥 운공삼매에만 든 것은 아니었다.

바깥에서 무언가 소란이 일어난 것은 분명했다. 그것을 감지하기가 무섭게 장우빙은 금정보광의 공력을 즉각 거두어들였다. 현문정종의 공부이기에 가능한 일이었다.

약간의 내상은 각오했다.

"흐읍! 하아!"

장우빙은 거칠게 숨을 토해냈다. 미간에 피어오른 금광이 바로 흩어졌다. 질끈 감았던 눈을 번쩍 뜨는 순간, 얼굴 앞으로 왈칵 손이 뻗어왔다.

"헙!"

마치 얼굴을 움켜쥐려는 듯이 다급했다.

그것을 한 자루 검갑이 바로 막아 세웠다. 장우빙은 한 번 눈을 깜빡거렸다.

"흐흐, 일어나셨소."

"양정 도우. 이게 대체……."

"그게 빈도도 모르겠습니다. 흐압!"

양정은 아드득 이를 악물고서 손을 냅다 밀쳐냈다. 거친 일수에 법지가 데굴데굴 바닥을 굴렀다.

"법지 사저!"

장우빙은 창백한 얼굴로 벌떡 일어났다. 다급히 법지에게 다가가려는데, 양정이 앞을 막아 세웠다.

"잠시만!"

"으, 으으……."

법지는 계속해서 신음했다. 그러나 몸 상태야 어떻든, 깨어난 오른손은 다시 번쩍 솟구쳤다.

"……."

"아무래도 법지 스님께서 뭔가 사술에 당하신 모양입니다. 저 손이 혼자서 살수를 펼칩니다."

기괴하기 이를 데가 없다. 장우빙은 입을 벌리고서 아무 소리도 하지 못했다.

"후우, 후우."

양정은 숨을 몰아쉬면서 검갑을 세웠다. 어떻게 제압할 도리가 없어서, 버티기만 한 탓이었다. 장우빙의 선장을 쥔 손에 힘이 잔뜩 들어갔다.

벌벌 떨리면서 선장의 고리가 잘그락 울었다.

저것은 무공의 문제가 아니다.

술법의 일이다. 도가인 청성에도 나름의 술법일맥이 전해지기는 하였으나, 양정은 도가검문으로 청성파의 제자. 술법에 관하여서는 과문(寡聞)할 따름이었다.

양정은 마른침을 꿀꺽 삼켰다.

무턱대고 손을 쓰기에, 법지의 상태가 더욱 걱정이었다. 지금까지는 장우빙을 지키기 위해서, 더욱 손을 썼다. 지금은 또 다른 상황이다.

양정은 경계하면서 주춤 물러섰다. 쭉 뻗은 손이 장우빙 앞을 막아 세웠다.

"법지 스님의 저 손은 기이하게도 소신니만 노리더군요."

"저를요?"

장우빙은 창백한 얼굴로 있다가 퍼뜩 눈을 크게 떴다. 또 다른 소리였다. 이게 무슨 소리인가. 놀란 눈으로 쭉 뻗어든 법지의 오른손을 보았다.

법지는 다시 정신을 잃은 모양인지, 축 늘어진 채였다.

그런 몸이야 어떻든, 손은 혼자서 움직였다. 제 몸을 끌면서 서서히 움직였다. 웅크린 조수가 천천히 좌우로 흔들리면서 다가서는 모습은 마냥 기이할 따름이었다.

양정과 장우빙은 서서히 거리를 두고서 물러섰다.

바깥에는 언제 추적이 따라붙을지 모를 상황이었다. 마냥 이렇게 대치하고 있을 수는 없는 일인데, 그렇다고 이미 정신을 잃은 법지를 어떻게 제압할지도 몰랐다.

뾰족한 방책이 없어서, 이러지도 저러지도 못하는 상황이다.

"크으…… 설마 이런 식일 줄은 몰랐는데."

양정은 낭패하여서 혼잣말을 짓씹었다. 법지를 경계하라는 말은 있었지만, 설마 괴이한 수법에 당하여서 손만 저렇게 살수를 펼칠 줄은. 하기야 누가 저런 일을 상상이나 하였을까. 지금 두 눈으로 보면서도 도저히 믿기가 어려웠다.

"소신니, 어떻게 수가 없을까요."

"저도, 저도 모르겠습니다."

장우빙은 혼란한 기색 그대로 고개를 흔들었다. 손가락은 당장에라도 움직일 것처럼 움찔거리고 있었다. 저 손을 끊어내야 할까. 그리한다면 법지라고 무사할 수 있을까.

아무것도 짐작할 수가 없었고, 마냥 대치하고 있을 수도 없었다.

초조함이 극에 이르렀다.

"하아, 하아, 하아……."

장우빙이 내뱉는 숨소리가 점점 더 거칠어졌다. 막막함에 저도 모르게 숨이 막혀 왔다. 법지의 손이 허점을 노리

듯이 좌우로 요사하게 꿈틀거리다가 딱 멈췄다.

정적을 마주하면서 양정과 장우빙은 바로 긴장했다.

또 무슨 수를 벌이려는 것인가. 둘이 긴장해 있는 사이, 웅크린 손이 활짝 펼쳐졌다. 동시에 시뻘건 섬광이 둘의 눈을 예리하게 파고들었다.

큭!

눈이 멀 듯이 강렬한 섬광이다.

어둑한 가운데에 터졌기에 더욱 그러했다. 그 순간이었다. 바로 등 뒤에서 다급한 고함이 터졌다.

"엎드렷!"

바짝 얼었던 몸이다. 불과 촌음에 지나지 않았지만, 버럭 외친 일성에 둘의 몸이 즉각 반응했다. 앞으로 몸을 웅크리는 순간이었다.

장우빙은 바로 머리 위를 스치는 세찬 바람결을 느낄 수 있었다.

바람을 가르는 날카로운 소리는 한 박자 늦게 울렸다.

부신 빛이 사그라지고서, 양정과 장우빙은 아직도 아득한 눈을 연신 깜빡거렸다. 원체 강렬한 까닭에 눈이 멀듯했다. 초점이 쉽게 돌아오지 않았다.

"으으으……."

정신이 없다. 양정은 거푸 고개를 내저었다. 그리고 두 눈에 잔뜩 힘을 주었다. 어찔한 가운데 양정은 자리에 새롭게 들어선 이를 돌아보았다.

"아, 소명 대협."

"대협은 무슨. 위험했소."

"예에."

소명이 쓴웃음을 지어 보였다. 눈 뜨기가 힘겨운 두 사람이었다. 갑작스러운 섬광에 눈을 당하고서 바로 습격을 당할 뻔하였으니.

급히 손을 썼으니 망정이다.

하마터면, 손이 아니라 사람을 빼앗겼을 터이다.

"설마하니, 이런 수작을 부릴 줄이야. 마도 것들 아주 작정한 모양이군."

소명은 중얼거리면서 법지에게 다가갔다.

창백하였던 법지의 얼굴은 이제 흙빛으로 물들어 있었고, 기식이 위태롭다. 그리고 다른 팔다리가 기이하게 뒤틀려 있었다.

본래도 힘겨운 상황이었지만, 지금 더욱 악화된 모습이었다. 그래도 뚜렷하게 부러지거나, 크게 상하지는 않았으니 다행이랄 수도 있겠다.

"버, 법지 사저!"

장우빙이 간신히 시야를 회복하고 허겁지겁 몸을 일으켰

다. 소명이 손을 내저었다.

"걱정하지 마시게. 다시 정신을 잃었을 뿐."

"대체, 대체 어찌 된 일입니까."

"마도의 수작질 중 하나라오."

자세하게 설명하고 있을 상황은 아니다.

소명은 법지의 맥을 살폈다. 맥은 한참 미약하기는 하여
도, 규칙적으로 뛰기는 하였다. 하지만 안심할 단계는 아니
었다. 지금의 발작으로 내기가 또 얼마나 상하였을지는 짐
작할 수가 없었다.

소명은 문제의 손을 살짝 들어 올렸다. 뒤틀린 손가락이
야 어떻든, 손등이 붉게 부풀어 올라 있었다.

탄지신통의 수법으로 마도술법을 꿰뚫었다. 다만, 손이
혼자 난리를 치면서 법지의 원정(元精)을 끌어낸 까닭에,
나중이 걱정이었다.

"일단 약속된 장소로 서둘러 움직이도록 하시오."

"대협께서는."

"하하, 아직 일이 남아 있다네."

무슨 일인지는 굳이 말하지 않았다. 다만, 소명은 한결
서늘한 눈초리로 주변을 찬찬히 둘러보았다.

"아직도 꽤 많이 남아 있단 말이지."

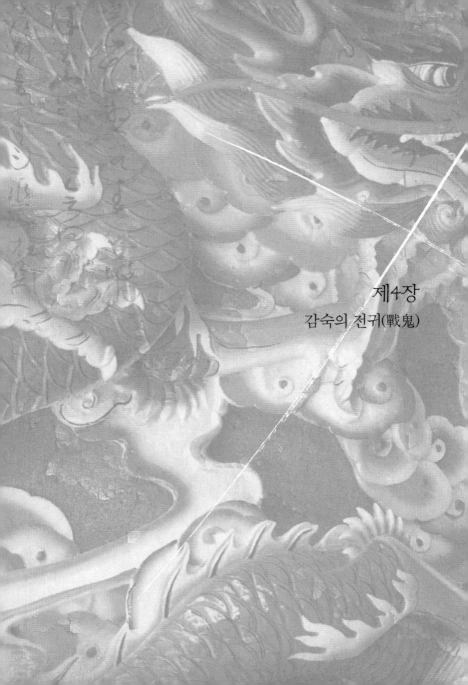

제4장

감숙의 전귀(戰鬼)

혈검대, 일백.

홍천교주의 직속으로 절정 아닌 자가 없다는 검객들이다.
그러나 불과 한나절 사이에 단 한 명도 살아남지 못했다.

소명이 대부분을 처리했고, 당민과 풍양자도 적당히 끌
어들여서 쓸어냈다.

자신만만하게 추적에 나섰던 것을 생각하면, 허망할 정
도로 간단한 끝이었다. 하기야 우두머리 잃은 집단을 처리
하는 것은 그렇게 힘쓸 일이 아니었다.

민강어룡의 안가가 숨겨진 자리에서, 산봉우리 두엇을 넘었다. 미리 약속한 장소였다. 그 자리에는 달리 머물 만한 곳은 없었으나, 대충 수풀을 그러모아서 자리를 만들어 놓고 있었다.

민강의 물결을 멀리서 볼 수 있는 자리였다.

야트마한 언덕이 앞을 가렸고, 뒤에는 야산이 높이 솟아 있었다. 절묘한 자리라고 할 수 있었지만, 이곳 또한 오래 있을 만한 곳은 아니었다.

녹면을 벗은 당민이 한쪽에 우뚝 선 바위에 올라서서 주변을 대충 둘러보았다. 뻗은 산세가, 굽이쳤고, 사이로 강물이 흘렀다.

조용히 있던 당민이 문득 물었다.

"어떻게 되었어?"

"깨끗하게 치웠지. 하나 남겨 두지 않았어."

돌아보지 않고 물었다. 답은 바로 돌아왔다. 소명이다. 막 약속한 장소에 닿은 그는 당민 옆에 어깨를 나란히 했다.

"이걸로 약간의 시간은 번 셈일까?"

"뭐, 대세에 큰 영향은 없겠지만."

소명은 담담하게 대꾸했다. 당민이 그게 무슨 소리냐는 눈으로 소명을 보았다.

사로잡은 아미파의 비구니를 따로 내보내어서 미끼로 삼

은 것만 보아도, 제법 공을 들인 것이 분명했다.

마주한 검객들 수준 또한, 홍천병 따위가 아니었다. 제대로 무공을 익힌 자들이다.

의아한 눈길에, 소명은 혈검대주의 넋두리를 전했다.

홍천교에서는 오히려 본래 교인들이 배척당하고 있다. 본래에는 없던 구분이지만, 선천계라 하여서 교주를 따르는 이들이 있고, 후천계라 하여 대사령을 따르면서, 나중에 들어온 자들이 있었다.

어느 순간부터, 대사령과 후천계가 교세를 다잡아가는 판이라는 것이다. 바로 이 순간에조차, 교주 직속이랄 수 있는 혈검대 전원이, 어떻게 보면 뒤처리에 불과한 소수를 치는 일에 동원된 것만 보아도 알 수 있는 일이었다.

"내부에 다른 알력이 있단 말이지. 그거 괜찮은 정보이기는 한데."

그렇지만, 정보를 어떻게 써먹을지는 또 다른 문제였다.

당민은 지그시 입술을 깨물고서, 턱 아래를 긁적거렸다. 눈초리가 영 복잡했다.

"마도의 수작이 한층 음흉하단 말이야."

"음, 법지라는 비구니 상황을 봐도 알 만하지. 뭐라는 수법이지, 그것은?"

"귀영고, 몸속에 고를 집어넣어서, 마도술사의 뜻대로

부리는 것이지. 들었겠지만, 더 나은 숙주를 찾아서 움직이려 했던 모양이야. 그러니 소신니를 노렸겠지."

"그것참. 곤란한 수법이기는 하군."

"문제는 그렇게 고와 마도의 요사한 술수에 당한 것이 어디 법지라는 비구니 하나뿐이겠느냐는 것이지."

"으."

당민은 바로 안색을 굳혔다. 미간에 팬 골이 한층 깊어서, 그림자가 짙었다. 잠깐 떠올리는 것만으로도 절로 오한이 일 지경이었다.

그렇게 쉽게 펼칠 수 있는 것은 아니지만, 그렇다고 마다할 마도가 아니지 않은가.

"방책은?"

"뭐, 뚜렷하게는 없지. 고가 요동치는 것을 보고 정확하게 제압하는 것밖에는."

그럴듯한 말이지만, 그래서 더욱 어려운 소리이기도 했다.

"그래도 다행이라면 다른 고처럼 독은 없다는 걸까."

"그 자체가 독이나 다름없잖아."

당민은 한숨을 삼키면서 고개를 흔들었다.

그야말로 첩첩산중(疊疊山中)이다.

아직 현무고에서 잃은 당가 독의 행방도 아직 묘연한 마당인데, 마도의 은밀한 암수가 또 펼쳐져 있다는 것을 알게 된 셈이다.

당민은 적어도 소명 앞에서는 솔직할 수 있었다. 막막한 심경이 고스란히 떠올라서, 푹 밀어낸 한숨이 천근처럼 무거웠다. 당민은 팔짱을 끼고는 불안하게 서성거렸다. 지그시 입술을 깨물고서 고민하는 모습이다. 그러다가 문득 고개를 돌렸다.

소명을 보는 눈초리가 새초롬해졌다. 고민하던 소명이 그 눈길에 퍼뜩 눈살을 찌푸렸다.

"자아, 그래서."

"그래서라니?"

"뭔가 방책이 있겠지?"

"야, 나라고 뭐 다 알겠냐!"

소명은 느닷없이 방책을 내놓아라 하는 모습이 어이없어서 소리를 높였다.

법지는 더욱 위중한 상태로, 이제는 기식마저 엄엄하였다. 먼지를 잔뜩 뒤집어쓴 얼굴은 납빛으로 물들어서, 시체 꼴이나 다름없었다.

그런 법지의 얼굴을 닦아가는 손길이 있었다. 미미한 떨림을 반복하는 작은 손은 젖은 수건을 쥐고서 야윈 얼굴을 조심조심 닦아갔다.

장우빙은 입술을 질끈 물었다.

눈가에는 물기가 잔뜩 고여 있었다.

"어떻게 마주하였는데. 어떻게 마주하였는데. 이리 가시면 아니 됩니다. 이리 가시면 안 돼요."

저도 모르게 내뱉는 하소연이 급기야 흐느낌이 되어서 목소리가 떨렸다.

급하게 마련하였지만, 따로 움막을 둔 것은 다행이었다. 움막 속에서 억눌린 흐느낌이 가만히 맴돌았다. 애써 다잡고 있지만, 밖에서 듣지 못할 사람은 없었다.

풍양자는 팔짱을 끼고, 움막을 물끄러미 지켜보았다. 속이 쓰리기는 자신도 마찬가지였다.

"다른 수작을 해 놓았을 거라고는 생각했지만, 저딴 마도의 술수일 줄이야. 차라리 배신자가 있다고 생각하는 편이 더 낫겠군."

풍양자는 한껏 이를 드러냈다.

일어나는 분노를 굳이 억누르지 않았다. 그러다가 턱을 비틀었다. 양정이 망연한 얼굴로 우두커니 서 있었다.

"왜 그런 얼굴이냐?"

"법지 스님께서 마도의 술수에 당하였다면, 다른 이라고 피할 수 있겠습니까?"

"흠, 마도의 술수는 그렇게 흔하게 펼칠 수 있는 것이 아니야. 그리고 저것들의 속셈에는 다른 데에 있단 말이지."

"다른 속셈이요?"

"홍천교가 바라는 것과 마도가 바라는 것은 같지가 않다."

"……."

양정은 잠시 멍하여서, 풍양자의 싸늘한 얼굴을 지켜보았다. 무슨 영문인지를 짐작할 수가 없다.

홍천교 뒤에 마도가 있다는 것은 이미 들어서 알았다. 그런데 정작 둘이 뜻을 같이하는 것이 아니라고 한다.

양정이 의문을 품는 것은 당연하다면 당연한 일이겠다. 그러나 풍양자는 당장에 입을 열지 않았다.

한층 차가운 눈으로 법지가 누운 움막을 지켜보았다.

두홍이 절뚝거리면서 걸어왔다.

"저쪽은 이제 문제가 없소. 따로 쫓는 자는 없는 모양이오."

"혈검대인지, 뭔지. 그것들만 움직였다는 건가?"

"거, 소림 속가라는 그분. 어이구, 솜씨가 여간이 아닙니다. 혈검대면 그래도 홍천교 쪽에서 꽤 솜씨 있는 마구니들인데."

"하."

두홍의 감탄에, 풍양자는 그만 실소했다. 그래 실소하지 않을 수가 없는 일이었다.

"마도라는 것들은 그렇다고 하고, 홍천교 전부가 몰려온다고 해 봐라. 어디 소명 녀석에게 생채기나 하나 낼 수가 있나."

"에에, 아무리 그래도 그건 허풍이 심하지 않소."

"허풍은. 그것도 낮게 잡아서 하는 말이야."

풍양자는 기대고 있던 고목에서 허리를 세웠다. 그렇게 남긴 한마디가 가볍게 들리지 않았다. 뭐라고 되물을 틈을 주지 않고, 풍양자는 몸을 돌렸다.

소명과 당민이 같이 이쪽으로 걸어왔다.

"혈검대라는 것들은 한 놈 남겨두지 않았어."

"이쪽도 마찬가지. 뒤쫓는 것들도 적당히 끌어들여서 끝내버렸지."

풍양자는 담담한 어조로 대꾸했다. 잠깐 정도라고 하지만, 일단 시간은 번 셈이었다.

"이제 어쩔 텐가?"

"글쎄."

소명은 바로 답할 수 없었다. 홍천교의 배배 꼬인 체계는 물론이고, 좌충우돌하는 행태까지.

뚜렷한 목적성을 찾을 수가 없었다.

겉으로 보기에는 방대하게 교세를 확장하는 것으로 보였

다. 마치 군세처럼 움직이면서 계속해서 영역을 넓혀 갔다.

민강을 지나서, 도강언, 이제는 성도를 목전에 둔 것이나 다름없었다. 말 그대로 사천의 절반을 뒤덮은 셈이었다.

여기서 육사령이라는 자가 이끄는 일군을 무너뜨리기는 하였지만, 이미 넘어간 군세도 상당했다.

그런 와중에, 성도 너머에서는 사천 무림의 연합, 사천련이 제대로 체계를 갖추고 있었다. 저기에 이르러서는 피할 수 없는 충돌이 일어날 터였다.

둘이 입 다물고 있을 때에, 당민이 불쑥 끼어들었다.

"전면전은 막아내고 싶어."

"그렇지. 전면전만큼은……."

소명은 고개를 끄덕였다. 홍천교는 무인을 앞세우는 것이 아니었다. 수채를 상대하는 모습을 이미 보지 않았던가. 홀려버린 교인을 그대로 밀어붙였다.

무엇을 위한 희생인지도 모르는 채.

결국, 죽어가는 것은 사천의 민초뿐이리라.

뻔히 그려지는 일이었다. 이미 육사령이라고 하는 자가 이끄는 일군만으로도 수백이나 되는 목숨이 사라졌다. 소명과 풍양자도 지금 눈감으면 참사 현장이 그대로 떠올랐다.

당민은 녹면을 다시 썼다. 얼굴을 감추고서, 눈을 지그시 감았다.

"가서 돌보아야 하지 않겠나?"

"손 쓸 수 있는 것은 다 해두었으니. 이제 죽고 살고는 본인에게 달린 일. 어찌 도울 수도 없어."

당민은 일견 잔정이 없다고 할 만큼 차디찬 어조였다. 말 꺼낸 풍양자는 그만 머쓱하여서 눈길을 돌렸다. 녹면 사이로 드러난 두 눈동자는 차갑기만 했다.

소명은 당민의 어깨를 다독였다.

"그만 긴장 풀어라. 살 사람은 살겠지."

"긴장 안 할 수가 있어야지."

당민은 마다하기보다는 고개를 떨구었다. 목소리에 잠시 기운이 빠져 보였다. 풍양자는 뜨끔하였다가 그만 눈살을 바짝 모았다.

'응? 뭐야? 짜증 난 게 아니었어?'

어느 모로 보더라도, 불편한 기색으로 읽혔건만.

소명 눈에는 그것이 아닌 모양이다. 찬바람 쌩쌩하였다가 그만 한숨을 내뱉으니 풍양자는 멀뚱거리는 눈으로 둘을 번갈아 보았다.

소명은 곧 주변을 환기시켰다.

마냥 걱정 속에서만 있을 수는 없는 일이었다. 홍천교 사정을 대충 헤아린 마당이다.

"여하간, 홍천교 것들도 그렇지만, 마도 것들이 아무래도 문제란 말이지."

"음, 그렇지. 마도. 그 대사령이라는 놈이 아무래도 마도 쪽 녀석 같지?"

"혈검대주라는 작자 말로는, 교주도 정체를 제대로 파악하지 못하고 있다니까 말이야."

세 사람은 두런두런 얘기를 나누어 갔다.

*   *   *

햇살이 창살을 통해서 가만히 들어왔다. 창틀에 놓은 여러 장식물이 햇빛을 받아서, 그림자를 길게 드리웠다. 볕이 워낙에 잘도 들었고, 채광에 큰 신경을 쓴 방이었다.

그렇게 햇볕을 가만히 받으면서, 오군과 감천방은 축 늘어져 있었다.

겉모습은 오수에 젖어든 것처럼 나른하고, 평화롭다.

감천방은 잿빛으로 슬슬 물드는 수염을 느긋하게 쓸어내렸다.

덕지덕지 붙은 고약하며, 단단히 감아놓은 붕대가 한가득이지만, 손끝에는 힘이 자연스럽게 실렸다. 엉킨 수염을 손가락으로 힘주어 풀어냈다.

"오군 분타주. 마냥 이러고 있을 때가 아닌데 말이오."

감천방은 눈을 감은 채, 문득 입을 열었다. 한참 침묵 끝에 꺼낸 말이었다. 해가 뜨고서 어쩌면 처음 꺼낸 말일지도 몰랐다.

오군은 멍하니 앉아서, 고개를 뒤로 젖히고 있다가, 그 소리에 목을 세웠다.

"뭐, 그렇기는 하오만. 딱히 방도랄 것이 떠오르지 않는구려. 감 장군."

오군도 나른하기는 마찬가지였다. 좋은 옷, 말끔한 얼굴에, 앉은 자리는 구름 위에 오른 것처럼 푹신한 비단 보료였다.

버석거리는 옷차림이 좀 거슬리기는 하여도, 이리 편한 자리에, 이리 햇볕이 좋은 날이다. 거지의 마땅한 도리로 게으름을 피우지 않을 수가 없다.

오군은 의욕 한 점이 없어서, 졸린 눈을 가만히 끔뻑거렸다.

"감 장군은 몸 상태가 또 어떠시오?"

"음, 그럭저럭 회복하였소. 허허, 어차피 전장을 뒹구는 처지인지라, 손발만 움직일 수 있으면 좋은 상태라 하겠소이다."

"흐음."

온갖 부상에도 전선을 단단히 지키는 것이 본분이다. 애당초 몸 상태에 만전을 기한다는 것은 있을 수가 없는 일이다. 언제, 어느 때라도 실전은 기다려주지 않는다.

감천방은 좌우 어깨를 한 번 움찔거리고는 고개를 끄덕여 보였다. 아직 불편해도, 움직일 만하다.

오군은 묘한 눈으로 감천방을 보았다.

"그럼, 당장 움직여도 무리가 없겠소?"

"하고자 하면야 못할 것도 없지요."

"아니, 그 정도로는……."

감천방이 살짝 눈을 빛냈다. 그런데 어째 미지근한 소리인지라, 오군은 슬금 물러섰다.

감천방은 불쾌하기보다는 나직이 웃었다.

"허허, 장수에게 확언은 없어도, 허언 또한 없소이다. 오군 분타주."

군문에서 허언은 곧 목을 내놓는 것과 다름이 없었다. 감천방은 지그시 눈매를 집중했다. 오군은 게으름을 가득 담은 채, 그 눈빛을 맞받았다. 그러다가 히죽 웃었다.

"그럼, 슬슬 움직여 볼까요."

"그럽시다. 그럼."

"서두르실 것 없습니다."

둘이 주고받는 와중에 불쑥 어린 목소리가 끼어들었다.

엉덩이를 들썩거리던 오군이 고개를 돌렸다.

"이런."

나란히 놓아둔 침상 사이로 아이 하나가 낑낑거리면서 기어 나왔다. 어디로 들락거리는 것인지. 아이는 먼지를 잔뜩 뒤집어쓴 꼴이었다.

"어린 교주. 왜 거기서 나오시나?"

"워낙에 보는 눈이 많고, 번잡스러워 그렇지요."

"에헤이, 그것참."

어린 교주, 홍산아는 머리에 앉은 먼지를 털어내고서 히죽 웃었다. 웃음은 해맑아서, 도무지 사교의 교주라고는 볼 수 없었다.

마주하는 오군과 감천방도 딱히 적의를 드러내지 않았다. 한결 편한 모습이었다. 아니, 솔직하게 말하면 안쓰러워하는 기색이었다.

홍산아는 의자 하나 끌어다가 놓고서 냉큼 올라앉았다.

"이봐, 어린 교주."

"내일 즈음에, 고집을 부려서라도 외유에 나설 생각입니다. 그때에 같이 나가시지요. 일단 말썽 없이 총단은 벗어나실 수 있을 겁니다. 거기서 밖으로는…… 헤헤, 거기까지는 제가 어찌할 수가 없겠네요."

홍산아는 머쓱하게 웃었다. 홍천교의 교주라고 하지만,

결국에 부릴 수 있는 것은 총단이라는 이름 아래의 장원이 고작이었다.

그리고 한숨을 흘렸다.

"말씀드렸다시피, 홍천교는 다 글렀습니다. 마교의 수족 이나 다름없지요. 두 분이 본교의 폭주를 막아 주십시오."

"이보게, 자네도 같이 가세나."

"저는 움직일 수 없습니다."

"어찌 그러한가?"

"비록 어리다고 하지만, 엄연히 교주라고 하는 저입니다. 죄과의 책임을 짊어져야 하지 않겠습니까. 몰랐다고, 마교의 수족이 되어버린 책임이 없어지는 것은 아닙니다."

"그러나."

"마교 쪽에서 움직임이 심상치가 않습니다. 야금야금 경계를 늘리는 것이 아니라, 본격적으로 들이닥칠 모양입니다. 홍천교를 앞세워서 사천 일대를 집어삼키려는 게지요. 하지만 결국 실패할 것이 불 보듯 뻔합니다."

"왜 그런 짓을 하려는 거지?"

"마교는 사천을 원하는 게 아닙니다."

홍산아는 큰 눈동자를 내리깔고서 음울하게 대꾸했다. 꽤 어려운 일이었다. 원하는 바가 무엇인지 알 수가 없다. 그러나 자신을 비롯한 홍천교는 점점 물러날 수 없는 길로 등 떠밀려 나아가고 있었다.

홍천교의 바깥이라고 할 수 있는 후천계의 교인들은 이미 미쳐서 날뛰기나 할 뿐이었다. 이제 자신을 비롯한 선천계의 교주 일맥은 유명무실하였다.

홍산아는 퍼뜩 고개를 치켜들었다.

"무사히 몸을 피하시거든. 홍천 대사령, 그를 조심하십시오. 그자는 홍천교를 여기까지 밀어붙인 자이니까요."

"홍천 대사령? 그 기괴한 자를 말하는 건가?"

대사령이라는 이름에, 조용히 듣고 있던 오군과 감천방이 고개를 들었다. 붉은 운무로 온몸을 감싸고서 괴이한 술수를 펼치던 모습이 바로 떠올랐다.

대사령은 과업 운운하면서 감천방의 얼굴을 노렸다.

"아닙니다. 그는 대사령의 분신 중 하나에 지나지 않습니다."

"분신? 대사령이란 것이 대관절 무엇이기에?"

얘기를 듣다 보니, 실로 사람이 아닌 듯하지 않은가. 홍산아는 한층 어두운 얼굴로 고개를 천천히 가로저었다. 자신으로서도 명확한 정체를 파악할 수가 없었다.

대사령이 홍천교에 들어서면서부터, 교세는 어마무지하게 확대되었다. 그저 사천 변경에서 작게 이루어지는 교파에 불과하였던 홍천교가, 체계를 정비하고, 삽시간에 사천

북방을 도모한 것만을 보아도 대단한 일이었다.

그럴수록, 교주일맥은 점점 유명무실되어 갔다.

"선친께서 일구었던 홍천교는 본래 이런 모습이 아니었습니다. 비록 세간의 이목으로는 사교 무리에 불과할 수도 있었지만, 이렇게 괴이한 집단은 전혀 아니었습니다. 전혀 아니었어요."

홍산아는 시무룩하여서 고개를 들지 못했다. 대사령, 그 악마적인 존재를 얘기하고자 하면, 홍천교의 본래 모습부터 얘기하지 않을 수가 없었다.

한마디가, 그렇게 답답하였다.

오군은 심각하게 미간을 잔뜩 찌푸렸다. 대사령, 대관절 정체가 무엇이었단 말인가. 단순히 마도의 무엇이라고 말할 수가 없었다.

개방의 분타주로, 마도에 대하여서는 달달 외다시피 했다. 그렇지만, 대사령의 정체와 같은 술수는 좀체 떠오르지 않았다.

난처한 일이었다.

같이 듣고 있던 감천방도 고개를 갸웃거렸다.

"그것 희한한 일이구려."

"그렇지요."

"그렇다고 한들, 이미 벌어진 일을 어찌 외면할 수는 없습니다.

선후야 어떻든, 대사령은 마교를 끌어들였고, 지금 홍천교는 마교의 하부조직에 불과했다. 교도라 하는 이들 중에서 그것을 아는 사람은 아무도 없었다.

홍천세상이 열린다는 말 하나에 현혹되어서 죽기를 마다치 않는다.

자신을 비롯한 홍천교 직계는 총단이라고 이름 붙인 장원에 격리된 것이나 다름없었다. 그런 곳에서, 교주가 탈출의 기회를 직접 만들어 보겠다고 했다.

"대사령이 돌아오면, 아마도 그때부터 진정한 수라장이 열릴 것입니다. 그전에 돌아가셔야지요."

"어허, 어린 교주……."

"하하, 저는 신경 쓰지 마시고요."

홍산아는 애써 웃었다. 보이기 위한 웃음이었다. 밝은 웃음이었지만, 진심이라고는 일 푼도 실려 있지 않았다.

비추는 햇빛이 환하였지만, 아이 얼굴에 드리운 어둠을 거두어내지는 못했다.

다음날, 일은 신중하게 이루어졌다.

홍산아는 평소보다 한층 화려하게 일을 벌였다. 장원의 모든 이가 한껏 차려입고서는 꽃잎을 사방으로 뿌려댔다.

붉고 붉은 제의를 갖춘 홍산아는 가슴을 한껏 펼치고서 사뭇 당당하게 걸었다.

홍천교의 민초는 모두가 나서는 홍산아 앞에 부복하여서, 얼굴을 아주 깊이 숙였다. 땅속으로 얼굴이 파고들 듯했다. 비록 실권이랄 것은 없다지만, 홍천교주는 하늘 아래에 유일한 존재이고, 이들의 신앙이었다.

열망으로 가득한 광신의 기운을 받으면서 홍산아는 뽐내듯이 턱 끝을 세웠다. 그러면서 자신의 영역이랄 수 있는 홍천 주변을 찬찬히 둘러보았다.

"교주시여, 어찌 그러시는지."

"홍천이 이렇게 작았던가."

홍산아는 가만히 중얼거렸다. 뒤에서 교주를 지키는 홍천병이 의아함에 고개를 갸웃거렸다. 사천의 변두리라고 하지만, 이곳을 홍천교가 접수하면서 불어난 사람과 물량은 어마어마하였다.

아직은 성도와 비교할 수는 없겠지만, 불과 수년 만에 발전한 것을 생각하면 어마어마한 성장세였다. 그런데 교주는 이곳을 작다고 말한다.

홍천병은 어린 교주의 속내를 짐작할 수가 없었다. 그렇다고 입 밖으로 소리 내어서 묻는 불경을 저지를 수도 없다. 당장에 교주의 좌우를 지키는 시비들 눈초리가 예리하여서 얼굴이 따끔할 지경이었다.

"어흠, 노비가 교주 앞에 불경을 저질렀습니다."

"아니, 신경 쓰지 않는다."

홍산아는 대충 손을 휘저었다. 홍천병이 자신을 두고 어떤 생각을 하는지는 조금도 알 바가 아니었다. 아이의 눈초리는 먼 곳을 헤아리다가, 잠시 한쪽으로 돌아갔다.

아주 찰나에 지나지 않아서, 여기 누구도 홍산아의 눈길을 헤아리지 못했다. 그러고서 홍산아는 속 편한 미소를 머금었다.

"교주, 교주께서 웃으셨다!"

"홍천만대(紅天萬代)! 영생불사(靈生不滅)!"

"교주만세(教主萬歲)! 후천세주(後天世主)!"

짧은 웃음이라도, 광신에 깃든 신도들은 그만 정신을 놓고서 있는 힘껏 울부짖었다. 그들을 향한 미소가 아니었지만, 그것을 구분할 사람은 어디에도 없었다.

홍산아는 그저 묵묵히 미소만 머금었다. 그러다가 문득 고개를 끄덕였다. 짧은 한 동작에 불과했다. 그래도 뜻은 명확하게 전해졌다.

"하아."

안타까움이 실린 한숨이 재차 흘렀다. 오군과 감천방이

었다. 그들은 홍천교주의 행차가 내려다보이는 산중에 있었다. 이곳 산을 통해야지, 사천 북방으로 향할 수 있었다.

평소라면 이곳에도 홍천교의 교도들이 배회하면서 번을 서는 곳이기도 했다.

그런데 대대적인 교주의 행차가 있어서, 이곳의 경계가 거두어졌다. 본래 홍천병이 은신하고 있을 자리에서, 두 사람은 홍천교주, 홍산아의 어린 모습을 멀리 지켜보았다.

아이가 이쪽을 향해서 슬쩍 고개를 끄덕였다.

한참 멀었으니, 자신들의 모습을 알아본 것은 아닐 터였다. 그저 미루어 짐작하고서 저리 표시하는 것이다.

영특한 아이였다.

오군은 씁쓸함에 고개를 흔들었다. 옆에서 갑주를 다시 갖춘 감천방이 입술을 지그시 깨물고서 중얼거렸다.

"사교의 꼭두각시로 남기에는 참으로 아깝고도 안타까운 아이구려."

"그러게나 말입니다. 본방에 들어왔으면 훌륭한 거지가 되었을 텐데."

홍산아의 영민함을 두고서 한마디씩 주고받았다. 훌륭한 거지 운운에, 감천방은 잠시 멈칫했다. 그게 무슨 헛소리냐 싶었지만, 몸을 빼는 와중이라 굳이 입 밖으로 말을 꺼내지는 않았다.

"그, 그만 갑시다. 어린 교주가 저렇게까지 해서 벌어준 시간이니."

감천방은 떨떠름한 얼굴이나마, 길을 재촉했다. 오군은 느릿느릿 고개를 끄덕였다.

"그래요, 그럽시다."

안타까움을 일단 젖혀둘 때인지라. 오군은 한숨을 마저 꿀떡 삼켰다. 곧 몸을 돌렸다.

오군은 바로 사천으로 다시 돌아갈 수가 없었다. 우선은 감천방에 관한 일이 걱정이었다.

홍천교 대사령이라는 괴물은 감천방의 얼굴을 원했다. 그것이 다른 이유 때문일 리는 없었다.

감천방의 얼굴을 원한다는 말은 곧 감숙 일대를 아우르는 서북방의 정예, 백귀군을 노린다는 뜻과 다름이 없었다.

백귀군, 감히 말하건대, 서북방을 지켜내는 수호귀들이었다.

백전을 이겨낸 전장의 귀신들.

행여라도 백귀군이 홍천교의 사악한 손에 넘어가기라도 한다면, 무슨 끔찍한 일이 벌어질지, 상상조차 하기 싫었다. 상황의 위중함이 선명하여서, 오군도 일단은 감천방과 함께 성의 경계를 넘었다.

도무지 사람의 발로는 넘나들 수가 없을 만치 위태한 산 길이었지만, 다른 선택의 여지가 없었다. 두 사내는 허겁 지겁 서둘렀다.

콰카카카카!

산비탈 사이로 떨어지는 계곡이다. 울리는 소리는 어디 서 산사태가 일어나는 바윗돌이 마구 떨어지기라도 하는 것처럼 거칠고 또 거친 소리가 시끄럽게 울렸다.

천장 단애에서 세차게 떨구는 물결이 토해내는 소리였다.

절벽의 한쪽에서 오군은 오만상을 썼다.

"썩을."

가만히 있다가, 입술 사이로 새어나온 한 마디가 참 험 하기도 하였다. 오군은 곧 고개를 돌렸다. 이끼가 가득한 바위 위에서 감천방이 갑주를 벗어 정리하고 있었다.

차마 갑주를 걸치고서는 나아갈 방도가 없었다.

감천방은 갑주를 단정하게 벗어서는 하나, 하나를 조심 스럽게 정리했다. 그것을 곧 보따리로 감싸 묶고는 어깨 뒤로 메었다.

"거, 감 장군. 괜찮겠소? 그런 것을 주렁주렁 달고."

"하하."

감천방은 그만 웃었다. 오군이 걱정하는 것이 갑주가 아 님을 잘 알았기 때문이었다.

"하하하. 오군 분타주. 천하 개방의 협개가 여기 높은 물결이 그리 무섭소."

"어허, 무섭기는 사람을 뭘로 보고!"

오군은 되레 언성을 높였다. 하지만 얼굴색은 가히 좋지가 않았다. 눈 아래가 파리하였고, 턱 주변이 경련처럼 움찔거리고 있었다.

빈사지경에 이른 감천방을 부여잡고서 격류 속으로 몸을 던진 사람으로는 도무지 보이지 않는 모습이었다. 오군은 그러면서도 곁눈질로 쏟아지는 수직의 물결을 연신 살폈다.

자칫 휩쓸렸다가는 뼈마디 하나 남아나지 않을 듯했다.

세찬 물줄기도 그러하지만, 군데군데 삐죽 솟은 날카로운 바윗돌은 또 어떠한지.

"아이고, 젠장."

오군은 결국 감추지 못하고서 험한 한마디를 다시금 짓씹었다.

"그때는 그래도 뛰어내릴 만했지만, 여긴 뭐야. 아주 절벽에서 죽자고 몸을 날리는 셈이 아니오! 아니, 꼭 이런 길밖에 없어!"

"없소, 없어. 여기가 제일 빠른 길이오. 여기만 딱 지나면 바로 감숙 지역이라니까."

감천방은 손을 휘휘 내저었다. 별스럽지도 않다는 투로, 아주 태평했다.

발을 내밀기도 전에 얼어붙어서는 될 일도 아니 될 터였다.

긴장을 풀라고 하는 소리겠지만, 오군은 그만 열이 차올랐다.

"아니, 젠장! 조금 덜 빠른 길도 있을 거 아니요!"

"에헤이, 뭘 몇 번이나 묻고 그러시나. 아주 빠른 길과 아주 느린 길, 둘밖에 없다니까."

감천방은 편히 대꾸했다. 그러고는 등에 짊어진 갑주 보따리의 매듭을 다시 단단하게 조였다. 감천방은 성큼 걸음을 옮겼다.

"자아, 갑시다."

"감 장군, 감 장군!"

아직 내키지 않는 오군이었다. 그래도 감천방은 오군의 어깨를 한 번 툭 건드리고서 세찬 폭포가 떨어지는 곳으로 나아갔다.

한 걸음이 참으로 신중하기 이를 데가 없었다. 갈 길이 달리 있는 것이 아니었다. 물 한 방울이 수백 근 무게로 떨어지는 폭포수, 그 뒷길이었다.

미끄러운 바윗돌을 하나, 하나 붙잡고서 마냥 신중하게

나아가는 수밖에 없었다. 쏟아지는 물결로 사람 모습이 아른거리더니 곧 사라졌다.

오군은 멀거니 서서 그 모습을 빤히 보았다.

"아, 나. 아, 진짜. 아, 정말. 아오오!"

오군은 싫은 기색을 마구마구 드러내다가, 결국 두 손으로 머리채를 질끈 움켜쥐었다. 폭포 소리가 귓가를 윙윙 울려댔다.

움켜쥐고 낑낑거리기를 한참.

오군은 결국 맥없이 두 손, 두 어깨를 늘어뜨렸다.

"가자, 뭐, 가야지. 어쩌겠어."

그래 어쩌겠는가. 다른 도리가 없다. 오군은 혼자 되뇌면서 비척비척 걸음을 옮겼다. 정말로 가기 싫어서 끔찍했다. 자칫 미끄러졌다가는 그냥 골로 가는 것인데. 다른 길이 없다고 몇 번이나 확답을 들은 터이다.

폭포수의 물방울이 따갑게 떨어졌다. 얼굴이 삽시간에 축축하게 젖어들었다. 오군은 눈을 지그시 감았다.

"젠장, 그냥 마구니 것들 한복판에서 난리 치는 게 더 낫겠다."

솔직한 불평을 우물거리고서, 오군은 한껏 숨을 들이삼켰다.

감천방은 입술을 짓씹었다. 물에 한껏 젖어버린 보따리가 천 근의 무게로 몸을 끌어당기고 있었다. 그럴수록 미끄러운 벽을 잡은 다섯 손가락에 힘을 집중했다.

자칫 미끄러지기라도 하면 그것으로 끝이다. 돌아올 길은 조금도 없었다.

"후우, 후우."

미끄러운 벽, 쏟아지는 물결, 어느 것 하나 힘겹지 않은 것이 없었지만, 무엇보다 가장 힘든 것은 제대로 숨을 쉴 수가 없고, 눈을 뜰 수가 없다는 것이었다.

바위를 때리면서 흩어지는 물방울이 어찌할 것도 없이 얼굴로 튀었다. 잠깐이 아니라, 내내 그렇게 이어졌다. 그야말로 눈코뜰 새가 없었다.

그래도 감천방은 위태함 없이 길을 더듬으면서 나아갔다. 여기서는 다른 어느 악력보다, 손끝과 발끝에 집중하는 힘이 중요했다.

거리만 생각하면 성큼성큼 큰 걸음으로 열대여섯 걸음이면 충분하겠다. 그러나 거기서 한 걸음을 손발로 더듬으면서 조심조심 밀고 나아갈 수밖에 없었다.

거리는 서너 장 정도에 불과했지만, 삽시간에 수십, 수백 장으로 벌어진 셈이었다. 신중한 것이 무엇보다 중요해서, 감천방은 반대쪽 폭포로 빠져나온 뒤에는 그야말로 기진맥진했다.

온몸이 뻣뻣한 각목이나 다름없었다.

손발이 다 굳은 채, 젖은 바닥을 나뒹굴었다. 몸을 가눌 기운도 없었다.

"흐억, 흐억, 흐억……."

굳은 손가락을 용케도 꿈틀거렸다. 그렇게 손을 움직여서는 단단하게 묶은 보따리 매듭을 더듬었다. 풀어내고자 하는 손짓이었지만, 원체 단단하게 묶어놓았던지, 아니면 손가락에 힘 한 줌이 들어가지 않아서인지, 그냥 손을 떨구고 말았다.

감천방은 아무렇게 널브러졌다. 이대로 기력이 약간이나마 돌아올 때까지, 열심히 헐떡거리기만 했다.

"흐윽, 흐윽, 흐어윽."

기력은 점점 돌아왔다. 감천방은 그제야 눈을 깜빡거렸다. 마냥 몽롱한 눈에 차츰 초점이 돌아왔다. 그래도 자리를 박차고 일어날 정도의 기운은 없었다.

감천방이 허리를 세워서 일단 앉아보기라도 하기까지는 또 한참이 걸렸다. 그즈음이 되어서야 쏟아지는 폭포수에서 시커먼 것이 덥석 튀어나왔다. 그리고 영락없이 감천방과 똑같은 꼴로 바닥을 나뒹굴었다.

"으억! 으어어억! 우웨엑!"

아니, 감천방보다 더욱 격렬하고 극적인 모습이었다.

오군은 사지를 바들바들 떨어댔다. 걸레처럼 들러붙은 머리채를 어찌하지도 못했다.

감천방은 오군의 모습을 보면서 쓴웃음을 머금었다. 아직도 기운은 돌아오지 않았지만, 그래도 열심히 몰아쉬던 숨소리는 제법 잦아들었다.

"크흠, 고생하셨소. 오군 분타주."

"으어어어⋯⋯."

말이라도 건네었지만, 오군에게는 전혀 닿지 않는 소리였다. 꿈틀거리던 오군은 그냥 대자로 뻗어서는 죽을 듯이 길고 긴 신음을 토해냈다.

오군은 정신을 놓아버리고 싶었지만, 차마 그럴 수는 없었다. 제멋대로 요동치는 팔과 다리를 어찌 돌볼 생각도 않고서, 망연자실한 채 눈만 열심히 끔뻑거렸다.

"어어어⋯⋯."

헤 벌어진 입가에서 신음만 계속해서 새었다. 그러나 정신을 놓을 틈은 없었다. 두 사람은 엎어지고서 한참 숨을 헐떡거리다가 느리게 고개를 세웠다.

"어찌, 움직일 만하시오?"

"죽다 살았소. 죽다 살았어. 으어어."

감천방이 먼저 말을 건네었다. 오군은 고개를 휘휘 내저었다. 젖어서 들러붙은 옷자락이 어찌나 거추장스러운지. 오군은 무릎을 붙잡고서 허리를 세웠다.

"아우야, 아으으!"

고통에 찬 신음이 절로 흘렀다. 뼈마디가 다 욱신거리면서 죽을 맛이다. 아무리 단련한 몸이라도 도리가 없었다. 앓는 오군의 모습이 우스워서, 감천방은 절로 웃음을 머금었다. 그러나 감천방이라고 그렇게 멀쩡한 모습이 아니다.

감천방이 젖어서 헝클어진 머리카락을 대충 쓸어넘겼다.

"이렇게 멍하니 있을 때가 아니라오."

"에잉."

정말 쉴 틈을 주지 않는다. 불편한 상황이라지만, 그래도 몸을 세우지 않을 수 없다.

"여기서는 이제 어찌 돌아가야 하오?"

"음, 산 건너에 따로 마련한 안가가 있소."

"안가? 뭔 안가?"

"군은 항상 준비해야 한다오."

감천방은 지친 오군을 이끌고서, 힘겹게 산비탈을 올랐다. 그러면서 차분하게 설명했다. 감숙은 워낙에 거친 곳이라 보급이 마땅치가 않다. 병량 일체를 제대로 공급받는다는 것은 그야말로 있을 수가 없어서, 감숙에서는 후방에 약간 정도의 병량을 따로 갖추는 경우가 있었다.

엄연히 군법 위반이고, 자칫 목숨까지 걸어야 할 장도로 중한 일이지만, 감천방은 여하간에 그러한 안가를 향해서 움직였다.

무성한 수풀 속으로 감천방은 조심스럽게 움직였다. 젖은 옷자락이 뒤로 자꾸 처졌다. 그런 옷자락을 둘둘 말아서 꼭 그러쥐었다.

지나는 자리로 물방울이 뚝뚝 떨어졌다.

공력 한번 일으키면 어떻게 젖은 몸을 말릴 수도 있을 텐데, 그럴 기운도 아껴야 할 판이었다. 그냥 젖은 채, 두 사람은 비척비척 움직였다. 굽이 하나를 간신히 넘었을 무렵에, 감천방은 딱 멈춰 섰다. 주춤하는 기색이 심상치 않았다.

위험천만한 계곡을 넘어올 때에도 태연하였던 얼굴이 바짝 굳었다.

굵은 얼굴이 무섭게 일그러졌고, 흡사 서리라도 내린 것처럼 차갑게 굳어갔다. 오군도 덩달아서 긴장했다. 부랴부랴 죽장을 거꾸로 잡고서 자세를 낮추었다.

무성한 수풀 너머로 절그럭거리는 소리가 심상치 않게 들렸다. 간단히 넘겨 들을 만한 소리가 아니었다. 감천방은 바로 알아들을 수가 있었다.

어찌 모를까.

지금 등 뒤로 돌려서 감춘 갑주가 움직일 때에 미늘이 스치면서 우는 소리였다.

이쪽으로 군이 움직인 것인가. 아니면 다른 무엇인가. 감천방은 눈을 가늘게 떴다. 너머에서 움직이는 자들은 발빠르게 좌우로 흩어지면서, 이쪽에서 숨은 수풀을 교묘히 에워싸고 있었다.

규범대로의 움직임이다.

"감 장군."

오군이 슬며시 말을 건네었다. 손을 써야 하는 상대인지, 아직 알 수가 없었다. 감천방은 의문 담긴 눈길을 받고서 고개를 끄덕였다.

소리를 감지하기 무섭게 포위된 것은 분명한 사실이다.

감천방은 크흠, 헛기침을 한번 흘리고서는 대범하게 수풀을 가르며 앞으로 나섰다. 그러자 보이는 것은 감천방이 갖춘 것과는 조금 다르지만, 번쩍이는 갑주를 갖춘 정병들이다.

"이것들이……."

감천방은 사뭇 험악하게 얼굴을 일그러뜨렸다.

갑주는 그저 보기 좋기만 한 것이 아니었다. 사투의 흔적이 역력했다. 몇 번이고 수선하기를 거듭했다. 겉으로는 번쩍거리지만, 무수한 칼자국이 여기저기 마구 나 있었다. 그런

차림으로 병상들은 강철 챙을 두른 투구를 깊이 눌러썼다.

어디에도 소속을 뜻하는 것은 보이지 않았다.

정병들이 투구 아래로 두 눈을 번뜩였다. 그 눈초리가 사람 눈빛이 아니었다. 살벌하기 이를 데가 없었다. 그리 쏘아대는 눈초리였지만, 거기에 움츠러들 오군이 물론 아니다. 턱을 당기고서 요놈들 봐라, 하는 기색으로 마주 쏘아보았다.

감천방은 거리를 두고서 경계하는 병력을 노려보았다.

"소속."

에워싼 그들을 향해서, 감천방은 대뜸 다그쳐 물었다.

일거에 발하는 군기가 강렬하여서, 허허, 웃던 모습이 전혀 아니다. 군문의 장수로서 당당한 모습이겠다. 그런데 막아선 병사들은 달리 동요하지 않았다.

잠시 고개를 뒤로 빼기만 했을 뿐이다.

번뜩이는 눈빛으로 앞에 선 감천방의 위아래를 차분하게 살폈다.

"혹여…… 감천방, 감 장군 되십니까?"

"네놈들 소속을 먼저 물었다."

정병인 그는 눌러쓴 투구를 홀쩍 벗었다. 그러자 드러난 얼굴은 멀끔하지만, 군기가 가득 들어 있었다. 그는 슬쩍 고개를 숙이면서도 감천방에게 눈을 떼지 않았다.

"소장은 십삼황자 전하의 명을 받아, 백귀군을 임시로 책임지게 된 장벽군이라 합니다."

"뭣이!"

여러 마디가 기이하게 얽혀 있었다. 어느 한 마디라도 쉽게 넘길 수가 없었다.

황실의 새로운 실세라고 하는 십삼황자, 그리고 백귀군을 임시로 책임지다니.

그것은 감천방의 직속상관이자, 감숙일대를 비롯해 서북방을 관장하는 서정로 대장군이라 할지라도 감히 시도할 수 없는 일이다.

더구나 아무리 자신이 부재중이라 하여도, 백귀군을 사사로이 움직이게 하다니. 납득할 수 없다.

감천방은 질끈 이를 악물었다. 노기를 짐작하고서, 장벽군이라 자신을 밝힌 젊은 장수는 꾸벅 고개를 숙이고서, 옆으로 물러섰다.

그러자 비탈 아래로 깃발 하나가 우뚝 서 있는 것을 볼 수 있었다.

백(百)의 깃발 하나가 펄럭이고 있었다. 백귀군을 뜻하는 군기였다. 본래는 서북방의 한 축을 담당하여서 서백군이라 하지만, 감천방이 받으면서, 일대의 전귀들이 가득하다고 하여 백귀군이라 따로 불렸다.

그러한 직속 병력이 여기에 우르르 몰려와 군세를 정비하고 있다니. 언제고 변방을 지켜내는 것이 백귀군의 본분이 아닌가.

　행여 변방의 경계가 뚫릴까 저어되어서, 이리 다급하게 복귀하는 마당이었건만.

　감천방은 우득 소리 나게, 두 주먹을 힘주어 움켜쥐었다.

　"장벽군이라 하였나. 직급은 어찌 되는가?"

　"부족하나마, 천호 직을 맡고 있습니다."

　"그래, 장 천호시로군."

　천호라고 하면 상당한 지위임은 분명하나. 백귀군을 함부로 아우를 수 있는 자리는 전혀 아니다.

　감천방은 두 눈을 한껏 치떴다. 분노를 넘어서, 살기마저 격하게 일었다. 그 새파란 눈빛을 코앞에서 마주하면서도, 장벽군이라는 젊은 장수는 눈 하나 깜빡하지 않았다. 맞잡은 손에 한층 힘이 들어갔을 뿐이었다.

　장벽군은 곧 신중하게 입을 열었다.

　"감 장군."

　"뭐냐!"

　"황자 전하께서 계십니다. 직접 마주하시지요."

　"흐음."

노한 기색은 그대로였다. 어찌 속을 달랜다고 내뱉는 한숨이 뜨겁기도 했다. 옆에 멀뚱한 얼굴로 있던 오군도 고개를 갸웃거렸다.

'십삼, 십삼황자라…….'

일이 벌어지기 전에 대충 듣기는 하였다. 북평 황도 일대가 삽시간에 십삼황자의 손에 떨어졌다던가. 그리고 이어서 산서, 하북 일대에 숨은 마도 세력을 일소해 냈다는 정도였다.

이후로는 뚜렷하게 다른 소리를 듣지는 못했다. 그런 십삼황자가 직접 감숙에, 그것도 외곽이라고 할 수 있는 사천 인근의 야산에 일군을 이끌고 있다니.

쉽게 여길 일이 아니었다.

먼저 떠오르는 것은 아무래도 험한 단어였다.

'설마, 역모?'

잔뜩 찌푸린 채, 오군은 감천방을 곁눈질로 살폈다. 불편한 의문을 굳이 입 밖으로 꺼낼 건 없었다. 위아래로 불안하게 들썩거리는 눈빛을 받고서, 감천방도 마른침을 삼켰다.

천호라는 것들 몇 앞에서는 아주 서슬 퍼런 모습을 보였지만, 막상 군영이 가까워지자 영 불편한 기색이었다. 행여 십삼황자가 다른 마음을 품은 것이라면.

오군도 그렇지만, 감천방도 좋은 기색이 전혀 아니었다.

두 사람은 그렇게 안가를 중심으로 따로 갖춘 군영으로 들어섰다.

"장군!"

"장군!"

감천방을 알아본 백귀군의 군졸들이 다급하게 달려왔다. 그들 얼굴에는 안도가 뚜렷했다.

"무사하셨군요. 장군!"

"정말 걱정했습니다."

"허허, 걱정은 무슨……."

감천방은 수하들을 다독이면서도 영 이상하다는 얼굴이었다. 대체 무슨 소리를 하는 것인지. 명도 없이 멋대로 여기까지 와 있는 것만으로도 참 열불이 솟는 일인데. 이들 기색은 그게 아니라는 것을 알려주고 있었다.

더욱 의아했지만, 한 명, 한 명을 붙잡고서 뭐라고 대화를 나눌 때가 아니었다. 한 걸음 앞에서 장벽군이 별다른 소리는 없어도, 눈길로 걸음을 재촉하고 있었다.

"크흠, 나중에 얘기하도록 하지."

"아이쿠, 그렇지요. 황자 전하께서 계시는데."

군졸들은 대충 상황을 짐작하고는 우르르 물러났다. 일사불란한 모습인데. 그것이 또 기이했다.

"도대체가 모르겠군."

감천방은 잇새로 낭패한 속내를 짓씹으면서 걸음을 다시 옮겼다.

안가, 허름한 그곳에 그대로 들어섰다. 햇빛이 스며들어서, 방 주변에 고인 먼지가 반짝거렸다. 그리고 한 젊은 이가 상좌에 앉아 있었다. 그냥 손 놓고 있는 것이 아니라, 무수한 서류를 빠르게 살피는 중이었다.

한 장, 한 장이 백귀군의 군세에 관련된 것이고, 또 다른 것은 감숙 일대의 병력 규모였다. 어느 것 하나 중하지 않은 내용이 없었다.

그러나 소리 높여 따질 수는 없었다.

장벽군은 다른 예의를 따지지도 않고, 벌컥 안으로 들어섰다.

"황자 전하. 백귀군의 감천방, 감 장군이십니다."

"감 장군이라? 행방이 묘연하다고 하지 않았는가. 그가 돌아왔다고?"

서류 사이에서 황자는 고개도 들지 않고 말했다.

"예, 안가로 돌아오는 감 장군을 주변을 살피다가 조우하였습니다. 옆에는 개방의 사천 분타주, 오군 분타주라고 합니다."

"오군 분타주. 아, 무사하셨던가."

사뭇 단조로운 목소리였다. 그런데 말투를 들어보니, 자신을 아는 듯하지 않은가. 오군은 귀를 쫑긋 세웠다. 어째 들은 듯한 목소리이기는 한데.

"드시지요."

장벽군이 한 걸음 물러섰다. 그 자리로 두 사람은 마지못해 들어섰다.

감천방은 즉각 두 손을 맞잡고서 털썩 무릎을 꿇었다.

"십삼황자 전하를 뵙습니다. 천세, 천세, 천천세."

거듭 머리를 조아렸다. 오군도 눈을 둥그렇게 뜨고서 무릎까지는 꿇었지만, 뭘 더하면 좋을지 몰라서 두 손만 맞잡았다.

"미거한 백성, 오군이……."

감천방도 그렇고, 오군도 그렇고, 참 부족함이 많았지만, 그것을 트집 잡는 사람은 없다. 서류 사이에서 사내가 벌떡 일어나서는 오군의 말문을 잘랐다.

"오군 분타주. 무사하셨구려. 다행입니다."

"예? 예, 예."

오군은 고개도 들지 못하고 연신 대꾸했다. 그러자 십삼황자는 피식 쓴웃음을 그렸다.

"그쯤 해두고, 그만 고개를 드시지요. 감 장군도."

"아아…… 으잉!"

오군은 조심스럽게 고개를 들다가, 그만 두 눈을 한껏 치떴다. 잇새로 놀란 소리가 불쑥 튀어나왔다. 감천방은 상황을 전혀 몰랐지만, 오문은 놀라지 않을 도리가 없었다.

눈앞에서 싱긋 웃는 젊은 사내, 그는 바로 당가에서 같이 출발하였던 청년, 이청이 아닌가.

그저 당민의 어렸을 적 친구 정도로만 알고 있었는데.

지금 눈앞에 있는 것은 단정한 모습의 평범한 유생이 아니었다. 금빛 번쩍거리는 두정갑을 갖추었고, 딱 올린 머리에 금박의 용문건을 둘렀다.

은은한 위엄을 드리운 듯했다.

"어, 어어?"

자리를 지키는 장벽군이 퍼뜩 눈을 부라렸다. 아무리 황자가 고개를 들라 하였다지만, 저렇게 빤히 보면서 손가락을 들썩거리다니.

"무엄하다! 어느 앞이라고 감히!"

쩌렁 내지른 일성이 묵직하다. 오문은 바짝 정신을 차렸다. 이래저래 머릿속이 뒤엉킨 실타래처럼 엉망이라고 해도, 자리를 파악하지 못할 정도는 아니었다.

"아이코, 미거한 백성이 그만……."

"그만 두시오. 장 천호, 자네도 관두고. 여기 오군 분타주는 사천의 백성을 위해 직접 몸을 던진 일세의 의협지사일세. 자네나, 나나. 허례허식 따위로 트집 잡을 분이 아니야."

이청이 어지러운 상황을 무마했다. 그리고 따로 자리를 마련토록 하였다. 내내 감천방은 얼떨떨했다.

이윽고 마련된 자리에서 이청은 오문과 감천방, 두 사람을 마주하고 앉았다.

"그…… 황자 전하."

"말하게."

"상황이 어찌 된 것인지?"

"그 자리에서 각자 헤어진 이후, 본 황자는 바로 감숙으로 올라갔소. 사천일대의 병력이 비었다는 것을 알았으니. 다른 방책이 떠오르지 않더군. 그런데……."

이청은 담담한 어조로 일어난 일을 설명했다. 그저 강호의 일로 해결할 수 있는 상황이 전혀 아니었다.

사천의 병력이 뻥 뚫린 것처럼 비었다. 그것은 다른 이유일 리가 없었다. 홍천교와 손을 잡았을 확률이 훨씬 높았다. 그것을 제압하기 위해서는, 또 다른 군세가 필요했다. 아울러서 변방의 상황을 살펴야 했다.

그런 와중에, 감숙의 정병 중에서도 손꼽히는 백귀군에 변고가 있는 것을 파악했다.

백귀군을 이끄는 장수가 홀연 실종된 것이다. 수하들에게 다른 언질을 주지도 않고 자리를 비웠다는 것이다. 거기서 이청은 시작했다.

은연중에 따로 언질을 두었기에 일을 처리하기는 그리 어렵지 않았다.

마도 소탕을 위해서, 이미 황명을 받아놓지 않았던가.

하남 쪽에서 대기하고 있던 몇몇 정예를 따로 불러모으면서, 백귀군을 그대로 움직이게 했다. 그것도 아주 은밀하면서도 신속한 이동이었다.

아직 사천으로 움직이지는 않았지만, 감숙병은 이곳에서 모든 준비를 다 끝내었다. 채 보름도 되지 않은 시간이었건만, 이청은 모든 것을 속전속결로 해치웠다.

힘 있는 사람의 추진력이 빛을 발하는 순간이었다.

감천방은 면목이 없어서, 고개를 숙였다. 군령에 의해서 목을 내어도 할 말이 없었다.

"감 장군."

감천방은 눈을 질끈 감았다. 자리에 더 앉아 있을 수가 없었다. 털썩 한쪽 무릎을 무겁게 꿇고서 퍼뜩 두 손을 맞잡았다.

"황자 전하. 다시없을 큰 죄를 저지르고 말았습니다. 청컨대, 죄인을 벌하시어 감히 임지를 벗어나려는 자가 다시는 없도록 하게 하소서."

일벌백계를 청하는 바이다. 이청은 손을 휘휘 내저었다. 당장 눈앞에 마구니가 한가득하다. 지금은 사천이라는 한

지역이었지만, 저 불길이 어찌 번져갈지는 아무도 장담할
수가 없었다.

"감 장군, 상황을 직시하시오. 국경을 지키는 것은 물론
이거니와, 사천을 어지럽히는 삿된 무리를 처리하는 것이
급하오."

"황자 전하."

감천방은 놀라 고개를 치켜들었다.

이청은 웃음기라고는 조금도 없이, 딱딱한 얼굴이었다.
다과 따위는 다 집어치우고, 먼저 펼친 것은 일대의 행로
를 그려놓은 지도였다.

대강 그려놓아서, 제대로 읽을 줄 아는 사람이 아니면
마구잡이로 선을 죽죽 그어놓은 낙서처럼 보일 뿐이었다.
감천방은 지도를 보기가 무섭게 더 할 말도 잊고서, 덥석
지도를 붙들었다.

움켜쥔 손이 부르르 떨렸다.

고작 몇의 선으로 이어놓았을 뿐이지만, 감천방은 경험
많은 전장의 장수, 그 행간을 파악하지 못할 리가 없었다.
어떤 것은 어려운 길이고, 어떤 것은 가능한 길이다.

이렇게 지도를 따로 남기기까지, 얼마나 고민을 거듭하
였을지는 굳이 묻지 않아도 훤할 정도였다.

"허, 허어."

감천방은 그만 벅찬 숨을 토했다. 길목은 위험했다. 상당한 보신경을 지닌 무림의 고수라도 결코 쉽다고 할 수 없다. 이러한 길목으로 일군을 이끈다는 것은 더군다나 어려운 일이었다.

"황자 전하, 이것은…… 이것이면……."

"피해는 무시하지 못할게요. 그러나 마냥 손 놓고 있다가는 백성의 피해가 더욱 커지겠지. 본 황자는 그것을 간과할 수가 없소이다."

"지당하신, 실로 지당하신 말씀입니다."

감천방은 바로 얼굴을 돌변하여서 힘주어 고개를 끄덕였다.

모험에 가까운 일이다. 따로 들기에 힘겨운 사천이다. 그런데 지금 십삼황자는 실낱같은 길목과 길목을 기어코 이어서 군세가 지나갈 만한 자리를 마련했다.

그것은 여기 감숙의 제일 남방에서 시작하는 것이다.

"소수정예로 들어가야 하오. 어디 그것뿐이겠소. 아무도 뒤를 신경 쓰지 않는다고 할지라도 마도의 수작은 무시할 것이 아닐 터이고."

이청은 고개를 끄덕거리면서 나직이 읊조렸다.

뭔 소리인고, 마냥 멍하니 있던 오군이 엉덩이를 들썩거렸다.

"이청 소……아니, 황자 전하."

"말씀하시오. 오군 분타주."

"다 좋은 말씀입니다만…… 과연 군세로 마도의 수작을 제압할 수가 있겠습니까?"

오군은 걱정이 앞섰다.

사교는 모르겠지만, 뒤에 마도가 있다는 것은 이제 불 보듯 뻔한 일이다.

아무리 정예의 강군이라 한들, 일반 병사가 마도의 괴물을 어찌 제압할 수가 있을까. 그것은 감천방과 그 군세를 무시하는 것이라기보다는 마땅한 걱정이었다.

개방이다. 마도의 제일적이라 하면서 서로 천하에 다시 없을 원수로 여기는 마당이다. 그만큼, 마도에 대한 정보는 물론 두려움조차 다른 어느 곳보다 빠삭하다.

"확실히 오군 분타주의 지적은 일리가 있소. 본 황자는 이들로 하여금 홍천교에 넘어간 사천의 군병을 제압하고자 함이오. 마도를 일소하는 것은 또 다른 이의 몫이란 말이지."

"다른?"

"지금쯤이면 모두 마주하고 있을 것입니다."

이청은 사뭇 자신만만했다. 삼천의 군세, 그리고 이끄는 것은 십삼황자인 자신이다. 명분으로는 단연 압도할 수 있겠지만, 막상 전력으로 삼자면 채 한 줌도 되지 않을 것이다. 그런데 이청은 조금도 흔들림이 없었다.

"아오. 인간아. 뭐가 그리 급하다고. 혼자 달려가냐."

민강의 굽이진 물줄기가 더욱 세차게 흐른다. 그런 곳에서 소명은 대뜸 험한 소리 한 바가지를 먼저 들었다. 그러나 싫은 기색보다는 흐린 미소가 떠올랐다.

거대한 배 한 척이었다.

민강의 깊은 물결에도 이만한 배는 좀체 볼 수가 없었다.

뱃머리에 용두를 세웠고, 층을 이루어놓은 마당에, 노만 해도 수십에 이르렀다. 일대의 군선도 이만한 위용을 보이지는 못할 터이다.

그런 곳에서 소명은 위지백과 마주했다. 대선과 함께 등장한 위지백은 사뭇 득의만만한 얼굴이었다. 어떻게 알고 왔느냐는 말은 필요치 않았다.

천룡세가가 갖추고 있는 정보망은 방대하였고, 또한 이청이 손을 쓰기도 하였던 터였다.

위지백은 도를 어깨 위에 걸쳐놓고서, 풍양자를 홱 돌아보았다.

"이야, 가짜 도사. 멀쩡히 살아 있네. 딱 봐도 객사할 관상인데. 용케 화는 면한 모양이군."

"쯧."

풍양자는 콧등을 잔뜩 찌푸리고서, 못마땅함에 혀를 찼다. 같이 어울려 주기에는 피곤하다는 투로 홱 고개를 돌려버렸다.

위지백은 실실 웃기만 웃었다.

'아오, 저 골치 아픈 놈.'

같이 있으면 불편하지만, 등을 맞대기에는 저이보다 듬직한 사람도 없다. 풍양자는 얼굴은 찌푸렸을지라도 험한 소리는 하지 않았다.

장관풍, 도기영은 위지백 뒤에서 멀뚱거리는 눈으로 있었다. 소명은 그들도 환대했다.

"이렇게 한칼을 거들겠다고 와주다니. 고맙네."

"아이코, 천만의 말씀을요. 응당 나서야지요."

"그럼요, 그럼요. 마도가 얽혀 있다 하지 않으셨습니까. 어찌 마다할 수가 있겠습니까."

둘은 냉큼 고개를 숙였다. 사뭇 결의가 넘쳤다. 소명은 그런 둘의 모습에 언뜻 눈을 다시 떴다. 얼추 달포 남짓, 그 정도 시간이 흘렀을 뿐인데. 두 사람의 기파가 이전과는 또 달랐다.

상당한 성취를 보인 것이 분명한데. 소명은 오래 고민할 것도 없이, 곧 연유를 깨달았다.

"아하, 이것 참. 고생이 많았겠군."

"……읍!"

"허읍!"

둘은 동시에 어깨를 들썩거렸다. 별말을 하지 않더라도,
바로 상황을 짐작하는 소명이 놀랍기도 하고, 고맙기도 하
였다.

소명이 있을 때에도 그러하였지만, 없을 때에 위지백은
한층 독하게 손을 쓰고, 둘을 굴렸다. 딱 죽다 살겠다는 소
리가 간신히 흘러나올 지경이었다.

그렇게 십수 일이라서. 자신들이 돌아보아도 말도 못 할
정도로 각자 성취를 이룬 것을 깨닫고 있었지만, 마냥 대
견하기보다는 한숨이 절로 나왔다.

진경을 이루었으면, 또 이룬 만큼이나 드높은 시련이 자
신들을 기다리기 때문이었다.

"그것이…… 네에."

"위지백, 저놈이 장난은 심하더라도 이루지 못할 사람에
게 마구 손을 쓰는 무도한 놈은 아니야. 자네들, 잘 이겨내
었어."

소명은 두 사람을 잠시 다독였다. 그런데 풍양자 옆에
있던 위지백이 냉큼 고개를 돌렸다.

"뭐야? 뭐? 지금 내 욕했지!"

"아닙니다!"

"그럼요, 결코 그러지 아니하였습니다!"

장관풍과 도기영은 소명의 차분한 말에 감동하여서 눈물을 글썽하다가, 화들짝 놀라서는 빽 소리쳤다.

소명은 위지백이 소매를 걷어붙이고서 이를 잔뜩 드러내는 모습을 보면서 고개를 흔들었다. 장난기 가득한 모습이다. 얼굴은 험악하게 하지만, 당황하는 둘을 보면서 내심으로는 웃고 있을 것이다.

"하이고, 저놈. 하여튼……."

"대공자."

문득 뒤에서 단삼 걸친 사내가 조심스럽게 다가섰다. 소명은 웃던 입술 끝에 힘주어 찌푸렸다. 편치 않은 소리였다.

불편한 눈으로 고개를 돌리자, 다가선 단삼의 사내는 그만 고개를 숙였다.

"그리 부르지 마시오."

"허나, 천룡께서."

"……."

변명처럼 말을 꺼내려다가, 그는 지그시 보는 눈길에 짓눌려서 일단 말을 삼켰다.

"세가에서 이리 도움 준 것은 잊지 않으리다. 그 정도로 해두시오."

"네, 대……아니……권야 공."

단삼 사내, 천룡세가 아래에 있는 수룡기의 일기주는 얌전히 고개를 조아렸다.

수룡기는 장강의 물결을 끝에서 끝까지 아우르는 건실한 일문이었다. 몇 척인가 대선으로 직접 운송을 하기도 하고, 운송을 지키기도 한다.

무가련의 황보씨가 자랑하는 흑선회와 함께 장강일대에서 이름이 견고했다. 장강수로십팔채라 일컫는 수적들도 수룡기 앞에서는 바로 양보할 정도였다.

누구는 뒤에 황실이 있는 게 아닌가 할 정도로, 쌓은 성과에 비하면 알려진 바가 드물었다.

그런 수룡기는 본래 천룡의 깃발 아래에 있었다.

"우선은 상황이 급하여서, 수룡기의 일호인 저희가 먼저 왔습니다."

"저 녀석들만 데려다 주었어도 될 일인데."

"아닙니다. 금번의 일에 마도가 관련되어 있다지 않습니까. 저어, 그리고."

마도의 일은 곧 천하의 일이고, 천하의 일에 천룡세가가 나서지 않을 수는 없다.

다만, 그뿐만으로 수룡기가 직접 움직인 것은 아니었다.

수룡일기주는 소명에게 작은 첩지를 건네었다. 천룡세가의 풍운첩, 그런데 색이 남다르다. 소명은 첩지를 받아들면서 의아한 눈을 감추지 않았다.

"무엇이오?"

"비직(卑職)이 감히 내용을 살필 수 있겠습니까."

"아니, 뭘 또 그렇게까지……."

따로 봉인한 것도 아니건만.

비직 운운하면서 자신을 낮추는 것이 불편하여서, 소명은 여전히 떨떠름한 기색으로 첩지를 펼쳤다. 펼쳐 보기가 무섭게 다시 덮어버렸다.

"아, 나 이것 참."

찌푸린 얼굴에는 난처함이 솔직했다. 눈앞에서 수룡일기주는 슬쩍 고개를 돌리고 꾸욱 입술을 말아 물었다. 그도 슬쩍 보기는 한 것이었다.

소명은 고개를 흔들고 첩지를 다시 펼쳤다. 불편한 문구가 있다고 읽지 않을 수는 없는 일이다. 편치 않은 얼굴을 하고서는 첩지를 쫓아 눈을 움직였다.

문장마다 무슨 공을 이렇게 들이셨는지.

"거참."

혀 차는 소리가 절로 나온다. 걱정이 가득한 문장을 대충 읽어내리다가, 마지막에서 소명은 첩지를 소리 나게 탁 덮어버렸다.

처음에는 낯부끄러웠지만, 마지막에는 안색이 딱 굳어

버렸다. 그러고는 마주한 수룡일기주를 빤히 쳐다보았다.

"이게, 이게 지금 참말이오?"

"네? 어인 말씀이신지?"

"아니, 아니……아니오."

수룡일기주는 무슨 말인지 전혀 몰라서 되물었다. 그로서는 모를 일이다.

풍운첩을 어찌 함부로 펼쳐볼 수가 있겠는가.

소명은 지그시 입술을 깨물고서, 닫은 풍운첩을 다시금 펼쳤다.

구구절절하다 싶은 문장이 더는 눈에 들어오지 않았다. 진정 생각지도 못한 내용으로 끝맺음 하였으니. 다시 보아도, 문장이 달라지거나, 뜻이 달라지지 않는다.

소명은 결국 한숨을 길게 밀어냈다.

"아이고, 젠장."

끝에, 추신처럼 덧붙인 내용으로는 두 소천룡이 사천으로 오고 있다는 것이다. 단지 둘이 오는 것일 리가 없었다. 둘이 움직이면, 그 휘하도 움직인다.

세상의 뒤에서 천하를 관장한다고 하던 은밀함은 다 어디로 가버린 것인가.

소명은 아직 마주하지도 않았건만, 두 소천룡이 몰고 올 여파가 빤히 그려지는 터라, 골이 지끈거리기 시작했다.

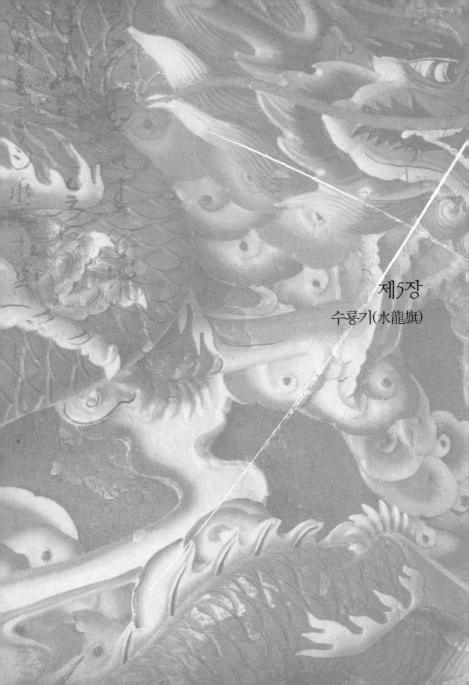

제5장
수룡기(水龍旗)

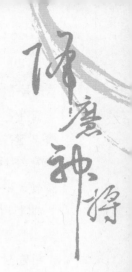

천하가 소란한데, 사천 또한 크게 요동친다.

당가타에 우선 자리를 잡은 사천련이 크게 분주했다. 소명과 풍양자가 당가를 나서고, 수삼여 일이 지난 다음이었다. 일단의 무리가 당가를 찾았다.

당가주는 귀한 손님을 맞이하여서 고마움과 더불어서 당혹감 또한 감추지 않았다.

"아니, 이럴 수가 있나."

"후배, 호충인이 당가주를 뵙습니다."

"후배라니. 어디 연배로 쉽게 말할 수가 있겠소. 천하의 등용문주가 직접 호응하여, 찾아주었으니. 허허."

당가주는 헛웃음을 잠시 흘렸다. 굳건한 기색으로 두 손을 맞잡은 젊은 문주, 호충인을 새삼스럽게 바라보았다. 감탄이 가득하다.

하남의 등용문주. 그것은 단순한 일문의 주인이 아니다.

개방과 더불어서 천하를 아우르는 또 다른 이름, 소림파의 장문을 뜻하는 셈이었다.

비록 당대에는 속가제일인으로 소림사의 용문제자가 있어서, 천하육절에 들어서는 천하의 고수라고 하지만, 그렇다고 당대 등용문주를 낮추어 보는 사람은 아무도 없었다.

하남 일대를 전격적으로 뒤엎어서 마도 무리를 일소한 것만 보아도 알 수 있는 일이었다.

"헌데, 등용문주께서는 어찌 알고 오시었나."

옆에서 아미 장문인이 고요한 어조로 말하였다. 경계의 기색은 조금도 없으나, 경계하는 것과 크게 다르지 않았다.

단순히 사천을 어지럽게 하는 사교 무리의 일로 왔을 리가 없었다. 그 말은 곧 마도의 호응이 있다는 것을 알았다는 뜻이다.

사천련 내부에서도 나름 중요하게 생각하는 일이다.

호충인은 잠시 고개를 돌렸다. 정광이 맺힌 차분한 눈빛이다. 아미 장문인은 감은 눈꺼풀을 천천히 밀어 올렸다.

"장문인께서는 본문의 정보력을 너무 가볍게 여기시는 것 같습니다. 그리고 개방 또한 큰 도움을 주었더랬지요."

"개방이. 그렇군."

아미 장문인은 가만히 고개를 끄덕였다. 호충인은 미소 짓고서 다시금 힘주어서 두 손을 맞잡았다.

"마도의 일은 곧 천하의 일입니다. 어찌 모른 척 마다할 수가 있겠습니까. 이 사람과 하남 소림파의 정예 오백이 함께 왔습니다. 탕마멸사, 그 하나를 위하여서 칼을 들었으니. 문주, 그리고 두 장문인께서는 받아주시기를 청합니다."

"오히려 이쪽에서 청할 일이지. 선후야 어떻든, 감사드리오."

당가주는 선선히 고개를 숙였다. 호충인은 솟은 검미를 누그러뜨리면서 밝게 웃었다. 사뭇 호탕한 모습이었다. 그렇게 호충인이 하남 소림속가를 이끌고서 사천련에 합류하였다.

소문은 빠르게 퍼졌다. 굳이 감추려 하지도 않았을뿐더러, 오히려 더욱 알리게 하는 목적이었다. 하지만 의아한 점은 분명 있었다.

호충인이 당가의 문을 두드리기 전까지.

누구도 하남 소림파의 이동을 눈치채지 못하고 있었다.

촛불 한 자루가 타들어 갔다.

아래에서 누런 쪽지 하나를 쥔 손이 연신 꿈틀거리면서 쪽지를 접었다가 펴기를 반복했다.

내용이 달라질 리도 없건만, 다시 보고, 또 보았다.

"골치가 아프군. 등용문이 대체 어떻게 움직인 것이지. 하남 쪽에 공백이 생겼다고 한들. 이것은 너무도 큰 움직임이 아닌가."

도대체가 이해할 수가 없었다. 미처 헤아리지 못하는 변수가 생긴 듯하였다. 이해손실을 따져놓고, 그에 따라서 천하 곳곳에 계책이 있었다.

모두 순차적으로 이루어지고 있었고, 때때로 실패하는 일도 있었지만, 결코 판세를 뒤흔들 정도로 퍼져가지는 않았다.

작은 실패는 한 지역으로 국한하고, 작은 성공은 곧 대업의 초석으로 돌아가는 구조였다. 헌데, 최근 들어서는 가볍지 않은 실패가 연이어 일어났다.

따로따로 벌어졌다면, 어찌 수습할 수 있었을지도 모른다.

그런데 이것은 워낙에 대대적으로 벌어졌다.

더욱이 아직 드러내지 않은 숨은 안배였던 탓에 따로 손을 쓸 수도 없었다. 그 후유증이 지금에 다시 나타난 셈이라서.

손의 주인은 언뜻 초조함을 감추지 못했다.

누런 종이를 연신 매만지다가, 그것을 불꽃이 맺힌 심지 위에 올렸다. 종이는 당장에 검은 연기를 발하면서 불꽃에 살랐다.

타들어 가는 종이를 물끄러미 보다가, 재가 되어 흩어지고서야 눈을 감았다.

"이동 경로는 파악하였느냐?"

"……"

"아직도? 전혀 파악이 어렵다는 말인가? 아무리 감시망이 뚫렸다고 한들, 오백에 이르는 인원이 함께 움직였다는데, 그것을 파악하지 못할 수가 있단 말이더냐?"

"……"

"아니다. 너를 탓하는 것은 아니니. 다만 좌현사에게 어찌 보고할지. 그것이 걱정이로구나."

한숨이 절로 흘렀다. 혼잣말하듯 몇 마디를 읊조렸다. 곧 고개를 흔들었다.

"비록 생각지도 못한 변수가 일어났지만, 그것은 결과에 큰 영향을 주지는 못할 것이다. 의도한 바는 이미 이루었고, 남은 것은 충돌뿐이니."

그렇게 말을 맺고서, 손을 들었다. 아직 타들어 가는 심지를 손가락으로 덥석 눌러서 꺼버렸다.

하얀 연기가 손가락 아래에서 몽글 솟구쳤다. 방에는 어둠이 빠르게 내렸다. 그곳에서 윤곽만 남은 인영은 천천히 손을 거두었다.

가늘게 뜬 두 눈빛만이 흐리게 번뜩였다.

"성마의 과업은 한 치도 어긋남이 없이 이루어질 것이다."

모습 없는 상대를 향한 것인지, 아니면 자신에게 하는 것인지 모를 한마디가, 사뭇 단단하였다.

         *   *   *

두홍은 연신 콧등을 움찔거렸다. 민강어룡이라는 이름으로 민강일대를 주름 잡은 수적이 자신이다.

장강수로십팔채의 하나로 손꼽히면서, 적어도 물길에서만큼은 어디에도 꿇리지 않는다고 자신했다. 그런데 지금은 그 자신감이 어디론가 쏙 사라져버렸다.

"아니, 이게 뭐야. 이게……."

수룡기 이름은 그도 알았다. 때때로 마주한 적도 몇 번인가 있었다. 다행인지, 서로 말이 통하는 정도라서 큰 말썽은 없었는데.

그 다행이, 자신들이었다는 것을 지금 솔직하게 알았다.

수룡기 일호라고 불리는 대선도 대선이지만, 여기서 일사불란한 수부들 모습을 보고 있으려니, 자신은 물론이고, 어룡채에서 나름 정예라고 생각하였던 이들이 한낱 어중이떠중이로 느껴질 정도였다.

"아오, 뭐가 이래."

두홍은 머리를 감싸 쥐고서 앓는 소리를 흘렸다. 그러다가 퍼뜩 고개를 들었다.

"어이쿠, 은공."

소명이 지나가는 모습에 허겁지겁 몸을 일으켰다. 버둥거렸지만 일단 선체 벽을 붙잡고서 허리를 세웠다.

"오, 두홍 채주. 몸은 어떠신가?"

"뭐, 그럭저럭 움직일 만합니다."

"그 지경이었는데. 며칠 만에 상처가 아물다니. 두홍 채주도 어지간한 사람이구먼."

"뭐, 그래 봤자. 수적 나부랭이에 불과하지요."

두홍은 목을 길게 내빼면서 씁쓸한 어조로 중얼거렸다. 자괴감이 어려 있어서, 그 모습이 또 의외였다.

"어허라? 느닷없이 또 무슨 말이오?"

"여기 수룡기라는 작자들을 보고 있으려니. 제가 참 작고 한심하기만 하여서 그렇습니다."

"흠."

소명은 뭐라고 해 줄 말이 없어서, 주변을 둘러보았다. 수룡일호라고 하는 배가 참 큼직하고 견고하다는 것을 알았지만, 다른 것은 잘 몰랐다.

적어도 두홍이 이렇게 의기소침한 것이 큰 배 때문이 아니라는 것 정도만 짐작할 뿐이다.

"거, 은인께서는 여기 이런 작자들과 어찌 알게 되신 겁니까?"

"여기 주인과 약간의 인연이 있어서."

"약간의 인연이요? 이만한 배가 움직이는 데, 약간의 인연뿐이라고요?"

두홍은 눈을 둥그렇게 뜨고서 거듭 물었다. 사뭇 난처할 법도 한 물음이었다. 그렇다고 달리 할 말이 있는 것도 아니다. 말 그대로 인연 덕분이 아니던가.

소명은 쓴웃음 한번 짓고서 엉거주춤한 두홍의 어깨를 가볍게 툭 치고 지나쳤다.

"신세 한탄은 일이 끝나고 나서나 하시구려."

"어, 그게. 그렇지요. 일이 끝나고 나서……."

두홍은 고개를 끄덕였다.

민강일대를 일소하였다고 하지만, 아직 안팎으로 홍천교

의 교세가 소란한 마당이었다. 큰 배와 고도로 정예화한 수부들 모습에 놀라고 있을 때는 아니다.

두홍도 아니라는 것을 알았지만, 자꾸 눈길 가는 것은 어쩔 수가 없었다.

"에효……."

두홍은 한숨을 푹 내뱉고서, 머리 뒤를 벅벅 긁적거렸다.

수룡기 일호, 그곳에 마련한 대청은 상당한 규모여서 십수 명이 한데 모여 있어도 자리는 조금도 비좁지 않았다. 그 자리에서 당민과 풍양자가 머리를 맞대고서 사뭇 진지하게 얘기를 나누고 있었다.

소명이 들어서자, 두 사람이 고개를 돌렸다.

"소명."

"사천련에서 소식은 왔나?"

"음. 아충이 도착한 모양이야."

"시기적절하군."

소명은 호충인 소식을 듣고서 바로 고개를 끄덕였다. 분명 낭보라고 할 만한 소식이었다.

"홍천교의 준동은 그들에게 맡기면 되겠고. 하지만 근원을 끊어내지 않으면 말짱 꽝이지. 가짜 도사. 짐작 가는 곳 없나."

"흠, 그게 말이야."

풍양자는 내내 고민하던 참이라서 자리에서 벌떡 일어났다. 그리고 대충 휘갈겨 놓은 지도를 길게 펼쳤다.

민강을 중심으로 하는 사천 북방을 대략적으로 표시한 지도였다.

"여기서 여기까지가 일단 홍천교의 본래 세력권이라고 하면, 지금 소란한 곳은 여기서 여기. 성도의 목전이란 말이야."

"의심 가는 곳은 이곳과 이곳. 둘이야."

"가장 후방과 가장 전방이군."

소명은 두 사람이 각자 가리키는 곳을 보면서 고개를 끄덕였다.

민강을 중심으로 하여서 움직이는 판이다.

소명도 그렇지만, 모두 잠시 입을 굳게 다물고서 머리를 굴렸다. 어느 한쪽이라도 가볍게 여길 수가 없었다.

남쪽, 성도를 마주하고 있는 곳은 홍천교의 본진이 막 기둥을 세웠다.

사천련과 때를 맞추어서 서로 호응할 수만 있다면, 당장에 깨뜨릴 수도 있겠지만, 호응한다는 것부터가 어려운 일이었다.

그리고 뒤로는 워낙에 깊기도 하였지만, 그곳은 사천의

군세가 자리 잡은 곳이었다. 상황을 두루 보건대, 사천의 군병은 결코 아군일 수가 없는 일이었다.

"어찌하면 좋으려나."

"위치는 좋지만, 좋은 만큼이나 위험하단 말이지."

각자 한마디씩 중얼거렸다. 무엇보다 걱정인 것은 야산의 숨은 거점 속에서 발견한 시신들이었다. 강호의 고수를 비롯한 일반 백성을 동원하여 정련한 수백의 시신들. 그곳에 남은 것은 극히 일부에 지나지 않았다.

그간에 쌓였던 시신은 모두 어디에 있을지.

"하여튼 마도 것들."

위지백은 험한 한마디를 툭 내뱉고는 고개를 뒤로 젖혔다. 생각하기도 싫다. 떠올리면 그 순간부터 살의가 동하기 때문이다.

애써 자신을 다잡지만, 가까이 둔 무광도는 혼자 덜그럭덜그럭 몸을 떨었다.

"저어……."

그런 중에 문득 조심스럽게 말문 연 이가 있었다. 여럿의 눈길이 흘깃 그에게로 모였다. 슬쩍 손을 들고서 주춤하고 있는 것은 청성의 양정이다.

"뭐냐, 양정."

"네에, 대사형. 다른 것이 아니고."

양정은 일단 말문은 어렵게 열었지만, 주변에서 빤히 보는 눈빛이 사뭇 부담이었던지, 쉽사리 말을 이어가지 못했다. 고민하던 모습으로 방만하게 앉아 있던 풍양자가 자세를 고쳐 앉았다.

새삼 허리를 세우고서, 양정을 차분한 눈으로 바라보았다.

"양정, 개의치 말고 말하거라. 설사 허튼소리를 꺼낸다고 한들, 탓할 사람은 아무도 없다. 저기 위지 선생만 봐도, 아무 도움도 안 되는 불만이나 늘어놓지 않던."

난데없는 비난이다. 위지백은 뒤로 젖혔던 고개를 휙 당기고서는 당장 도끼눈을 떴다.

"아니, 이 가짜 도사가……."

양정은 눈을 크게 깜빡거렸다. 풍양자는 이를 드러내는 위지백은 거들떠보지도 않고, 양정에게 말해 보라고 선선히 손짓했다.

양정은 마른침을 꼴깍 삼켰다.

"제가 식견이 부족하여서, 어디 방책을 떠올린 것이 아니오라. 하나를 잊고 계신 것이 아닌가 하여서……."

어떠한 방책을 말하는 것이 아니었다. 그저 모두가 간과하고 넘어간 한 사람의 행방에 대해서 퍼뜩 떠오른 것이다. 소명도 그렇고 당민, 풍양자 또한 '아뿔싸!' 하고 매우 놀란 얼굴을 하고 말았다.

"아이고, 그러고 보니."

당가에서 같이 나섰다가, 도중에서 흩어진 또 한 사람이 있지 않았던가.

아주, 아주 까맣게 잊고 있었다.

개방의 사천 분타주인, 백결호 오군의 행방이다. 어디서 변을 당했다고는 전혀 생각하지 않고 있었지만, 그렇다고 딱히 찾거나, 소식을 전할 방도조차 생각하지 않고 있었다.

소명과 풍양자는 그래도 나은 편이다.

당민과 함께 일행으로 출발했다는 언질 정도나 들었을 뿐이니까. 당민은 딱 난처하기 이를 데가 없었다. 녹면으로 얼굴이라도 가렸으니 망정이랄까.

그러나 녹면 사이에 드러난 두 눈은 주체하지 못할 정도로 크게 요동쳤다.

"크흠, 큼!"

당민은 애써서 헛기침을 쥐어짰다. 연신 헛기침을 터트렸지만, 그뿐으로 이어서 말을 꺼낼 수가 없었다.

상황이 참으로 어색하여서, 양정은 괜히 말을 꺼냈나 싶었다. 그렇다고 한들, 아주 모르는 척 넘어갈 수도 없는 일이다.

양정은 슬그머니 입술을 깨물고서, 주변 눈치를 살폈다.

이제사 떠올랐다고 해도, 오군을 어찌 찾아서 연통할 수 있을까. 그것도 좀체 쉬운 일이 아닐 게다.

소명은 눈썹을 치켜들고서 고개를 돌렸다.

"저쪽은 아직도 정신을 차리지 못했나?"

"저쪽이면? 아미?"

풍양자는 되묻고서, 바로 양정을 빤히 보았다. 눈길 받은 양정은 서둘러 답했다.

"예, 아직 정신을 차리지 못하고 계십니다. 소신니가 옆에서 계속 간호 중입니다."

"음, 그래도 돌보면서 이동할 수 있으니, 다행이군."

말로는 다행이라고 하지만, 얼굴은 그리 편치 않았다. 마도의 수작에 희생된 이는 누구라도 끝이 좋지 못하기 때문이었다.

풍양자는 이내 당민을 돌아보았다.

"여봐, 녹면옥수. 법지 스님은 어찌 되겠나?"

"뻔히 알면서 뭘 묻는 거야."

당민은 고저 없는 목소리로 대꾸했다. 언뜻 듣기로는 온기를 느낄 수 없어서 싸늘한 말투였다. 하지만 그것은 겉모습에 지나지 않았다.

당민도 법지의 상세를 크게 안타까워하고 있었다.

계속해서 신경을 쓰고 있다는 것을 모르는 사람은 여기에 없었다.

"그냥 답답해서 그렇지, 뭐."

풍양자는 한층 힘 빠져서 중얼거렸다. 입술을 삐죽 내밀고서, 쓸어올린 머리 뒤를 긁적거렸다. 어찌 상황은 알았고, 일단 위험은 넘긴 마당인데.

속이 편치가 않았다.

뭔가가 분명 있는데, 그 뭔가를 딱 꼬집어서 끄집어내지 못하겠다.

백결호 오군의 행방도 그중에 하나였겠지만, 실상 큰 비중을 차지하지는 않았다. 소식이 없으면, 그것도 희소식인 셈이다.

잠깐 어색한 침묵이 맴돌았다.

위지백은 딱히 알려고도 하지 않는 상황이라서, 무광도를 앞에 세워놓고서, 칼자루에 턱을 괴고 있었다. 좌우로 장관풍과 도기영이 우두커니 섰다.

덜커덩!

불현듯 큰소리와 함께 선체가 한껏 요동쳤다. 수룡기 정도의 큰 배가 이렇게 흔들릴 정도라면 심상치 않은 일이다.

생각에 빠져 있던 전원이 고개를 치켜들었다.

무슨 일이냐, 입 밖으로 꺼내기도 전에 문이 열리면서 수룡장이 들어섰다.

담담한 모습으로, 딱히 흔들리는 모습이 아니었다.

"무슨 일이오, 선장."

"홍천교의 무리입니다. 물길을 막으려 드는군요."

"흠, 위험한 상황이오?"

"전혀 위험하지 않습니다. 다만…… 어찌할까 여쭙고자
합니다."

그냥 뚫고 갈 수도 있고, 하나 남김없이 전멸시킬 수도
있다. 자신만만한 모습이었다.

선장은 공손하게 두 손을 모은 채, 소명만 바라보았다.
명을 따르겠다는 뜻이다. 그리고 명을 내려달라는 뜻이다.
소명은 속내를 알고서 잠시 눈매를 찌푸렸다.

'분명 다른 소리를 들었어. 들었으니까, 이러지.'

그런데 위지백이 옆에서 불쑥 끼어들었다.

"그래, 그래, 어떻게 하면 좋을지 한 마디 정도는 거들어
주어야지. 안 그래? 히히히."

저 장난스러운 웃음. 소명은 저놈 먼저 족쳐놓을까 싶었
다가도 일단 숨을 삼켰다.

"여기의 장은 선장이 아니신가. 나야 얻어 탄 형편인데
무어 다른 방책을 말할 수 있겠소. 다만, 저기 우두머리는
마주하였으면 하구려."

"예, 대…… 아니, 권야 공."

뭐라고 우물거리려다가, 수룡장은 냉큼 고개 조아리고서 서둘러 나섰다. 그러자 당민과 풍양자의 눈초리가 당장에 새초롬, 한껏 가늘어졌다.

"뭐야? 분명히 뭐가 있는데."

"크흠, 있기는 뭐가."

"아니야, 뭐가 있어."

"아아, 사소한 얘기는 나중에 하고."

소명은 점점 고개를 들이미는 풍양자를 일단 외면했다. 그러고는 웃음 참는 장관풍과 도기영을 돌아보았다.

"두 분 소협, 수고 좀 해 주겠는가?"

"아무렴요. 이를 말씀입니까."

"바로 나서겠습니다."

두 정영은 즉각 허리를 세우고서, 두 손을 힘주어 맞잡았다. 그리고 득달같이 자리를 박차고 나섰다. 그러자 풍양자는 양정에게 눈짓했다.

"양정아, 우리 양정아, 너는 뭐하니?"

"네! 대사형!"

양정은 풍양자의 가늘어진 눈초리와 두 사람이 뛰쳐나간 자리를 번갈아 보다가, 뒤늦게 빽 소리를 높였다. 젊은 셋이 와당탕, 뛰쳐나가고서, 장내는 한층 조용했다.

얌전히 있던 두홍이 문득 고개를 들었다.

"저어, 그런데. 괜찮겠수?"

"뭐가?"

"아니, 그래도 홍천교…… 물길 막은 정도라고 하면, 홍천사자쯤은 되는 것들일 텐데."

"뭐, 혼자서 상대하라는 것도 아니고."

"히히히."

풍양자는 별소리를 다 한다는 듯이 손을 흔들었다. 그런데 문득 방정맞은 웃음이 터졌다. 위지백이었다. 내처 심드렁하게 있다가 그만 고개를 뒤로 젖히면서까지 웃었다.

누가 들어도, 말 꺼낸 두홍을 비웃는 모양새이다.

두홍은 퍼뜩 이를 악물었다. 파직하고는 당장 관자놀이에 힘줄이 도드라졌다.

"칼잡이, 뭐가 그렇게 웃겨?"

"응? 칼잡이? 너 지금 나보고 칼잡이라고 하는 거냐?"

위지백은 여전히 웃는 얼굴이다. 두홍은, 쿵! 힘주어서 콧바람을 한 번 내뱉었다. 여기 사이에서도 사뭇 대단한 인사라는 것은 분명했지만, 그렇다고 마냥 기죽을 마음은 조금도 없었다.

대드는 듯한 모습을 보면서 풍양자는 아이쿠야, 손을 들어 얼굴을 감싸 쥐었다.

'저 천둥벌거숭이 놈. 하여튼 상대 잘못 고르는 거 하나는 타고났다니까.'

자신한테 대드는 것이면 귀엽게라도 봐주겠지만, 하필 건드려도 저치를 건드리나.

위지백은 여전히 실실 웃었다.

"너는 수적 놈이라는 게, 수룡기에 대해서도 잘 모르는 모양이라서, 그게 우스워 그렇지."

"음, 그건."

수룡기에 속한 수부들이 상당한 정예라는 것을 보고 부러움에 한숨짓지 않았던가. 그래도 홍천사자라는 것들은 또 다른 수준의 상대였다.

"젠장, 그쪽이야말로. 홍천교에 대해서 뭘 안다고!"

"뭐, 잘 모르지. 그래도……."

위지백은 잠시 말끝을 흐렸다. 그 순간이었다.

꽝! 꽝! 꽝!

당장 발아래에서 벼락이 터지는가, 불벼락이 쏟아지는 듯한 어마어마한 폭발이 일었다. 배가 뒤틀릴 것처럼 한참 요동쳤다.

"으어헉!"

놀라는 사람은 달리 없었다. 그저 두홍만이 기겁하여서는 앉은 의자를 부여잡았다. 이게 무슨 소리이냐, 모를 리가 없었다.

"화, 화포? 화포!"

"그래, 홍천교든 뭐든, 화포까지 어찌할 수 있다고는 생각하지 않는걸."

나라에서 단단히 금하는 화기, 그중에서도 가장 첫손가락으로 꼽는 것은 단연 화포이겠다. 소리만 들어도, 위력이 어느 정도일지는 짐작할 만했다.

수룡기가 설마 화포까지 소지하였을 줄이야.

너무도 놀라서 가슴이 쿵쿵 뛰었다. 화포가 세 번 터지고서는 더 소리가 들리지 않았다. 다만, 와아아, 하는 어수선한 소리가 멀리서 울렸다.

"뭐, 아무 배나 화포를 싣고 다니는 건 아니라고 하니까. 그렇게 놀란 얼굴 할 것은 없고."

"그, 그렇소?"

두홍은 어안이 벙벙하였다가, 불현듯 다른 이들을 돌아보았다. 소명과 당민, 풍양자도 그렇게 놀란 얼굴은 아니었다.

"세 분도 알고 계시었소?"

"화약 냄새가 나고 있으니. 화포든 뭐든 있겠구나 했지 뭐."

"허, 그것참……."

풍양자가 가볍게 대꾸했다. 평소라면 그러고서 한소리를 덧붙였겠지만, 이번에는 관두었다.

소명도 슬쩍 눈길 피하기는 마찬가지였다. 아니, 아예 자리를 피했다.

"별일은 없겠지만, 그래도 상황을 봐야겠지."

"음, 그래야지."

위지백도 슬슬 자리에서 일어났다.

두홍은 아직 상황을 몰라서, 연신 헛웃음만 흘렸다. 거선도 부러운데, 화포까지. 이거야 완전히 군선이라 할 수 있지 않겠는가.

그런데 문득 눈앞이 어두워졌다. 두홍은 퍼뜩 고개를 들었다. 위지백이 몇 걸음 앞에 서서 그림자를 드리웠다. 웃는 얼굴이 여전하다.

"어, 어어?"

"이야, 이 위지 모에게 시비 터는 녀석이 아직 있을 줄 몰랐어. 실로 간만의 일이라. 눈물 날 정도로 반갑군. 반가워."

"뭐, 뭐라는 거야!"

두홍은 억지로 소리를 쥐어짰다. 가슴을 활짝 펼치고서 큰소리쳤다고 여겼지만, 실상은 간신히 한 마디를 밀어내는 정도에 지나지 않았다.

"나, 나 민강어룡! 두홍이야!"

"그래, 그래."

위지백은 선선히 고개를 끄덕였다. 민강어룡인지, 모강토룡인지, 어디 위지백이 알 바이던가. 풍양자가 슬그머니 자리를 피하면서 한마디 남겼다.

"여봐, 서장제일도. 그래도 귀여운 놈이니까. 살살 좀 해 두시라고."

"어, 그럼. 그럼. 이 위지백. 그렇게 무도한 인간은 아니라고. 핫핫핫!"

위지백은 나서는 풍양자를 굳이 돌아보지 않고, 선뜻 답했다. 걱정하지 말라고, 손을 흔들어 보이기까지 했다. 그런데 악에 받쳐서 억지로 일어났던 두홍이 바로 눈초리가 맹한 꼴로 변했다.

"서, 서장⋯⋯제일도? 위, 위지백? 파, 파파파. 파파판⋯⋯."

"자아, 어디부터 시작할까. 수적."

"끼이⋯⋯."

서장제일도의 다른 이름, 생사판관이라는 무명은 서천을 떠나서 사천 등지에서도 종종 들을 수 있는 이름이었다. 지금에 딱 그 이름이 들려올 줄이야.

이제 상대를 알았다. 그러나 너무 늦게 알아버렸다. 악문 잇새로 질려버린 숨소리가 겨우 새어나왔다. 마주하고 있는 위지백의 그림자를 피할 방도는 도무지 없었다.

　선실 밖으로 나서자, 소명은 불길 솟는 붉은 배를 볼 수가 있었다. 허리가 두 동강이 나서는 불이 붙은 채, 서서히 가라앉고 있었다.

　대선이 한 척, 그리고 좌우로는 소선이 서너 척이었다. 그렇게 물길을 막고 있다가, 그만 수룡기의 화포에 당하여서는 저 모양이 되고 말았다.

　"저것들도 뭔가 화기를 지니고 있었던 모양이군."

　화포에만 당하였다면 저렇게 불이 일지는 않을 터였다. 기름통이든, 화약이든 무엇이 있어서 연쇄적으로 불이 치솟은 모양이다.

　다 가라앉은 곳에서 새삼 작은 폭발이 일었다.

　퍼퍽! 퍼퍼펑!

　폭죽도 아니고 터지는 소리가 연이어 울리면서 이미 기울었던 배 한 쪽이 터져나갔다.

　불붙은 뱃머리에서 여럿이 발버둥치고 있었다. 어찌 버티어 보려고 하는 듯했지만, 속절없는 일이었다.

　수룡기의 수부들은 능숙하게 손을 썼다. 전투 상황에서 저들 모습은 정예 수군이나 다름이 없었다.

한쪽에서는 활을 쏘아서 보이는 족족 물속으로 떨구었고, 다른 쪽에서는 뱃전에 들러붙는 적도들을 털어내듯이 베어버렸다.

　배 아래가 당장 핏빛으로 물들었다.

　"차합!"

　불현듯 멀리서도 선명할 정도로 맑은 기합성이 울렸다. 소선 사이를 휩쓸고서 힘껏 몸을 날리는 파란 인영이 보였다. 양정이었다.

　청성의 보신경, 풍령인동이다.

　풍양자라면 한 번의 도약으로 저 끝까지 솟구쳤겠지만, 양정은 아직 그 정도까지는 성취하지 못하여서, 혼란한 소선과 소선 사이를 박차가며 대선을 노리고 내달렸다. 그런데 대선을 향해서 몸을 날리는 것은 양정 하나가 아니었다.

　경쟁이라도 하듯이, 조용히 내달리는 그림자가 따로 있었다.

　장관풍이다. 천산파의 비붕신영으로, 옷자락 펄럭거리는 소리가 흡사 대붕이 날갯짓이라도 하듯이 힘껏 울려 퍼졌다.

　"오호, 저것 참 볼 만한데."

　소명은 난간에 두 손을 걸치고서 히죽 웃어 보였다. 경쟁하듯이 대선에 올라서는 거침없이, 검광검풍을 사방으로 흩뿌렸다.

"으, 으으으! 도대체 웬놈들이냐! 사천에 너희 같은 것들
이 있다는 소리는 듣지 못하였다!"

붉은 깃을 세운 장포의 중년인이 울부짖었다. 그런데 대
꾸하는 이가 하나 없었다.

두 젊은 검객은 입매를 꾹 다물고서 연이어 달려들었다.

"이, 이런 개 같은!"

홍천의 삼사령, 혈망지수는 욕설을 짓씹었다. 자랑하는
대선이 가라앉는 것도 속이 뒤집어질 일인데, 어린 것들 둘
이서 막무가내로 달려드는 것 또한 열불이 치솟았다.

"나 혈망이 그리 만만해 보이더냐!"

엄습하는 검영을 맞이하면서, 일장을 떨쳤다. 붉은 빛이
어른거리며, 그렇지 않아도 위태하게 기울어 있던 뱃전이
뻥 터져나갔다.

"헉!"

일순 검객의 발밑이 푹 꺼졌다. 발 디딜 자리도 없이, 어
찌 검영을 펼쳐낼까.

양정은 미처 검세를 수습하지 못하여서 위태했다. 나아
가다 말고 휘청하는 순간을 혈망은 놓치지 않았다.

좌르륵!

혈망의 전포 아래에서 사슬 달린 묵직한 철추가 뚝 떨어졌다. 그것을 거침없이 날렸다.

"죽어라!"

차르르륵!

사슬이 요란한 소리를 토했다. 진정 찰나에 벌어진 일이다. 양정의 눈가에 낭패감이 어렸다. 피하기에는 늦었다.

내상을 각오하고 맞받아낼 뿐이다. 그런데 서늘한 바람이 언뜻 눈앞을 스쳤다. 얼굴을 박살 낼 것처럼 날아들던 철추의 검은 그림자가 아차하는 순간 하늘 높이 말려 올라갔다.

"어윽!"

장관풍이 사이로 파고들어서 철추를 높이 날려버렸다. 동시에 짓눌린 숨소리가 터졌다. 사슬은 끝도 없이 풀어지더니, 그대로 물속에 퐁당 빠져버렸다.

양정은 한 번 눈을 질끈 감았다가 다시 떴다. 반보 앞에 장관풍이 비스듬히 서 있었다.

"괜찮으시오. 양정 소협."

양정은 물음에 고개만 겨우 끄덕였다. 안도하듯 한숨 흘리는 장관풍도 그렇지만, 양정은 너머의 모습에서 눈을 떼지 못했다.

혈망이 무릎을 꿇고 있었다. 기운 바닥에는 팔이 나뒹굴었다. 그리고 혈망의 바로 뒤에, 흠뻑 젖은 도기영이 물방울을 뚝뚝 떨구고 있었다.

도기영은 급한 숨을 연신 몰아쉬었다. 그러면서도 제압한 혈망을 향한 눈초리를 조금도 거두지 않았다.

"자, 그만 돌아갑시다."

장관풍이 검을 거두면서 말했다. 혈망까지 제압한 마당이다. 이제 상황은 빠르게 마무리되어 갔다.

혈망은 상당한 덩치였지만, 조금도 문제가 되지 않았다. 자신이 드리운 전포에 오히려 꽁꽁 묶인 채, 물에 두둥실 떠서 끌려왔다.

지혈은 하였다고 하지만, 끌려오는 대로 붉은 핏물이 길게 남아서 흔들거렸다.

수룡기 일호선에 혈망의 몸은 철푸덕 널브러졌다.

"허억, 허억……허억……."

혈망은 간신히 숨을 몰아쉬다가, 느리게 고개를 들었다. 아직 제압된 몸으로 어찌 몸을 일으킬 수도 없었다. 고개만 겨우 움직일 따름이었다.

"여기 이자가 우두머리인 듯합니다."

"수고했네. 고생했구만."

"아닙니다."

"여기 양정 소협께서 위험을 무릅쓴 덕분이지요."

"저는, 아니, 저는……."

장관풍과 도기영은 한 걸음 물러서서 양정의 체면을 세웠다. 그것을 순순히 받고 있을 수는 없어서, 양정은 안절부절못했다.

도움이 되었다는 생각이 전혀 들지 않았다.

오히려 자신이 아니었으면, 두 사람이 차분하게 수괴를 제압했을 것이었다. 양정은 변명할 말도 떠오르지 않아서, 입술만 지그시 깨물었다.

풍양자가 그 모습을 보고서 하하, 웃었다.

"또 이렇게 하나를 깨우치는 게지. 뭘 그리 꽁해 있느냐."

"대사형."

"잘했다. 잘한 거야."

풍양자는 이렇고, 저렇다를 세심하게 말하지 않았다. 그저 웃음 한 번 머금고서 양정의 축 처진 어깨를 다독였다.

경험이라는 것이 그렇지 않은가. 때로는 의기소침하고, 때로는 자신만만해하는 것이다.

"양정 도사. 그렇게 주눅이 들 것 없소. 풍양자, 저놈은 처음에 참으로 더하였으니까."

소명은 웃음 한 조각 머금고서 한마디를 건넸다. 대사

형의 처음이라니. 그 한 마디가 귀에 쏙 들어와서, 양정은
퍼뜩 고개를 들었다.

그러자 풍양자가 냉큼 끼어들었다.

"에헤이! 에헤이, 어디 그런 말을!"

"아니, 뭐. 그렇다고. 하하."

소명이 옆에서 은근한 웃음을 계속해서 흘렸다. 눈웃음
에는 짓궂은 기색이 가득하다. 풍양자는 여간 낭패한 일이
아닌지라, 이를 질끈 물었다.

입을 여는 순간, 상황은 더 고약하게 돌아갈 것이다.

하필 사제 앞에서. 참으로 모양 빠지는 상황이다. 양정은
눈만 끔뻑 끔뻑거렸다.

"뭐가 뭔지……."

영 모를 일이다.

무릎 꿇은 혈망은 산발한 채, 고개를 떨구었다. 물방울이
뚝뚝 떨어졌다. 잘려나간 한쪽 어깨는 단단히 동여매었지
만, 다른 조치는 하지 않았다. 그 자리에서 떨구는 핏물 탓
에 주저앉은 자리가 붉게 물들었다.

"주, 죽여라."

"그래야지. 딱히 살려둘 마음은 없으니까."

악에 받쳐서 내뱉은 한마디였다. 차분한 목소리가 그 한

마디를 바로 받았다.

혈망은 그러자 고개를 들었다.

초점 없어 흐린 눈동자에 녹색가면이 먼저 눈에 들어왔다.

"흐. 흐흐. 당가로구나."

당민은 팔짱을 낀 채, 힘없이 조소하는 혈망을 물끄러미 내려다보았다. 따로 손을 쓰는 것도 아니고, 무엇을 묻는 것도 아니다. 그저 지켜보고만 있을 뿐이다.

혈망은 한참 헐떡거리다가, 짜증 내듯이 버럭 소리쳤다.

"뭐냐! 살려둘 마음이 없다 하지 않았느냐! 그럼 어서 죽이란 말이다!"

초점 흐린 눈에 바짝 힘이 들어가서 붉은빛이 맺혔다.

"기다리고 있소."

"뭘!"

"네놈이 바른말 할 때를 말이지."

"그건 또 무슨 허튼……소리…….."

무섭게 노려보던 눈초리가 찰나 요동쳤다. 당가 사람이 하는 말이다. 가벼운 것일 리가 없다. 어떤 불안감이 크게 엄습하여서 가슴을 흔들어놓았다.

죽기를 각오하였는데, 그 각오가 그만 흔들려버렸다.

혈망은 퍼뜩 이를 악물었다. 큰 실책을 범한 듯하였다.

그렇다면 기다릴 것 없이, 제 손으로 명줄을 끊는 수밖에 없다. 내력은 이미 흩어졌고, 독단 따위는 지니지 않았으며, 사지는 결박당했다. 남은 것은 하나뿐.

'크윽!'

당장에 혀를 길게 내빼어서는 질끈 물었다. 그대로 혀를 끊어낼 작정이다. 그런데 턱이 딱 굳어버렸다. 혀도 마찬가지였다.

혈망은 턱에 잔뜩 힘을 주었지만, 움직이지 않았다. 당황하는 혈망의 귀로 차분한 목소리가 들렸다.

"이름은."

"……혀, 혈망지주."

"홍천교에서 위치는?"

"사, 삼사령, 삼사령입니다."

혈망은 자신이 말하고 있다는 것을 받아들일 수가 없었다. 정신은 멀쩡하건만, 의사와 상관없이 입이 멋대로 움직이고 있었다.

'이, 이건 무슨 수작이냐! 멈춰! 멈추란 말이다!'

속으로 한껏 울부짖었지만, 뜻과는 관계없이 혈망은 묻는 대로 띄엄띄엄 대꾸했다. 그럴수록 머리가 터질 것처럼 지끈거렸다.

당민은 녹면을 벗고서, 후우, 한숨을 흘렸다.

"홍천교. 빌어먹을 것들."

끝에 험한 한마디를 짓씹었다. 외딴 선실을 열고 나서자, 그 자리에는 혈망이 자신이 토해낸 핏물에 얼굴을 처박고 죽어 있었다.

＊　　　＊　　　＊

소명은 아주 간단하게 상황을 나누었다. 몰랐던 상황을 알게 된 이상, 주저할 것은 조금도 없었다.

당민과 풍양자, 그리고 수룡기는 이대로 민강을 따라서 내려간다. 바로 노리는 것은 성도를 마주하고 있는 홍천교의 전선이다.

그곳 배후를 치는 것으로 섬멸을 시작한다. 무엇보다 중요한 것은 홍천교를 밀어붙이고 있는 마도의 수작을 분쇄하는 것이다.

그리고 소명과 위지백은 오히려 민강 유역에서 오히려 위로 거슬러 올라간다. 홍천교의 바탕이랄 수 있는 총단을 완전히 무너뜨리는 것이다.

혈망의 정보대로라면 더는 시간을 지체할 여유가 없었다. 상황을 모른다고 신중을 기하기에 상황은 사뭇 다급했다. 그것을 알고 모르고의 차이는 컸다.

소명은 민강을 따라서 고고하게 흘러가는 수룡기의 대선을 물끄러미 보았다.

자신이 갈 곳, 그리고 당민을 비롯한 저들이 가는 곳. 어디가 더하고, 덜하고가 없었다.

둘 다 수라장이었다.

무수한 아수라가 살육을 예고하는 곳이다.

이러한 파국을 이루어낸 자, 대체 머릿속에 무슨 생각을 하고 있는 것인가. 소명은 쉽사리 발걸음을 옮기지 못했다. 아른거리던 수룡기의 거선이 시야에서 한참 멀어지고서도, 소명은 묵묵히 물가의 자리에 서 있었다.

위지백은 그런 소명을 재촉하지 않았다.

여기저기, 굳이 구분할 것도 없이, 살업이 쌓이는 일이었다. 마냥 속 편할 수 있는 것은 아니었다. 마도라는 것들을 상대한다는 것은 항상 그러했다.

위지백은 짐을 다시 챙겼다. 며칠은 서둘러 달려야 할 터이니. 보따리 하나에 불과하여서 간소하다 싶었지만, 있을 것은 다 있었다.

죽통에는 물 대신에 사천의 독주가, 주머니에도 건량보다는 작은 술병이 그득하다.

"음, 좋아. 이 정도면 너끈히 취할 수 있겠어."

위지백은 어디 깨진 곳은 없나, 흘린 곳은 없나 살피고서 주머니 매듭을 다시 묶었다. 술병이 저들끼리 스치면서 덜그럭 소리가 났다.

주머니에 코를 박으면, 냄새만으로도 딱 취하겠다.

따로 짐을 챙겨든 장관풍과 도기영은 사뭇 질린 얼굴이었다.

'뭘 저렇게까지…….'

술을 마다하지 않는 두 사람이지만, 위지백처럼 잔뜩 술만 챙기는 경우는 본 일이 없었다. 아니, 누구라도 그런 생각을 할 수나 있을까.

위지백은 둘의 눈초리는 본 체 만 체였다. 따로 빼둔 술병을 집어 들고는 마개를 이로 뜯어냈다.

벌컥, 벌컥.

들이켜는 소리가 시원도 하다.

"후우, 좋구만. 그러다 날 저물겠다. 언제까지 그리 있을 거야?"

"아니, 움직여야지. 움직여야지."

소명은 느리게 고개를 끄덕이고서 몸을 돌렸다. 한결 차분한 기색이었다. 연신 손을 쥐었다 펴기를 반복하면서 서서히 기세를 끌어올렸다.

"두 사람, 잘 따라올 수 있겠나?"

"아무렴요. 저 천산 제자입니다. 권야 공."

"……헤, 헤헤. 노력하겠습니다."

장관풍은 자신감을 잔뜩 드러냈다. 보신경으로는 어디서도 빠지지 않는다고 자부하는 바였다. 그에 반해서 도기영은 찔끔했다. 체력은 몰라도, 보신경의 경지는 아직 한참 부족하다. 그래도 뒤처질 생각은 추호도 없었다.

어색한 얼굴이라도, 도기영은 입술을 질끈 물었다. 그리고 네 사람은 바로 길을 나섰다.

나서기는 하였는데. 들어선 길은 사람 다니는 길이 전혀 아니었다.

"이런……."

장관풍은 난처한 한 마디가 절로 흘렀다. 순식간에 땀에 흠뻑 젖어서, 소맷부리를 살짝만 쥐어도 땀방울이 주르륵 떨어질 지경이었다.

도기영도 똑같은 모습으로, 연신 마른침을 삼켰다. 목이 탔다. 체력의 한계에서 참 아슬아슬한 정도였다. 보신경의 경지도 분명 영향이 있겠지만, 소명과 위지백이라는 두 괴물들 꽁무니를 따르는 데에 있어서 제일 필요한 것은 뭐라 하여도, 과감함이었다.

험한 길, 날카로운 길, 높은 곳, 낮은 곳 할 것 없었다.

두 사람은 거침없이 몸을 날렸다. 조금도 뒤에서 오는 이들을 배려해 주지 않았다. 행적을 남겨주는 것도 아니고, 맹렬하다 싶을 정도로 내달렸다.

위지백은 그래도 몽상순천도에서 이루는 몽상영의 보신경이라도 발휘하지, 소명은 그냥 냅다 뛰는 듯한데, 그 속도는 어마어마했다.

보신경의 경지가 아무리 높아져도 결코 어찌 따라할 수가 없었다. 소명이 말하기를 다른 보신경을 펼치면 불안한 것은 너희라고 하였다. 그것은 보신경인 동시에 무공인 까닭이었다.

제대로 알아듣지 못할 소리였지만, 트집 잡아서 딴 소리 할 여력은 조금도 없었다. 저렇게 투박하게 내달리는 데에도, 도무지 따라잡지를 못하고 있지 않은가.

도기영도 별반 다를 것이 없었지만, 그래도, 도기영은 경공이라고 할 정도의 모습은 보여주고 있었다.

"흐, 흐, 흐으으으!"

간신히 이어가는 숨을 더 참지 못하고서, 앓는 소리가 터졌다. 도기영은 나무 둥치를 덥석 끌어안고서 정신없이 헐떡거렸다.

심장이 그냥 터져나갈 것만 같았다. 장관풍은 몇 걸음 더 나아갔다가, 주춤 멈춰 섰다.

숨 돌리고 싶기는 그도 마찬가지였다.

"괘, 괜찮으시오?"

"죽, 죽겠습니다. 아주 죽겠어요…….."

비 오듯 떨어지는 땀방울 사이에서, 도기영은 퀭한 눈을 들었다. 장관풍은 후들거리는 두 무릎을 꼭 부여잡고 고개를 돌려 나아가는 길을 보았다.

소명과 위지백, 두 괴물의 모습은 이미 목측으로는 헤아릴 수가 없었다. 그저 지난 자리만 보일 뿐이었다.

"흐, 흐허. 그래도 소명 공께서 족적을 남겨주신 덕분에 따라는 가겠군."

"그러게나 말입니다. 흐엑, 흐엑…….."

도기영은 혀를 길게 내빼고서 바삐 숨을 삼켰다. 어찌 뛰는 심장을 다스려야 다시 내달릴 터였다. 그래도 장관풍이 먼저 진정하고서 허리를 세웠다. 그런데 재촉하여 나서기보다는 소명이 남긴 흔적을 물끄러미 보았다.

휙휙 뛰어가는 모습이 어디 보신경이라고 할 수가 있을까.

"소림파에는 저런 무공이 있는 건가?"

"보신경 말씀이신가요?"

"음."

"있지요. 저것은 본산에서 가르치는 철비각이 분명합니다."

"아하, 본산의 보신경이로군."

"그게, 보신경이라고 할 수 있을지는……."

도기영은 이제야 기운이 돌아왔는지, 부여잡았던 고목에서 몸을 떼었다. 휘청하면서 장관풍 옆으로 와서 섰다. 말끝을 흐리는 기색이 영 애매했다.

"왜 그러나?"

일단은 보법과 신법, 경신까지 모두 아우르는 것이 철비각이다. 그러나 소림사에서도 가장 바탕을 이루는 것으로 어린 사미들이 기본으로 연마하는 정도에 지나지 않았다.

애당초, 용문제자라고 하는 사람이 철비각을 펼치면서 먼 거리를 달린다고 어디 생각이나 할까.

도기영은 그런즉 말을 제대로 맺지 못했다. 장관풍은 의아한 눈으로 흘깃 보았다가, 곧 허리를 세웠다. 무슨 영문인지는 모르겠으나, 이렇게 내내 숨만 돌리고 있을 수는 없는 노릇이다.

"그만 가세. 더 거리가 벌어지면, 정말로 쫓아가지도 못하겠어."

장관풍이 한숨 삼킨 소리를 하고서, 두 사람은 서둘러서 거리를 재촉했다.

소명과 위지백은 두 사람이 한참 뒤에서 따라오고 있다는 것을 알았지만, 굳이 걸음을 늦추는 일은 없었다. 사천의 장엄한 산세를 두 발로 뛰어서 오르고 내리며 가로질렀다.

아무리 험준한 길목이라도 멈춰서는 일은 없었다.

사람 발길이 닿을 수 없을 듯한 곳이라도, 전혀 개의치 않았다. 이러니 쫓아오는 사람만 죽을 판이었다. 그래도 어찌 따라 붙는 것은 분명했다.

그리고 채 사흘이 되기도 전에, 소명과 위지백은 드디어 멈춰 섰다.

산 아래에 불빛이 반짝거렸다. 모여 있는 민가의 야경을 보면서, 소명은 후우, 짧은 숨을 돌렸다. 위지백도 굵은 땀방울이 송글했다. 그러나 크게 숨찬 기색은 전혀 아니었다.

"여긴가…… 홍천이라는 곳이."

홍천교가 총단을 세우면서 지명조차 홍천으로 바꿔버렸다는 곳이다.

소명은 눈을 가늘게 떴다. 산 아래로 이어지는 길목, 길목마다 붉은 삼각기가 길게 펄럭이고 있었다. 산세로 숨은 듯하나, 따로 좌우로 갈라진 길목이 제법 요충지라고 할 만했다.

소명도, 위지백도 깎아지른 듯한 절벽 끝에서 홍천의 주변 경관을 차차로 둘러보았다. 번뜩이는 눈빛은 차분하여서, 다른 기세는 조금도 실려 있지 않았다.

그렇다 한들.

소명은 문득 고개를 돌렸다. 지나온 길은 밤 어둠이 집어삼켜서 새카맣게 물들어 있었다.

"얼마나 걸릴까?"

"그래도 뭐, 내일 중천 즈음에는 닿지 않을까 하는데. 도가 녀석도 다리가 제법 강해졌단 말이야. 천산의 어린놈은 뭐 더 말할 것도 없고."

"흐음."

아직 닿지 않은 두 사람에 대한 것이다.

위지백은 무광도를 끌어안고서 고개를 삐딱하게 기울였다. 눈 아래가 어째 불콰하게 달아 있었다. 내달리는 와중에 한 통, 잠시 쉰다고 또 한 통, 그리고 목적한 곳에 닿았다고, 남은 술을 단박에 비워버린 탓이었다.

"후우……."

위지백은 술 냄새가 그득한 한숨을 길게 흘렸다. 딱 좋게 취하여서, 몸은 후끈후끈하고, 눈앞은 몽롱했다. 싱글벙글, 취한 웃음을 보면서, 소명은 고개를 흔들었다.

"다 비웠냐?"

"뭐, 그럭저럭."

위지백은 살짝 휘청거리면서 축 늘어진 보따리를 들어 보였다. 다 비어버린 술병만 안에 그득그득했다. 이런 것을 죄 짊어지고서 험한 산길을 무섭게 내달렸는데, 어느 것 하나 깨지거나 흘린 것이 없었다.

소명은 보따리를 이리저리 뒤적거리다가 하나를 집어 들었다. 반쯤 남았는지, 찰랑거리는 소리가 들렸다.

"어라? 남은 게 있었네?"

위지백은 소리를 듣고서 배시시 웃었다.

소명은 피식 웃고는 술병을 기울였다. 딱히 술을 즐기지는 않았지만, 지금은 적당한 취기와 술 냄새가 필요했다. 위지백은 그 모습을 사뭇 흥미로운 눈으로 보았다.

"바로 움직일 셈이야?"

"적당히 찔러나 봐야지. 혈망인지, 뭔지 하는 놈이 떠든 소리도 확인할 겸."

소명은 그리고는 남은 술을 비웠다. 크으, 내뱉는 소리가 쓰기만 하다. 소명은 입매를 찌푸리면서 빈 술병 가득한 보따리를 챙겨 들었다.

홍천 외곽을 지키는 홍천병은 사뭇 나른한 눈으로 눈만 끔뻑거렸다.

"으하함!"

불현듯 터진 하품에 입이 찢어질 듯이 한껏 벌어졌다. 같이 선 다른 홍천병이 하품하는 동료를 툭 건드렸다.

"어이."

"음! 음음."

"조심 좀 해. 걸리면 같이 죽는 거야."

조용한 목소리로 은근히 다그쳤다. 외곽에 공백이 생긴 곳으로 외부 흔적이 남았다는 것 때문에, 외곽의 초소를 담당하였던 홍천병 한 무리가 횡액을 당한 마당이었다.

그때부터 홍천 일대를 단단히 에워싸고서 철통같은 경계를 계속해서 유지하고 있었다. 이것을 감당하고 있는 홍천병들은 아주 죽을 맛이었다.

쉴 시간이 부족하여서, 교대하면 죽은 듯이 누웠다가, 또 허겁지겁 뛰쳐나오기 일쑤였다. 그런 사정을 뻔히 알았지만, 동료라고 별수는 없었다.

한 명이라도 경계를 소홀히 하다가 걸리면, 같이 죽어나는 것이다. 그런데 불현듯 하품하던 홍천병이 코를 세웠다.

"흥! 크흥! 킁킁!"

콧소리를 내면서 주변을 두리번거렸다.

"뭐야, 왜 이래?"

"어디서 냄새 안 나나?"

"냄새? 뭔 냄새가……."

그러다가 동료도 바로 고개를 돌렸다. 어디선가 은은한 냄새가 풍겨왔다. 흔히 맡을 수 있는 냄새가 아니었다. 콧구멍이 절로 벌름거렸다.

"검남, 검남춘(劍南春)인가?"

사천의 명주로, 그 냄새를 맡기도 쉽지 않은 술이다. 확실히는 몰라도, 흔히 길에서 접할 수 있는 탁주가 아닌 것은 분명했다.

"아오, 침이 절로 고이는구만."

솔직한 내심이 바로 튀어나왔다. 그러다가 부랴부랴 고개를 흔들었다.

"어디서 이런 냄새를 풍기는 거야?"

두 홍천병은 이내 이맛살을 찌푸렸다. 아무리 좋은 냄새라도, 어차피 마시지도 못할 것이다.

냄새만 맡는 것이 뭐가 좋은 일일까. 그런데 곧 덜그럭, 덜그럭하는 소리가 울렸다. 홍천병은 소리에 직접 반응하여서 앞으로 몸을 기울였다.

"거기, 누구냐!"

"그러는 그쪽은 뉘슈?"

건너에서는 되묻는 목소리가 울렸다. 불빛이 닿을 듯, 말 듯한 곳에 웅크린 두 그림자가 보였다. 적잖이 술이 들어간 것처럼 불콰하게 달아오른 얼굴로, 나른하게 눈을 끔뻑거렸다.

어디를 보아도, 훌륭하게 취한 모습이다.

어디선가 몰래 술 마시다가 뒤늦게 기어들어 오는 모양이라, 홍천병 두 사람은 확 얼굴을 찌푸렸다. 누구는 이리 고생인데, 저런 주정뱅이라니.

"감히, 하늘같은 홍천병에게 그쪽이라니! 이 고약한 주정뱅이 놈들이!"

버럭 노성을 터뜨렸다. 그 소리에 아이고, 아이고 소리가 절로 터졌다.

"냉큼 물러가라!"

"아이고, 그럼요. 그럼요."

절그럭거리는 술병 소리가 괜히 울렸다. 소리가 참 거슬렸지만, 홍천병은 그래도 나름 정병이라고 자리를 뜨지는 않았다.

그렇게 홍천병의 분노 서린 면박을 들으면서, 주정뱅이 꼴인 두 사람은 홍천으로 들어섰다. 잔뜩 웅크린 두 사람, 문득 위지백이 문득 중얼거렸다.

"헤헤, 요런 것도 가끔은 괜찮네."

"그런가."

알기나 하려나, 홍천병들은 막 목이 떨어질 뻔하였다. 위

지백은 웅크린 품에 감춘 무광도의 칼자루를 슬슬 쓰다듬
고 있었다.

홍천이라고 하는 곳은 꽤 다급하게 이루어진 성시였다.

규모는 상당했다. 번듯한 대로를 닦고 대로의 좌우로 번
듯한 담과 지붕을 갖추었지만, 그 외에는 지붕만 겨우 올린
곳이 대부분이었다.

취기는 싹 사라졌고, 소명과 위지백은 주변을 천천히 둘
러보았다.

다른 인적은 없었지만, 홍천 외곽으로는 지켜보는 눈이
여럿이었다.

소명은 입가를 잠시 비틀었다. 그러다가 고개를 들었다.
눈 아래가 살짝 붉었다.

"어째 냄새가 지독하다 하더니."

"히야, 하는 짓거리 한번 대단하네. 아니, 뻔한 짓거리겠
지."

위지백이 슬쩍 몸을 기대어 오면서 중얼거렸다. 둘은 같
은 곳을 보고 있었다.

대로 흉내를 낸 홍천의 가운데, 그 끝에 상당한 규모의
장원이 자리했다. 그 높은 정문의 좌우에 더욱 높은 장대를
세워 두었다. 거기에는 여럿의 시체가 마치 빨래처럼 널려

있었다.

　밤이 어둡지만, 장대 아래에 밝혀 놓은 불빛 탓에 그 끔찍한 모습이 고스란했다.

　끔찍하기 이를 데가 없다.

　대로 주변으로 역하기 이를 데가 없는 고약한 냄새가 맴돌았다. 끝없이 맴돌았다. 이곳을 과연 대로라고 할 수가 있을까.

　장원 앞에 널어놓은 시체는 그저 일부에 불과했다. 두 사내는 걸음을 멈추고서, 주변을 느리게 둘러보았다. 좌에서 우로, 우에서 좌로.

　폐허 사이, 사이로 보이는 곳마다 시체였고, 백골이 드러나 있었다. 일견, 지옥도(地獄圖)를 펼쳐놓은 것처럼 처참했다.

　대로 주변으로 역한 시취(屍臭)가 끊임없이 맴돌았다.

　소명과 위지백은 크게 어려운 기색을 보이지 않았다. 그저 눈빛이 잠시 가라앉을 뿐이다.

　"기왕에 여기까지 왔으니. 가서 얼굴이나 마주할까."

　"그것도 괜찮겠지."

　위지백은 선뜻 고개를 끄덕였다. 그리고 두 사람은 대로 끝에 우뚝 선 규모 있는 장원으로 눈을 돌렸다.

　우습게도, 홍천 외곽으로는 물샐 틈 없이 경계를 갖추고

있으면서도, 장원 주변으로는 그저 담만 두르고 있을 뿐이
었다. 여기로 누가 감히 범하겠는가 하는 자신감일까 하나,
그것이 전부가 아니었다.

소명과 위지백은 높은 담을 간단히 넘은 순간에 바로 알
았다.

주요한 곳, 몇에만 감시의 눈길이 있었다. 그리고 특히나
경계가 엄밀한 곳이 하나 있었다. 깊이 고민할 것도 없이,
그곳이야말로 목적한 곳이 되겠다.

높은 문, 문틈 사이로 불빛이 아른거렸다. 늦은 시간이지
만, 방의 주인은 잠들지 못하는 모양이었다.

천장 높은 방, 그 한가운데에 자리한 침상 역시 거대했
다.

성인 열 사람이 같이 누워도 넉넉할 정도였다. 침상에는
네 귀퉁이에 높은 기둥을 올렸고, 능라 비단을 드리웠다.
너머에는 어린아이가 두 무릎을 꼭 끌어안고 앉아 있었다.

아이는 불빛이 미치지 않는 방구석을 하염없이 노려보았
다.

붉게 충혈된 두 눈가에는 힘이 잔뜩 들어갔다. 불현듯 유
등의 불빛이 한차례 크게 일렁거렸다. 한 가닥 바람이 문틈
으로 스며들기라도 하였는가.

그런데 차분한 목소리가 뒤이었다.

"어린 교주."

아이는 눈을 한번 깜빡거렸다. 퍼뜩 몸을 돌리자, 드리운 능라 너머에 우두커니 서 있는 두 사람의 그림자를 볼 수 있었다.

마른침을 한번 삼키고, 아이는 몸을 일으켰다.

"두 분께서는?"

작은 몸에는 어울리지 않는 치렁한 침의 차림으로, 아이는 허리를 꼿꼿하게 세웠다.

놀란 기색이 아니었다. 사뭇 당돌하다 싶은 모습이지만, 방으로 들어선 소명과 위지백은 크게 개의치 않았다.

소명은 넓은 침실로 들어와서는 놓아둔 의자에 털썩 앉았다. 옷에 쌓인 흙먼지가 부스스 떨어졌다. 위지백은 무광도를 기대어놓고서 슬쩍 바깥 동정을 살폈다.

아른거리는 불빛은 그대로였고, 오가는 기척은 달리 없었다.

"지금 묻지 않습니까. 두 분은 누구십니까."

"교주가 있는 곳으로 드는데, 길목이 사뭇 험하더이다."

"……."

"그러게나 말이야. 지키는 것인지, 가두는 것인지 모르겠더군."

어린 교주의 눈가에 처음으로 당황한 기색이 어렸다. 그러나 턱을 세운 모습은 조금도 흔들리지 않는다.

"크흠."

어린 교주, 홍산아는 헛기침을 잠시 흘렸다. 이런 소리를 하고자 들어선 것은 아닐 터이다. 그리고 자신을 해하려고 한다면, 딱히 할 수 있는 것도 없다.

"아무래도 본 교주의 상황을 알고 오신 분 같소만."

"혈망이라 하였던가? 그 사람이 미주알고주알 아주 열심히 알려주었지."

"혈망……이……."

홍산아는 눈을 가늘게 떴다. 교주인 자신이 아는 한, 삼사령인 혈망지수는 민강 유역을 꼭 붙잡고 있다. 그러나 속내는 물론이고, 다른 것을 알 수는 없었다.

교주라는 자리는 결국에 보이는 것에 지나지 않았으니까.

"그럼, 혈망은 어찌 되었습니까?"

"죽었지."

"그렇군요. 꼴 좋다. 망할 놈."

홍산아는 고개를 끄덕이더니, 불현듯 험한 말을 내뱉었다. 하얀 얼굴에 파란 기색이 아른거렸다. 침상 위에 허리를 꼿꼿하게 세우고서, 무릎 위를 덮은 침의를 불끈 움켜쥐었다.

용서하지 못한다는 속내가 솔직하게 드러냈다. 교주라고
하는 자가, 교의 사자를 생각하는 모습이라고는 볼 수 없었
다. 사뭇 의외일 법도 하다.

소명과 위지백은 멀뚱히 홍산아를 바라보았다. 홍산아는
뽀득, 이를 갈아붙이면서 바르르 몸을 떨었다. 꿈틀거리는
속내가 여전히 간단치가 않았다.

"홍천사자라고 하는 것들과 교주는 전혀 별개인 건가?"

"겉으로는 교주 대우를 해주고는 있습니다만. 실상은 허
수아비에 지나지 않지요. 특히 혈망, 그 작자는 교주의 몇
남지 않은 직속을 멋대로 차출해가서 죄 죽여 놓았지요. 허
드렛일로 부리든, 죽을 일에 등 떠밀든…… 불 보듯 뻔한
일입니다."

홍산아는 뜨거운 한숨을 내뱉었다. 혈망의 끝을 들었다
고 속 편한 것이 아니라, 오히려 덮어두었던 갈등이 불 붙
은 것처럼 타올랐다.

작은 손을 들어서 가슴을 퍼뜩 쓸어내렸다.

허수아비의 어린 교주. 홍산아는 혼자 씨근덕거리기는
관두고서 고개를 들었다. 다시 고개 든 홍산아의 얼굴은 한
결 처연했다.

"혈망에게서 여기 얘기를 들으셨다고 하니. 제가 더 말

씀드릴 것은 없겠습니다. 어차피 교주라고 해도, 사령은 커녕 일개사자만도 못한 처지라, 아는 바가 달리 없으니까요."

"들으니, 교주가 대사령의 일을 하나 훼방 놓았다지? 그래서 수족을 죄 잃었다고 들었네. 무슨 일이었나?"

"글쎄요. 대사령, 그 괴물이 무슨 속셈인지는 모르겠습니다만, 그에 휩쓸렸던 두 분을 따로 구하였다가, 몸을 피하게 하였습니다."

"흠. 발각되었던가?"

"발각이라…… 차라리, 그러했다면 속이라도 편하겠습니다."

홍산아는 조용히 입꼬리를 끌어올렸다. 그저 심증에 불과하였고, 멀지 않은 곳에서 외부인의 흔적을 발견했다는 이유 하나만으로 대사령은 무자비하게 손을 썼다.

교주인 자신은 내버려두면서, 몇 없는 직속을 차근차근 끊어냈다.

"못난 저를 그래도 보호하겠다고. 다들 입을 다물었지요. 그 말로가 저는 여기에 갇혔고, 그들은 정문에 널려 있는 것입니다."

홍산아는 하염없이 넋을 놓은 채 중얼거렸다.

하소연에 가까웠다. 누구에게 하는 말이 전혀 아니었다.

자신이 무력하여서, 자신의 사람 하나 지킬 수가 없어서, 홍산아는 너무 서글펐다.

소명과 위지백은 입을 다물고서, 등잔불의 흐린 불빛 앞에서 잔뜩 움츠러든 어린 교주를 물끄러미 보았다. 안쓰러운 일이기는 하지만, 딱히 동요하지는 않았다.

"그렇다고 하고, 도망한 둘은 누구인가? 혹여 개방이던가?"

"네. 한 분은 사천의 분타주라고 하시고, 다른 한 분은 감숙의 장수라고 하더군요."

"감숙? 장수?"

소명은 퍼뜩 눈살을 찌푸렸다. 홍산아는 슬쩍 눈가를 훔쳐내고서 고개를 들었다.

대사령은 본래, 감숙의 장수, 그 얼굴을 빼앗으려 하였다가 잠입하였던 개방 고수의 활약으로 실패하였다. 도주하다가 위험에 처한 둘을, 홍산아가 우연히 구할 수 있었다. 그리고 몸을 조금이나마 회복하고서 몸을 피하게 했다.

그것이 가능한 전부였다.

교주라고 하는 이름치고는 참 별것 없는 일이다.

소명은 고개를 끄덕였다.

"흠, 애쓰셨군. 일단 개방 거지도, 감숙의 장수도 무사하기는 하단 말이지."

소명은 중얼거리면서 자리에서 일어섰다. 무엇을 노리는
지는 몰라도, 일단 감숙에서 무언가를 도모하려는 것은 실
패한 셈이다.

"좋군. 오늘 교주와 만남은 꽤 유익하였소."

"아니, 이대로 가시려는 겁니까?"

"그러면?"

"저는 사교의 교주입니다."

"그렇지?"

소명과 위지백은 멀뚱거리는 눈으로 홍산아를 돌아보았
다. 무얼 새삼스러운 소리를 하느냐는 눈길이다. 홍산아는
더 말을 꺼내지 못했다. 두어 번 눈을 끔뻑거리다가, 기운
이 한풀 꺾여서 느리게 물었다.

"그럼, 두 분께서는 어찌하실 생각이십니까?"

"여기를 무너뜨릴 생각이오."

홍산아는 눈을 동그랗게 떴다. 소명이 하는 말을 알아듣
지 못한 것이 아니다. 저것이 진심으로 하는 말인지, 아니
면 다른 뜻이 있는 것인지. 그것을 알 수가 없어서, 홍산아
는 바로 대꾸하지 못했다.

입을 벌리고 있다가, 홍산아는 그만 고개를 갸웃거렸다.

"……네?"

무슨 말인가. 그런데 문가에 기대고 있던 위지백이 몸을

세우고는 칼자루를 쥐었다. 서서히 뽑아드는 칼날은 흐린
불빛에도 한낮의 양광처럼 눈부신 빛을 발했다.

홍산아는 칼날의 반사광에 움찔 어깨를 들썩였다.

소명은 간단히 손목을 흔들고는 대수롭지 않은 투로 말
했다.

"일단 가까운 곳부터 먼저 정리하고."

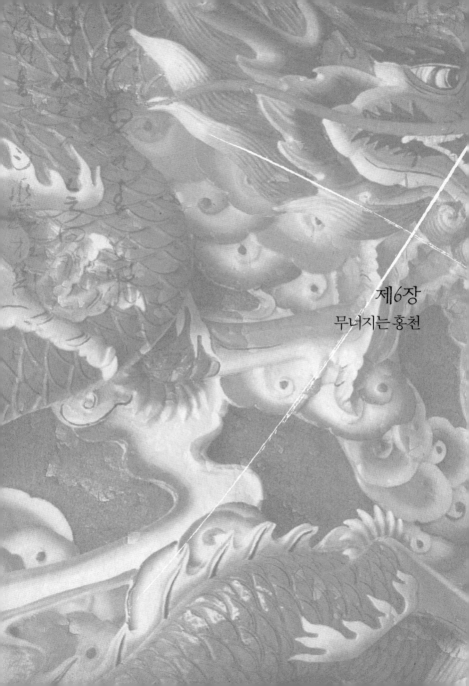

제6장
무너지는 홍천

홍천교의 어린 교주, 그리고 모든 수족을 다 잃어버린 허수아비 교주, 홍산아는 멀뚱히 앉아 있었다.

지금 무슨 일이 벌어진 것인지.

처음부터 끝까지.

홍산아는 침상에 앉아서 모두 보고 있었지만, 도무지 상황을 이해할 수가 없었다. 어떻게 이러한 결과가 쉽게 일어날 수가 있을까.

이제껏 홍산아는 보이지 않는 눈과 손아래에서 옴짝달싹할 수가 없었는데. 그 보이지 않는 눈이며, 손이 모조리 끝려 나와, 교주의 침소에 단단히 무릎 꿇려져 있었다.

제압당한 자들은 벌벌 떨었다. 고개 숙인 얼굴에 치뜬 눈이 심상치 않을 정도로 요동쳤다.

그들은 차라리 살아남기라도 했다.

넓은 방의 한쪽에는 아예 웅덩이가 생겨났다. 핏물의 웅덩이였다. 그곳에는 칼날에 휩쓸린 자들이 버려진 헝겊 인형처럼 갈가리 찢겨서, 핏물 속에 잠겨 있었다.

그조차 단 한 순간에 벌어졌다.

'으, 으흐흐, 으흐흐.'

두려움을 감당할 수가 없었다. 나오는 것은 거친 숨소리인지, 아니며 넋 잃은 자의 흐느낌인지 모르겠다.

저들은 비록 한때에 홍천교도일지는 몰라도, 대사령에게 감화되어서, 오로지 사령들의 뜻만을 받드는 자들이었다. 그런 자들이 지금 머리를 조아리고 흐느낀다.

어디 그뿐인가. 저들은 교주인 자신조차 듣지도 보지도 못한 일을 술술 읊었다.

눈과 귀를 의심할 일이었다.

그런데 불길한 이름이 하나 있었다. '대성회(大聖會)'를 준비하였다니. 무슨 대성회를 말하는 것인가. 적어도 홍천교의 행사에 그러한 것은 없었다.

고민하던 차, 홍산아는 문득 소명과 위지백, 두 사람을 새삼 다른 눈으로 바라보았다.

감탄을 넘어서, 경외에 가까웠다.

"두 분은 진정 사람이십니까?"

"앙? 어린 교주. 거 무슨 소리일까?"

위지백은 사뭇 건들거리는 모습으로 고개를 갸웃거렸다. 듣기에 따라서는 욕처럼 들리는 말이 아닌가. 홍산아는 퍼뜩 정신을 차렸다.

"아니, 그런 것이 아니오라."

홍산아는 한껏 당황하여서 머뭇거렸다. 뭐라고 말할수록 수렁으로 빠져드는 셈인지라, 다른 말을 덧붙일 수가 없었다. 놀란 얼굴은 매한가지였다.

위지백은 쯧, 혀 한 번 찼다. 그러고는 곧 손을 털고 소명을 돌아보았다.

"일단 후천계인지, 뭔지 하는 것들은 몸을 빼는 모양새인데."

"뭐, 남은 사람은 희생양으로 삼겠다는 게지."

"……."

홍산아는 두 사람의 대화를 들으면서, 곧 얼굴이 까맣게 물들었다. 어느 정도는 예상한 일이었다. 이 일의 끝은 좋지 않을 것이다.

어린 교주는 고개를 떨구고서 한숨을 푹 내뱉었다. 사방이 절벽이라서 어디로 가야 할지 전혀 알 수가 없다. 그런데 문득 아이 앞에 그림자가 드리워졌다.

소명이다.

"어린 교주. 사람을 구하고자 하는데, 자네가 도와줘야 할 것이 있네."

"네? 제가 무슨 힘이 있어서……."

"힘으로 하는 일이 아닐세. 여기 홍천을 무너뜨려서, 마도의 수작을 제거할 생각인데. 일반 민초가 휘말릴까, 그것이 두렵네."

"민초들……."

"그들을 이끌어서, 홍천을 나가도록 하게."

"그게 가능할까요."

"홍 교주. 자네는 교주일세."

"……."

홍산아의 눈이 크게 벌어졌다. 교주, 어린 교주, 아무런 실권도 없어서, 그저 허수아비에 지나지 않는다. 그렇게 여겼다. 선천계라고 구분 짓고서, 자신의 사람이라고는 몇 되지 않는 판국에, 그저 버티어내는 데에만 안간힘을 다하고 있었다. 다만, 그뿐이었다.

오군과 감천방, 두 사람을 어떻게든 살려서 내보낸 것도, 고립되어 가는 자신의 처지에 대한 반발에 지나지 않을지도 몰랐다.

그 후과(後果)가 이토록 잔인하게 돌아왔는데.

그래도, 자신이 홍천교의 교주라는 것에 아직 변함은 없었다. 교세의 실권은 모두 대사령에게 있다지만, 홍천의 뜻을 받아서, 교인들에게 전하는 일은 교주인 자신의 몫이 아니겠는가.

"어디로, 어디로 가면 좋겠습니까?"

"글쎄. 한 가지 분명한 것은 말이야. 마도가 이기든, 사천련이 이기든, 이후로 홍천이라는 이름은 백 년은 족히 핍박받을 걸세. 용케 살아남더라도 말이지."

"……."

"그저 흩어지게 하는 편이 좋지 않겠는가."

"……예, 예, 그 말씀이 옳습니다."

절망적인 말이다. 그러나 반박할 어떤 말도 떠오르지 않아서, 홍산아는 느리게 고개를 끄덕였다.

비록 핏줄이라는 이유 하나로 교주 자리에 올랐을 뿐이다. 그래도, 마냥 넋을 놓고 있기에는 너무 억울하다. 그저 마도의 것들에게 이리저리 휘둘리다가, 마지막에는 공물(供物) 취급을 받다니.

홍산아는 힘주어서 이를 악물었다. 작은 손을 꼭 그러쥐고서 번쩍 고개를 치켜들었다.

눈이 다시 살아나는 모습을 보면서, 소명과 위지백은 제
법이다 싶었다.

"두 분의 뜻을 따르겠습니다. 교인들이 더는 헛되이 죽
게 할 수는 없지요."

"좋아."

위지백이 옆에서 한마디를 덧붙였다.

"교주, 서둘러야 할 거야. 이것들이 말하는 거사라는 거
오늘, 내일일 테니까."

무광도를 어깨에 걸치고서 히죽 웃었다.

홍산아는 새삼 마른 침을 꿀꺽 삼켰다. 지금까지 무릎
꿇린 자들은 못해, 사나흘이라고 말하는데. 위지백은 전혀
다른 말을 했다.

무릎 꿇린 자들도 이때에는 당황하여서 고개를 들었다.

"그렇게 놀란 얼굴을 할 것 없어. 원래 마도라는 것들이
그 모양이란 말이지."

"뒤를 용납하지 않아. 설사 피를 나눈 자라 할지라도,
뒤에 남겨둘 바에는 지워버리려 하지."

소명이 무겁게 고개를 끄덕였다.

슬쩍 눈살을 찌푸린 채, 창가를 돌아보았다. 동창이 서
서히 밝아오고 있었다.

햇빛이 온전히 올라와서, 새벽녘 붉은 해가 산 마루에 걸려 있었다. 쏟아지는 햇빛 아래에서, 홍천이라고 하는 곳의 모습을 볼 수 있었다.

잘 닦인 길이 번듯하고, 좌우로 가옥 여러 채가 줄지었다. 그러나 멀끔한 것은 대로 주변, 그리고 대로 끝에 우뚝 자리 잡은 규모 있는 장원 정도가 전부였다.

나머지는 허름하기 이를 데가 없었다.

짓다가 만 곳도 여럿이었고, 지붕만 간신히 갖춘 곳만도 하나, 둘이 아니었다.

장관풍과 도기영, 두 사람은 홍천이 내려다보이는 언덕에서 홍천의 전경을 빤히 내려다보았다. 땀에 흠뻑 젖어 있었고, 눈 아래가 아주 시커멓게 물들어 있었다.

밤을 가릴 것도 없이 헐레벌떡 달려온 처지였다.

먼저 나선 흔적을 쫓아서 여기까지 왔는데, 딱 여기까지였다.

"이제 어쩌나……?"

"그러게요."

겨우 쫓아오기는 했지만, 이제는 갈 곳을 잃었다. 보나 마나 소명과 위지백은 저 성시로 들어섰을 터인데. 무턱대고 거기까지 쫓아가기도 어려웠다.

고민이 앞섰다.

숨을 가만히 몰아쉬다가, 도기영은 칼자루를 조심스럽게 더듬었다.

언뜻 보기에도 주변을 경계하는 모습이 살벌했다.

"딱 봐도. 저 안으로 들어섰겠지요?"

"쩝, 그렇게까지 기다려 주지는 않겠지."

넋두리하는 한 마디에, 한숨이 섞였다.

"그럼, 가보지요."

도기영은 마른 침을 한번 삼키고는 짐짓 심각한 얼굴로 앞으로 나섰다. 일단 시원하게 큰 걸음을 내디뎠다. 곧 한참 신중하여서, 두 사람의 보폭은 확 줄어들었다.

긴장이 솔직했다.

어디 할 것 없이, 살기 넘치는 경계가 솔직했다.

무턱대고 달려들 수는 없는 일이라. 장정의 허리 높이까지 자란 수풀이 무성하다. 거기 즈음에서, 바쁜 걸음이 딱 멈췄다.

수풀 너머에서 기척이 움직이고 있었다.

'흡.'

도기영은 입술을 질끈 말아 물었다. 행여 숨소리가 샐까봐 조심스럽다. 장관풍도 귀를 세웠다. 주변의 경계망이 움직이고 있었다.

'발각인가?'

가슴이 슬며시 뛰었다. 그런데 장관풍은 같이 목을 움츠리기보다는 퍼뜩 고개를 세웠다.

"자, 장 형님."

"경계 서는 자들이 안쪽으로 들어가고 있다."

"네?"

"내부에서 일이 생긴 모양이야. 가자. 신중할 때가 아니다."

장관풍은 홍천 안에서 일어나는 어수선함을 멀리서 헤아렸다. 당장에 칼부림이 일어나거나, 고성이 터지는 것은 아니었지만, 저쪽으로 외곽 일대를 에워싸고 있던 홍천의 군세가 빠르게 모여들었다.

도기영이 엉거주춤 허리를 세우기가 무섭게, 뎅! 뎅! 뎅! 다급하게 종 치는 소리가 울렸다. 무슨 뜻인지, 굳이 고민할 것도 없겠다.

"두 분이시겠군."

"역시, 그렇죠."

장관풍은 퍼뜩 눈을 빛냈다. 수풀 속에 우두커니 서 있는 두 사람을 신경 쓰는 홍천병은 딱히 없었다. 그들은 종 치는 소리가 등 떠밀기라도 하는 것처럼 허겁지겁 움직였다.

장관풍은 너머에서 수풀이 빠르게 갈라지면서 안쪽으로

향하는 모습을 지그시 보면서 검갑을 앞으로 세웠다. 검자루에 손이 올랐다.

달칵!

검병을 엄지로 밀어내면서, 소리가 가볍게 울렸다.

"이게 무슨 일인가! 교도들은 당장 처소로 돌아가지 못할까. 대성회의 날이 멀지 않았거늘!"

"아이고, 그것을 제가 어찌 모르겠습니까. 그렇지만……."

허름한 촌노 여럿이 어깨를 맞대고서 머리를 조아렸다. 안절부절, 어찌할 바를 몰라서 가슴 졸이는 모습이었다. 호된 세월이 깊은, 촌노들의 주름 가득한 얼굴은 당장에 울상이었다.

홍천을 맡고 있는 오사령은 당장 얼굴을 붉혔다.

그는 일단 머리를 파르라니 밀고서, 이마에는 화상의 큰 흉터를 지녔다. 마치 앞이마를 불길로 지져놓은 것처럼 기괴한 흉터였다.

그는 사령이나 되는 자신이 직접 나서서, 홍천의 촌노 따위를 마주하고 있다는 것부터가 마음에 들지 않았다.

불길 품은 듯이 뜨거운 눈으로 노려보는데, 촌노 한 사람이 떠듬거리면서도 어찌 말을 맺었다.

"교주께서 직접 저희를 찾으셔서 명을 내리신 바라."

"교주께서?"

오사령은 찌푸린 얼굴을 번쩍 치켜들었다. 멀리 장원, 활짝 열어놓은 문을 노려보는 눈초리에 붉은 안광이 한껏 맴돌았다.

"감히……."

악문 잇새로, 험한 기색이 흘렀다. 짜증 정도가 아니었다. 살기에 가깝다. 일순 몰아치는 한기가 차가워서, 머리 위에 해가 떠 있는 것이 무색할 정도였다.

이것은 흔한 촌노가 감당할 수 있는 정도가 아니었다.

"으흭, 아이고오……."

"어흐윽!"

촌노들은 저도 모르게 주저앉아서, 야윈 몸을 마구 떨어댔다. 뒤에서 촌노를 부축하던, 다른 교도들도 마찬가지였다.

"오사령. 기세가……."

뒤에서 다른 홍천병이 급히 다가와서 속삭였다.

"음. 크흠."

오사령은 그제야 실책을 깨닫고서 헛기침을 흘렸다. 기세를 빠르게 걷어냈다. 그렇다고 한들, 주저앉아 버린 촌노와 교도들이 바로 일어날 수 있는 것도 아니었다.

오사령은 자신의 발치에서 옷자락을 꼭 붙잡고 있거나, 서로 손을 붙들면서 바들바들 떨어대는 교도들을 흘깃 보았다. 그들의 눈초리에는 두려움만 가득했다.

"흠, 내가 과하였군. 좋아, 교주께서 명령을 내리셨다니. 직접 교주를 뵈어야겠다. 어찌된 영문인지…… 알아야겠어."

"그, 그럼 저희는……."

"크, 크흠. 대사령의 명이 계시니. 홍천을 벗어나는 것은 용납할 수 없다."

"그게 그래도……."

촌노 중에 한 사람은 그래도 강단이 있어서, 벌벌 떨어대는 와중에도 미련을 버리지 못했다. 교주가 내린 명이 하도 다급하기 때문이었다.

바로 사람을 모아서, 홍천을 벗어나라는 명이었다. 시일을 다투는 일이라고, 몇 번이고 당부하였다. 그러나 오사령은 그런 촌노를 죽일 듯이 노려보았다.

감히.

딱 그런 눈초리였다. 살기 넘치는 눈빛이 매서워서, 촌노는 그만 허윽! 급한 숨을 집어삼키고는 허우적거렸다. 심장이 그대로 멎을 듯하다.

"기다리라 하였다."

"허으…… 네, 오사령."

그제야 숨이 왈칵 터졌다. 노인은 아주 기진해버려서 식은땀을 담뿍 흘렸다.

오사령은 흠, 못마땅한 기색을 한숨으로 끊어내고서 바짝 고개를 치켜들었다. 직속의 홍천병을 이끌고, 성큼 걸었다. 그러자 대로를 가득 메우고 있던 교도들이 분분히 좌우로 물러났다.

오사령은 본교의 장원을 노려보면서 입술을 달싹거렸다.

"어찌 된 일이냐. 교주를 감시하는 것들에게서는 왜 아무런 보고가 없었던 거냐!"

"그것이……."

바짝 따르던 수하는 아무런 대꾸도 할 수가 없었다. 그 또한 아무런 보고도 받지 못한 까닭이다. 오사령은 이를 잔뜩 드러냈다.

그런데 장원 안으로 깊이 들어갈 것도 없었다.

문가로 홍천교주 홍산아가 마치 먼 길을 떠나는 사람처럼 단단히 옷을 갖추고서 자박자박 걸어 나왔다. 따로 수행하는 사람은 당연한 일이지만, 아무도 없었다.

"교주. 이게 어인 일입니까!"

오사령은 눈을 빛냈다. 마침 잘 나타났다. 그는 버럭 소리치면서 힘주어 걸었다.

평소 홍산아라면, 어찌 강한 척을 하기라도 하겠지만, 지금 그는 조금도 내색하지 않고 있었다. 그저 무표정한 채, 다가서는 오사령을 빤히 바라볼 뿐이었다.

평소와는 크게 다르다.

그것을 이상하게 생각하면서도, 오사령은 크게 마음 쓰지 않았다. 눈앞에 있는 것은 어차피 허수아비에 지나지 않는 어린 녀석이었다.

이전이라면 좀 껄끄러울 수도 있겠지만, 이제는 손발이 다 끊겨서, 말 그대로 허수아비나 다름없다. 얌전히 처박혀 있으면 목숨이나마 성할 것을.

"교주, 설명해 주시지요."

"설명? 무슨 설명을 말씀하시는가?"

"허, 허허."

홍산아는 턱을 살짝 비틀었다. 오사령은 어이가 없어서 웃음을 터뜨렸다. 교주를 대하는 사령의 모습은 전혀 아니다. 오사령은 곧 웃음을 뚝 그쳤다.

걸친 붉은 전포를 뒤로 떨쳤다. 화르륵 펄럭이는 전포가 흡사 불길처럼 일렁였다. 그리고 오사령은 한층 가슴을 펴고, 허리를 세워서, 덩치를 키웠다.

드리우는 그림자가 불쑥 솟는 듯하여서, 작은 교주의 모습을 집어삼킬 듯했다.

"이봐, 교주. 말장난은 관두지. 그나마 대우해 줄 때에, 좋게 협조하는 편이 좋지 않겠나? 이제와 누가 있다고 이리 대범하게 나오는지 정말 모르겠군."

말투부터 탁 내려놓았다. 비튼 입매에 맺힌 오만한 미소는 싸늘했다. 교주를 보는 눈초리가 전혀 아니다. 그러나 홍산아 또한 하루 전의 홍산아가 아니었다.

아이는 턱을 더욱 세웠다.

"이래도 죽고, 저래도 죽을 판인데. 뭐가 다를까. 하루, 이틀 차이에 불과할 것을."

"무엇?"

"사교의 오명을 여기서 다 뒤집어쓰고 죽으라는 것이겠지. 그 사이에, 대사령…… 아니다. 너희 마교 것들은 성도를 도모하면서 나름 수작질을 부릴 것이고."

"교주, 아니…… 홍산아, 네놈."

다른 이의 입에서 나올 수 있는 소리가 아니다. 홍산아가 나름 특출하여서, 기재라고는 하지만, 지금 하는 소리는 대사령의 계책을 일거에 꿰뚫는 듯하지 않은가.

오사령은 눈을 크게 떴다. 허리 뒤로 돌린 손이 불안하게 꿈틀거렸다.

여기서 바로 손을 써야 할까.

그러나 홍산아는 역할이 있었다. 그때까지는 살려두어야 한다. 오사령은 일그러지는 얼굴에 힘을 주었다. 미간에 뚜렷한 흉터자국이 붉게 물들었다. 그러나 눈살이 움찔거리는 것은 어쩌지 못했다.

"교주, 교주!"

"교주님!"

홍산아는 주저하는 오사령에게 한 번 조소를 날리고서, 곧 굳어 있는 그를 지나쳤다.

홍산아가 모습을 드러내자, 대로를 가득 메우고 있던 여러 교도는 일제히 무릎 꿇고, 고개를 조아렸다.

대사령이 지닌 이능으로 교세를 다잡았다고 하지만, 아직 교도들의 정신적인 기둥은 교주였다.

홍천교의 어린 교주, 홍산아.

모친이 직접 세운 홍천교를 훌륭하게 이어받았다. 비록 그의 영향이라는 것은 이곳 홍천과 본래 홍천교가 일어선 사천 북방의 오지 정도에 지나지 않았지만, 그래도 교주라는 지위는 여기 민초에게는 참으로 거대했다.

홍천불의 가호 아래에서, 고난 많은 삶을 위로받았다. 대사령이 말하는 홍천세상도 좋지만, 그저 홍천교라는 공동체가 한참 소중했다.

홍천교주는 그런 상징이나 다름없었다.

그러나 힘없는 자들이기도 했다. 오사령은 뿌드득, 이를 악물었다.

대사령의 명이야 어떻든, 여기서 교주를 치우고, 저 무지렁이들을 짓밟는다. 어쨌든 숨만 붙어 있으면 될 일이 아닌가. 뒤는 따로 맡을 사람이 있었다.

"교주!"

홍산아는 대여섯 걸음을 걷다가 멈춰 섰다.

"후우……."

한숨이 절로 흘렀다. 입술은 바짝 말랐다. 태연한 척하고 있지만, 고작해야 열두세 살, 그 정도의 어린아이에 지나지 않는다.

오사령의 살의는 참으로 솔직하게 엄습하였다.

오금이 덜덜 떨리기 시작했지만, 그래도 외면하지 않았다. 마지막의 용기를 다 긁어모으고서, 홍산아는 천천히 고개를 돌렸다.

"……."

오사령이 자신을 돌아보면서, 한 손을 옆으로 길게 뻗었다.

"교주, 다음 생에는 당돌한 짓도 상대를 보아가면서 하시구려."

간신히 들릴 정도로 낮은 속삭임이다. 그래도 홍산아의

귓가에는 벼락 치는 소리처럼 쩌렁하고 울렸다. 홍산아는 정면으로 마주하는 오사령의 살기에 입안이 바짝 말라붙었다. 그래도 억지로 입술을 떼었다.

"그건…… 오사령이…… 할…… 것이…… 아니."

"음? 마지막 할 말이 있으신가?"

제대로 말이 나오지 않는다. 오사령은 고개를 비틀고서 되물었다. 그러자 홍산아는 목을 가다듬고, 다시 말했다.

"크흠, 큼. 그건 오사령이 걱정할 것은 내가 아니라 하였소."

"하! 하하!"

끝까지 당돌하다. 오사령은 한껏 눈꼬리를 치켜들고서, 사뭇 사납게 외쳤다.

"그럼, 교주. 무엇을 걱정하면 좋겠나!"

"네놈 몸이나 걱정하라는 소리지."

불현듯 오사령의 바로 뒤에서 혀 차는 소리가 들렸다. 어느 틈에, 라고 놀랄 것도 없다. 당황할 것도 없다. 스걱, 너무도 간단히 울린 소리가 몸을 흔들었다.

떨군 것은 자세를 잡는다고 뻗은 팔이다. 너무도 깔끔하게 잘려나가서, 핏물조차 뒤늦게 솟았다. 느리게 다가오는 고통이라니, 이보다 두려운 상황은 없을 것이다.

"어, 억!"

불명의 도객, 그는 빛 자체로 이루어진 것처럼 번뜩이는 칼날을 간단히 부렸다. 끊어진 팔은 더 눈에 들어오지도 않았다.

빛을 잔뜩 품은 칼날이 망막을 가득 채웠기 때문이다. 느리게 다가온다. 한없이 느릿느릿, 그러나 피할 수 있는 것도 아니었다.

막강한 내공도, 대사령에게 받은 마공기력도 다 쓸모가 없었다. 이미 칼날은 코앞이다.

'제, 젠장! 이렇게 허망하게!'

생각은 거기서 끝났다. 빛줄기가 스쳐 지나치고, 눈앞의 세상이 뒤집어졌다. 솟구친 목은 이내 바닥으로 툭 떨어져서 데굴 굴렀다.

홍산아는 떨어진 목을 물끄러미 쳐다보았다.

일그러진 얼굴, 빛 잃은 눈동자, 과연 마지막에 무슨 생각을 하였을지. 아무래도 모를 일이다.

홍산아는 그만 눈길을 거두었다. 고개를 들자, 도객 위지백이 천천히 도를 거두고 있었다. 오사령을 베었으니, 나머지 홍천병이야 크게 알 바 아니라는 태도였다.

주변에는 정적이 내려앉았다. 홍천의 교도들은 물론이고, 홍천병들도 넋을 잃었다.

이런 일이 한순간에 벌어질 줄은 전혀 생각지도 못했다.

그들에게 대사령을 비롯한 여러 사령은 모두 사람 아닌 자들이다. 홍천불의 신력이든, 마구니의 요술이 되었든 간에, 창칼이 들지 않을 뿐만 아니라, 각자 신묘한 이능을 부렸다. 그런데 저기 목이 떨어져 있다.

"오, 오사령!"

"오사령!"

홍천병들은 뒤늦게 소리를 높였다. 내내 망연자실할 수는 없는 일이다. 그들은 당장 땅을 박차고 달려들었다. 이미 칼을 거두고서 턱을 세운 위지백을 향해서였다.

옷자락이 세차게 펄럭였다. 여기 널린 홍천병은 단순히 칼을 쥔 자들이 아니었다.

오사령이 직접 가르친 자들로, 솔직히 홍천교의 교인이라기보다는 오사령의 수족들이다. 위지백은 딱히 떨어지는 칼날을 막을 생각도 않았다.

"캬아아악!"

힘껏 내지르는 괴성이 쩌렁 터졌다. 그러나 기합은 길게 이어지지 않았다. 맨 끝에 있던 홍천병 둘이 같이 땅을 박차며 좌우로 몸을 돌렸다. 그러면서 거침없이 검과 도를 뽑았다.

"차합!"

"으랏차!"

검객과 도객, 둘은 전혀 다르면서도 절묘하게 합을 맞추면서 같이 몸 날린 홍천병을 향해 휘둘렀다.

위지백은 활약하는 둘 모습을 보면서 하하, 시원하게 웃었다.

"좋아, 좋아. 때를 딱 맞춰서 왔구만."

"예, 위지 선생!"

도기영은 힘껏 외치고서는 대원도법을 어지럽게 펼쳤다. 몸을 타고 도는 유엽도가 흡사 톱니바퀴처럼 솟아나서는 사방을 휩쓸었다.

홍천병이 부랴부랴 창칼을 앞세웠지만, 진즉 선수와 거리마저 빼앗긴 마당이었다. 바닥에 붙는 것처럼 빠르게 맴돌았다. 그렇다고 아래에만 신경 쓸 수도 없었다. 허공을 박차 오른, 장관풍이 있었다.

검 끝을 가볍게 휘저으면 그대로 몸이 다시 날아올랐다.

솟구쳐 오르는 탄력을 빌어서, 휘둘러 떨치는 검적에 홍천병은 위아래를 조심하다가 목을 잃었다.

파파팍!

장관풍과 도기영은 그렇게 홍천병을 거침없이 휩쓸어 나아갔다. 위지백도 이를 드러냈다.

대로 바깥에서, 남은 홍천병이 우르르 몰려왔다.

"이놈들!"

칼을 높이 치켜들었다. 그들은 대로 가운데에 웅크리고
서, 옴짝달싹 못하는 일반 교도들은 전혀 안중에 두지 않
았다. 눈이 홱 돌아가서, 닥치는 대로 칼질할 참이다.

장관풍, 도기영이 급히 몸을 돌렸다.

"후우……."

서른두엇에 이르는 홍천병을 허를 찔러서 빠르게 베어
버렸지만, 아직 배에 이르는 자들이 저렇게 달려오고 있었
다. 남은 힘을 죄 쥐어짜 낸 참이라, 검과 도를 쥔 손이 들
썩거렸다. 그래도 주저앉을 바에야, 이를 드러냈다.

"좋아, 와라! 마구니들아!"

"망할 것들!"

"그만하면 됐다. 둘은 쉬고 있어."

힘을 쥐어짜면서 몸을 부르르 떨어댔다. 그런데 둘 사이
로 위지백은 불쑥 지나쳤다.

"흐흐흐."

몽상순천도, 그 극의가 여기서 펼쳐진다. 도영이 먼저
허공을 가르고, 뒤이어 날카로운 도경이 땅거죽을 죄 뒤집
었다. 파파팍! 솟구치는 먼지 구름, 그러나 일어나는 무형
의 도경은 그것마저도 갈랐다.

서거거걱!

칼로 막으면 칼과 함께, 창으로 막으면 창과 함께.

달려오는 것을 채 멈추지 못하고서, 허리 위아래가 덜컥 끊어졌다.

일제히 갈라버리는 무형의 도경은 더욱 뻗어 나가서, 대로 끝자락에 세우고 있는 돌벽마저 베어버렸다.

우르릉……

비스듬히 갈라진 벽이 낮은 울음을 토해내면서 밀려나다가, 와르르 무너졌다. 피어오른 먼지가 허리가 끊어진 홍천병의 시신을 뒤덮었다.

위지백은 산뜻한 표정으로 칼날을 가볍게 떨쳤다. 일도에 수십 목숨을 끊어낸 사람이라고는 전혀 보이지 않았다. 홍천의 여러 민초는 물론이고, 숨을 고르던 장관풍과 도기영도 아연한 기색으로 위지백을 보고만 있었다.

"여봐, 교주. 이제 서두르지. 몸을 빼야 할 때야."

위지백은 거둔 무광도를 다시 어깨에 기대어놓고서는 턱 끝을 들었다.

재촉하는 말이다.

홍산아는 마른침을 한 번 삼키고서, 힘주어 고개를 끄덕였다.

홍천의 지하, 바로 홍천교주의 성소 바로 밑으로는 거대한 공동이 존재하고 있었다. 그곳이 무엇을 위한 공간인지는 우선 알 수가 없었다.

반구형으로 천장은 높았고, 자리는 한없이 드넓을 뿐만 아니라, 짙은 어둠과 함께 북풍한설보다 더욱 차가운 냉골의 강풍이 연이어 맴돌았다.

그곳은 바깥 홍천의 절반 이상에 달할 정도였다.

그 한복판에는 높이 올린 단이 하나 자리하고 있었다. 십여 장 높이로 쌓아 올린 단으로, 계단이 가파르다. 위에 화로가 하나 있어서, 불길이 활활 타올랐다.

어디를 밝히고자 하기에는 턱없이 부족한 불빛이었을 뿐만 아니라, 몰아치는 냉풍에 수시로 꺼질 듯 위태하게 깜빡거렸다.

그런 자리이나, 화로 뒤에는 작은 인영이 있었다.

불안한 화로의 불길에 비친 인영은 불꽃 문양을 가득 새긴 장포를 늘어뜨리고, 장포에 달린 두건을 깊이 눌러쓴 채였다.

인영은 고개 숙인 채, 묘한 주문을 끝없이 읊조렸다. 일심으로 집중하는 모습이다. 그런데 인영은 문득 고개를 들었다. 웅얼거리는 주문 소리가 끊기고, 하얀 턱이 드러났다.

"응?"

의아한 목소리가 문득 흘렀다.

고개 들어서, 단보다 훨씬 높이 자리한 반구형의 천장을 물끄러미 올려다보았다. 까마득한 천장에 고인 어둠은 하염없이 짙으려나, 밝은 눈은 어려움 없이 둥근 천장을 노려보았다.

마치 너머를 꿰뚫어보기라도 하는 것처럼 깊은 눈빛이었다.

두건 아래에서 하얀빛이 강하게 번뜩였다.

눈으로 보는 것은 아니다. 울리는 소리가 심상치 않다는 것을 감지했다. 멀고, 높아서 미세한 소리에 지나지 않겠지만, 인영은 그 정도는 능히 가능했다.

홍천교의 실세라 하는 대사령이 바로 본인이기 때문이다.

대사령은 떨림을 감지했고, 그것을 구분할 수 있었다. 여럿의 인원이 다급하게 물러나는 소리였다. 그저 오가거나, 다툼이 이는 것이 아니다.

홍천에 거하던 뭇 교인들이 줄지어 빠져나가고 있다.

대사령은 땅속의 광장에 앉아서는 그 상황을 짐작했다.

"이런, 이런, 이런 일이 있나. 대성회의 때가 이제 무르익었건만. 오사령은 무엇을 하는 게야."

가만히 읊조리는데, 목소리가 기이했다. 어떻게 들으면, 어린아이의 목소리 같고, 또 어떻게 들으면, 한참 나이든 노인의 목소리 같기도 하다.

연배뿐만이 아니었다. 남녀의 구분도 쉽지 않은 목소리였다.

대사령은 고개를 흔들었다. 두건이 펄럭였다. 이곳에서 때를 기다리기를 벌써 수삼 일이다.

미리 준비한 계책 하나가 어린 교주의 훼방으로 영 글러서, 다음 계책으로 들어간 참인데. 하필이면, 그마저 바로 코앞에 두고서 생각지도 못한 일이 벌어지고 있었다.

"바탕이 될 자들이 없어서는 대성회라는 말이 되지 않는 일이지. 오사령이라면, 누구라도 능히 제압할 수 있을 터인데. 희한하군, 그가 상대하기 어려울 정도의 고수가 사천에 따로 있다는 건가?"

대사령은 더 생각하기를 관두고서 느리게 몸을 일으켰다.

"좋지 않아, 좋지 않아."

대사령은 몇 번이고 중얼거렸다. 그러나 손 놓고 있을 수도 없었다. 이번에는 때가 무엇보다 중요하다.

대사령은 긴 장포를 질질 끌면서 걸음을 옮겼다. 단을 내려가는 것이 아니었다. 허공으로 보이지 않는 다리를 놓은 것처럼 사뿐사뿐 허공을 밟으면서 내려갔다.

완벽한 반구형의 광장, 그곳에 드나드는 길목은 수십이

나 있었지만, 밖으로 향하는 길목은 오직 하나뿐이다. 대사령은 정확히 그곳을 향했다.

그런데.

투웅!

대사령은 문득 몸을 가누고서 고개를 치켜들었다. 어디서 울리는 것인가. 이번에는 전혀 방향을 잡을 수가 없었다.

다시 소리가 울렸다. 낮고, 묵직한, 그리고 불길한 소리였다.

투우웅!

소리가 한층 가깝다.

잠깐 사이에 바짝 다가선 듯했다. 눈동자를 굴리던 대사령의 고개가 한쪽으로 홱 돌아갔다.

반구의 천장, 그 복판에서 어둠이 요동쳤다. 그리고 재차 소리가 터졌다. 이번에는 바로 코앞에서 마른벼락이 치듯, 전혀 다른 소리였고, 아예 천장을 무너뜨렸다.

꽈릉!

거대한 공동이 내려앉을 것처럼 세차게 요동쳤다. 그리고 말 그대로 집채만 한 바위가 연이어 떨어졌다. 바위는 대사령이 막 내려선 높은 단을 그대로 짓이겼다. 연이어 뚝뚝 떨어지는데, 그럴수록 대사령의 얼굴은 딱딱하게 굳어갔다.

왈칵 닥쳐오는 흙먼지는 아무래도 상관이 없었다.

단 위에서 그나마 불빛을 보이던 화로는 진즉 짓눌려서 사라졌다. 대사령은 거대한 바위 아래를 한참이고 바라보았다. 두 눈에 맺힌 하얀 안광이 복잡하게 흔들렸다. 곧 천천히 고개를 치켜들었다.

떨어질 것은 다 떨어졌는지. 윙윙 울리는 소리가 주변을 가만히 맴돌았다.

"으흐음!"

대사령은 꾹 이를 악물었다.

이게 무슨 일인가. 사람의 솜씨라고는 전혀 볼 수가 없는 일이 바로 눈앞에서 벌어졌다. 바깥의 햇빛이 흐리게나마 비추어 들어왔다. 그런데 대사령은 찰나 눈을 번뜩였다.

흐린 광선 아래로, 누군가가 있었다. 흙먼지를 하얗게 뒤집어썼지만, 그래도 사람의 모습이었다.

거대한 바윗돌과 함께 덜어진 그는 느릿느릿 허리를 세웠다. 부스스 먼지가 떨어진다.

그는 흘깃 고개를 들어서 떨어진 까마득한 높이를 한 번 확인하고, 다시 주변을 둘러보았다. 그러고는 왈칵 성을 냈다.

"이런 빌어먹을! 뭐, 이딴 데다가 만들어 놓고 난리야!"

공동에서 맴도는 냉골의 바람이, 일어난 먼지를 씻은 듯 밀어냈다. 왈칵 성을 낸 사내는 이내 어깨며, 허리며 연신 두드렸다.

사내가 터뜨린 일성은 웅웅, 공동 주변을 타고 크게 울렸다. 먼지와 함께 헝클어진 머리를 대충 쓸어넘겼다.

소명이었다.

성소의 비처에서 따로 길을 찾기보다는 아예 때려부수면서 아래로, 아래로 내려온 참이었다.

그 모습조차 대사령에게는 방자하기 그지없다.

대사령은 잠시 멍해 있던 것을 부랴부랴 정신 차리고서, 새삼 노기를 드러냈다.

"으음. 이곳은 허락받지 않은 자의 출입을 금하는 곳이거늘. 어느 잡인이 감히 발을 들이느냐?"

기괴한 목소리가 벽을 타고서 어지럽게 울렸다. 그런데 소명은 다른 대꾸가 없었다. 옷을 툭툭 털고는 곧 찌푸린 얼굴로 주변을 두리번 살폈다.

공동, 참으로 드넓은 자리. 어둠이 묵직하게 고여 있는데. 사방으로 우뚝 서 있는 그림자가 하나, 둘이 아니었다. 소명은 슬그머니 입술을 깨물었다.

대사령은 소명에게 다가서면서 재차 목소리를 높였다.

"음, 바깥의 변고도 그렇고, 한낱 잡인 따위라 할 수는 없겠구나."

"……."

"허허, 끝내 말을 않겠다는 게지? 좋다. 어디 상판 한번 제대로 보자꾸나!"

바깥에서 떨어지는 흐린 빛으로는 아무래도 부족하다.

대사령은 작은 손을 활짝 펼쳤다. 그러자 공동 벽에 드문드문 걸려 있던 유등이 폭발하듯이 화르륵 불길을 토해 냈다.

불길은 유등과 유등 사이를 빠르게 치달렸다. 좌우 벽으로 붉은 불이 들러붙어서 뜨거운 열기와 함께 붉게 타올랐다.

닿을 듯이 타오르는 불길 속에서 그림자는 빠르게 물러가고, 소명의 모습은 물론, 광장에 빼곡하게 서 있는 수백, 아니 천몇백을 헤아릴 정도의 창백한 얼굴이 드러났다.

소명은 무너지면서 쌓인 바위 위에 우두커니 서서, 대사령을 가는 눈초리로 내려다보았다. 차가운 눈빛은 차가운 분노를 담고 있었다.

불길에 드러나는 것은 소명뿐만이 아니다. 대사령도 그 작은 체구를 그대로 밝혔다.

대사령은 두건 아래에서 하얀 눈을 번뜩이다가, 천천히 손을 들었다. 작은 손이 걸친 두건을 뒤로 넘겼다. 그리고 사뭇 기이한 외양을 드러냈다.

머리는 터럭 한 올이 없었고, 눈썹은 하얗게 물들어 있었다. 그러나 정작 얼굴은 열하나, 둘쯤이나 되었을까. 어린아이의 모습이었다. 그러면서도 왼쪽 눈가를 뒤덮는 푸른 불꽃의 문양이 문신처럼 선명했다.

얼핏 홍천교의 다른 거점에서 홍혈족 마녀와 같이 마주한 마동과도 흡사한 모습이다. 일체의 이지 없이, 흉성만을 지닌 마도의 인간병기.

그러나 두 눈은 전혀 달랐다. 하얀 눈썹 아래에서 이글대는 두 눈동자에는 깊은 세월을 지녔다. 소명의 짙은 눈썹이 한차례 꿈틀거렸다.

당민에게 제압당한 삼사령은 대사령을 두고서, 십변만화하는 존재라 하였다. 교주 홍산아 또한, 대사령에 대해서는 진실한 정체를 감추고서, 수많은 모습으로 변모하는 이능을 지녔다고 했다.

그럼에도, 사지육신을 갖추고 있는 한 사람에 지나지 않는다. 다만, 타고난 마도의 핏줄로 기기묘묘한 이능을 발휘할 뿐이다.

소명은 그런 것에 저어되지 않았다.

제대로 모습을 드러낸, 대사령 모습을 마주하고서 고요한 눈빛만 발했다.

소명은 그를 빤히 보다가, 툭 한 마디를 던졌다.

"그렇군. 홍혈족의 족장이시군. 하기야 그 정도는 되었어야, 좌현사도 일을 맡겼겠지."

"……."

대사령이기 이전에, 성마를 모시는 다섯 혈족 중 홍혈족 족장으로서, 아람타는 입을 닫았다.

눈가를 온통 뒤덮고 있는 푸른 불꽃의 문양이 흐린 빛을 발하기 시작했다. 동시에 눈가에 맺힌 하얀 안광이 색을 달리했다. 혼탁한 검붉은 빛이 은은하게 머물렀다.

혈족의 존재를 아는 외인이 있다는 것 또한 믿을 수가 없거늘, 상대는 자신에 대해서 정확하게 파악하고 있다. 그럴 수 있는 외인이 대체 누가 있단 말인가.

마도의 오랜 숙적이라 할 수 있는 소림과 개방에서도 오대혈족에 대해서는 아는 바가 적다. 지금처럼 십분 확신을 가지고 자신의 정체를 알아보다니.

한참 침묵한 끝에, 아람타는 고개를 기울였다.

입꼬리가 슬그머니 올라가면서, 잔인한 웃음을 드러냈다.

"참 여러 가지를 아는 모양이구나. 점점 네놈 정체가 궁금해지는군. 설마…… 배교자인가?"

아이의 얼굴을 하고서 짓는 악마의 웃음은 더욱 기괴하였고 주변을 압도하는 바가 있었다.

"배교는 개뿔. 그쪽으로는 발가락 하나 담근 바가 없다."

"오호호. 그래. 그렇구나."

둘러대는 말일 수도 있었지만, 아람타는 깊이 따지려 들지는 않았다. 무언가 있는 자. 그러나 큰일을 앞에 두고서, 섣부르게 손 쓸 생각은 없다.

아람타는 눈을 가늘게 뜨고서, 주춤 한쪽 발을 뒤로 뺐다.

소명은 그 모습을 놓치지 않았다.

"뭐냐, 족장씩이나 되는 자가 물러나려는 건가?"

"흐, 흐흐. 물러나? 아니, 그건 내가 할 말이지. 너 여기가 어디인 줄 알고나 하는 게냐? 네놈 스스로 지옥굴로 뛰어들었음을 알아야 할 것이다."

음산하게 웃었다. 지옥굴 운운하는 소리에, 소명은 이를 드러냈다.

"지옥, 그래 지옥굴인 줄은 아주 잘 알지. 아주……잘……."

고개를 돌렸다. 바위 아래에서 낯선 눈길을 선명하게 느낄 수 있었다. 고개 숙인 채, 빗어낸 토우처럼 고개 숙이고 서 있던 수많은 그림자가, 지금 빳빳하게 고개 들어, 소명한 사람을 빤히 보고 있었다.

바윗돌에 깔려서 상당수를 잃었다고 하나, 그래도 일천에 가까운 자들이었다.

각양각색의 차림으로, 승도속(僧道俗)은 물론, 무장, 무관의 차림을 한 자도 수도 없었다. 소명으로서는 면면을 정확하게 알아볼 수가 없었다. 아니, 누구라도 그러할 것이다. 워낙에 많은 이들이다.

그러나 분명한 것은 누구랄 것 없이, 다들 각자 경지를 갖춘 고수들이라는 사실이다.

납빛으로 물든 얼굴에, 백태가 어린 것처럼 탁한 눈이 소명, 한 사람을 보고 있었다.

역천대묘(逆天大墓).

아람타는 지하를 그렇게 칭했다.

자신들도 알고 있다. 이것은 하늘의 뜻을 거스르는 일이다.

산 자를 현혹하여서 부리는 실혼의 술 따위, 여기서 벌어지는 일에 비하면 장난질에 지나지 않을 것이다. 죽은 자들, 혹은 거의 죽어가는 자들의 백을 빼앗아서 병기로 삼는 일이다.

여기 있는 자들을 두고서, 마혼병이라 하였다.

사람이되 사람 아닌 병기로, 저것은 성마가 직접 제작한 마동에 버금가는 삿된 존재이다.

창천을 똑바로 마주하고서 할 수 있는 짓이 아니다.

아람타는 이것 하나를 상당히 공을 들여서 주도면밀하게 준비했다. 마혼병 일천을 갖추기 위해서 홍천교의 교세를 더욱 크게 키웠고, 닥치는 대로 세를 부풀려 오지 않았던가.

무수한 생명이 필요한 일이었다.

마혼병이라는 뛰어난 병기를 만들기 위해서, 소요되는 재물은 굳이 계산할 것도 없다. 무엇보다 필요한 것은 재물이었다. 인혈과 생목숨이 바로 그것이다.

대성회는 마지막으로 필요한 관문이고, 그에 대한 뒤처리도 물론 생각하고 있었다. 그것을 위한 감숙병이었건만, 영악한 어린 교주 녀석의 훼방으로 그만 틀어졌다.

그것이 아니었다면, 홍천을 버리는 쪽으로 계획을 달리하지는 않았을 것인데.

"크."

아람타는 쓰게 웃었다.

여하간에, 아람타는 우뚝 버티고 서 있는 불명의 사내를 물끄러미 노려보았다. 다시금 살피지만, 딱히 기억할 만한 건덕지는 없었다.

하얗게 먼지 앉은 남색 장포를 걸쳤고, 헝클어진 머리카락은 대충 뒤로 넘겼다. 드러난 외견으로는 사뭇 심지가 굵은 듯한 모습이다. 아울러, 마혼병이 깨어나면서 서서히 발하는 사기를 앞두고도 미동도 없다는 것이 주목할 만한 점이었다.

무공의 고하와는 관련이 없는 일이다.

사람이라면 마땅히 꺼리고, 두려워할 수밖에 없으련만.

"정체가 무엇이지. 사람이기는 한 건가."

아람타는 새삼 눈을 가늘게 떴다. 얼굴 한쪽을 뒤덮고 있는 푸른 반점에서 은은한 열기가 맴돌았다.

소명은 느리게 움직임을 시작한 마혼병을 둘러보았다.

아직 완전하지 않다. 저것들이 제대로 마성을 드러내고, 복종하게 하기 위하여서는 다른 수작이 필요하고, 그것이 곧 대성회라 부르는 짓거리일 터이다.

"대성회 어쩌고 하는 것이. 고작 이딴 것들을 깨우는 일이었던가?"

"깨운다. 아니, 그런 정도로 말하기에는 부족하지. 대성회라 함은 곧 성마께서…… 하, 하하. 아니지. 아니지. 굳이 여기까지 입에 담을 이유는 없지 않은가. 어디 재주껏 용을 써보아라."

훌쩍 물러선 아람타는 키득거렸다.

바윗돌에 제대로 깔린 마혼병은 어쩔 수 없는 일이지만, 어느 정도에 불과한 자들은 느리게나마 몸을 세웠다. 그들이 꿈틀거릴 적마다 우득, 우드득 소리가 요란하게 울렸다. 틀어진 뼈마디가 절로 맞춰지는 소리였다.

소명은 아직 마성을 드러내지 않고, 서성거리기 시작하는 일천 마혼병을 물끄러미 보았다.

저들은 낙양에서 마주한 실혼인과는 전혀 다르고, 또한 천산에서 마주한 마도의 괴인과도 다르다.

소명은 주먹을 그러쥐었다. 조금도 물러나려는 기색이 없었다.

"때가 좀 이르기는 하지만. 대성회의 시작이다!"

아람타는 퍼뜩 두 손을 높이 치켜들었다. 쿠웅! 쿠웅! 그러자 사방 벽을 타고서 묵직한 소리가 연이어 울렸다. 소명은 번쩍 고개를 치켜들었다.

"이런 젠장……."

이를 드러내고서, 낭패한 속내가 새었다.

벽이 열렸다. 한쪽 벽이 좌우로 천천히 열리기 시작한 것이다. 그곳으로부터 이제껏 맴돌던 냉풍과는 비교할 수 없을 만치 차가운 바람이 기다렸다는 듯이 몰아쳤다.

그래도 띠를 두른 듯이 공동을 에워싼 붉은 불길은 흔들리기만 할 뿐, 꺼지는 일은 없었다. 홍혈족의 족장이 일으킨 마도의 불길이 오죽할까.

"흐, 흐흐흐."

아람타는 스산한 웃음을 흘렸다.

열리기 시작하는 벽을 향해서, 마혼병은 일제히 고개를 돌렸다. 백탁 어린 눈가에서 서서히 검은 빛이 차올랐다. 반응을 보이는 것이다.

"흐압!"

두웅!

땅이 크게 울리고, 힘껏 내지른 기합성은 그것마저 압도한다. 허리가 틀어지고, 만여 근에 이르는 발 구름이 쌓인 돌무지를 짓눌렀다.

그리고 내지른 일권.

족히 백 걸음 이상이나 떨어진 거리를 격하고서, 서서히 열리는 벽의 좌우를 후려쳤다.

끼이익! 듣기 싫은 기음이 귀를 찔렀다. 서서히 벌어지던 벽이 그만 멈췄다. 한 사람이나 간신히 들어설까 싶을 만큼 벌어졌을 뿐이었다.

끼이익! 듣기 싫은 기음이 귀를 때렸다. 그러고는 열리던 벽이 그만 멈췄다.

그리고 소명은 숨 돌릴 틈도 없이 몸을 날렸다. 아직 진면목을 드러내지 못하는 마혼병은 두려울 것 없었다. 그리고 홍혈족장 아람타도 순간적이나마 멍하여서는 바로 손을 쓰지 못했다.

소명은 열리다가 멈춰버린 벽 앞에 우뚝 멈춰 섰다.

"일단은 이 정도."

장정 한 사람이 어깨를 맞닿으면서 간신히 지날 수 있을 정도였다. 사이로 보이는 것은 끝 모를 깊은 어둠이다. 그리고 불어오는 바람이 헝클어진 머리카락을 거칠게 흩어냈다.

소명은 곧 몸을 돌렸다.

침묵하는 마도 종자들을 향해서.

"자아, 어디 와봐라."

아람타는 소명이 앞을 막아서는 모습을 멍하니 지켜보았다. 못 볼 것을 본 모습이다. 아니, 이제 소명의 정체를 알아본 것이다.

그는 덥석 이를 악물었다. 온몸에 힘이 뻣뻣하게 들어갔다.

"으, 으으으."

잇새로 신음이 흘렀다. 이내, 휘감은 불길이 화르륵 일었다.

"네놈 권야, 권야로구나!"

알아보았다. 아니, 어찌 알아보지 못할 수가 있을까.

내지르는 일권에 산악이 무너진다. 성산을 크게 뒤흔들었던 그 소리가 지금 여기서 다시 터져 나왔다.

덕분에 성마의 존체를 찾는 일이 더욱 늦어지지 않았던가.

백년을 준비하였던 대계가 크게 어그러진 것을, 좌현사가 죽을힘을 다하여서 붙잡았다. 그때 일이 아니었다면, 홍혈족장인 자신이 여기까지 오는 일도 없었을 것인데.

아람타는 노성을 터뜨리면서 양손을 빠르게 휘저었다.

드넓은 공동 벽을 타고 일렁이던 불길이 다시금 폭발하여 솟구쳤다. 마치 하나의 화룡을 불러낸 것처럼, 펄럭이는 불길이 아람타의 머리 위에서 맴돌았다.

으르릉!

화룡의 효후가 낮게 울렸다.

그 앞에서 소명은 남색 장포를 뒤로 거칠게 넘겼다. 비스듬히 마주하면서, 느릿하게 한 손을 앞으로 내밀었다. 그것으로 일체의 준비는 다한 셈이다.

화룡의 형상은 이를 드러내더니, 냅다 앞으로 달려들었다.

허공을 태우는 열기가 무엇보다 뜨겁다.

소명은 엄습하는 화룡을 향해서 묵묵히 손을 마주했다. 허공을 그러잡고, 다시 휘감는 듯하다. 간단한 동작이었지만, 화룡의 열기는 소명의 한 손이 그리는 궤적을 꿰뚫지 못하고, 산산이 흩어졌다. 불똥이 마구 치솟아서, 엉뚱한 곳을 태웠다.

소명은 앞으로 내민 손을 천천히 거두었다.

장심에서는 하얀 연기가 뚜렷하게 솟았다. 화룡의 열기는 과연 대단하여서, 스친 자리에는 바윗돌이 녹아내렸을 정도였다. 그래도 소명의 손에는 다른 흔적이 조금도 남아 있지 않았다.

피어오르는 연기야 몇 번 손을 흔드는 것으로 죄 흩어졌다.

화룡의 불이 아무리 뜨겁다고 한들, 곤음수를 어찌하지는 못하였다.

상극 중의 상극이었다.

맥없다 할 정도로 흩어진 화룡.

아람타는 크게 당황하지 않았다. 그럴 줄 알았다는 듯이 훌쩍 물러났다.

"과연, 과연 권야가 분명하구나."

소명은 열기가 은은하게 맴도는 한 손을 가볍게 쥐었다가 피면서 고개를 비틀었다.

"흐, 흐흐. 여기서 권야를 마주하게 될 줄은 몰랐다. 실로 안타까운 일이 아닌가."

아람타는 계속해서 목소리를 높였다. 분노가 실린 목소리가 공동의 벽을 타고서 크게 울렸다.

"좌현사께서 네놈을 마주하기를 얼마나 고대하고 있는지, 네놈은 모를 것이다!"

"모르겠지. 알고 싶지도 않고, 알 바도 아니고. 뭐 좋은 사이라고."

소명은 살기가 요동치는 아람타의 일성을 시큰둥하게 받아쳤다. 솔직한 심정 그대로였다.

전혀 알 바가 아니다.

지금 눈앞에 있는 홍혈족장과 막 뛰쳐나가려 드는 마혼병을 막아내는 것이 전부일 뿐이다.

소명은 길목을 막아선 채, 그저 주먹만 내밀어 보였다. 더는 나눌 말이 없었다. 여기서 저것들이 뛰쳐나가면 피해를 입는 것은 홍천을 빠져나가는 일반 민초이다. 아니, 단지 그들의 피해 정도로 끝날 일이던가.

지금만 해도 피바람이 다하지 않고 있는 사천에 더한 참사를 불러올 것이다. 그리고 사천에서 끝나지 않고, 중원을 향해서 나아갈 것이 자명했다.

소명은 그렇기에 단 한 걸음이라도, 물러설 생각은 조금도 없었다. 그의 고요함은 곧 아람타에게는 더한 분노를 불러일으킬 따름이었다.

"노옴! 방자하다. 뚫린 입이라고 함부로 지껄여!"

좌현사에 대한 비아냥에, 아람타는 다시금 핏대를 잔뜩 세워 다그쳤다.

"자아, 웃기는 소리는 그쯤 해두라고."

아람타는 덥석 입술을 깨물었다.

홍혈족장으로서 이토록 무력한 것은 좌현사 이후로는 처음이었다. 그래도 좌현사는 성마의 가호를 받는 자. 이해할 수 있다. 그런데 저기 권야는 대체 무엇이란 말인가.

"흐, 흐흐. 그래. 어차피 치울 자. 고민하는 것이 우습지. 마혼병이여, 치워라."

아람타는 이내 스산한 웃음을 흘렸다. 여기서 마주하게 될 줄이야. 성마 이래로, 거의 유일하다시피 한 마도제일적이 아닌가.

이보다 마혼병의 시작으로 어울리는 목은 없을 것이다.

마혼병은, 개중에는 아람타의 홍혈족 불길에 타들어 가

는 몇도 있었지만, 그들은 그저 옷가지나 타들어 갈 뿐이
지, 조금도 영향을 받지 않고서 소명을 향해 움직였다.

이제 시작인 셈이다.

아람타가 발하는 열기와 급하게 외우는 주문을 쫓아서
마혼병은 하나, 둘 몸을 흔들었다.

"후우……."

차분한 눈초리, 내뱉는 숨소리에 흐트러짐은 없었다.

낙양에서 마주하였던 일반 백성이 아니라, 대다수가 사
천 무림의 고수들이다.

특히 가운데에는 잿빛 가사를 펄럭이면서, 가히 파천황
이라 할 수 있는 어마어마한 살기를 일으키는 노비구니가
있었다.

온통 납빛으로 물든 파리한 얼굴, 뒤로 쥔 창끝에는 형
형한 살기가 머물러 있다. 그리고 좌우로는 비슷한 차림의
젊은 비구니들이 같은 모양으로 창을 세웠다.

아미의 탕마창. 그들이 분명하다. 소명은 입술 끝을 잠
시 깨물었다.

"흠, 소신니가 여기에 없는 것이 그나마 다행일세."

그래, 그나마 다행이겠다. 저렇게 마도의 술수에 완전히
홀려버린 모습이라니. 차라리 모르는 편이 나으리라.

소명은 고개를 가볍게 흔들었다.

아람타가 분노하는 덕분이랄까, 공동의 벽을 타고 맴도는 불길은 한층 뜨겁게 솟구쳐서, 주변을 더욱 환하게 밝히고 있었다.

불길한 불길, 불길한 장소였다.

그런 곳에서 온전히 정신을 지니고 버티고 서 있는 사람은 아마도 소명 한 사람뿐이다.

마혼병은 우우, 한껏 울어 젖혔다.

무엇을 노리고, 무엇을 바라서 이런 짓을 할까. 남은 마혼병은 무슨 원한이 깊어, 죽은 몸으로도 저런 살기를 발할까. 소명은 주먹을 쥐었다가 펴기를 반복했다.

빠르게 달려들었다.

와르르, 힘주어 짓밟는 발소리에 불안정한 바닥이 더욱 위태하게 들썩거렸다.

"그래, 저런 것들이 세상 밖으로 나가서야 아니 되지. 안 되는 일이야."

소명은 나직이 읊조렸다.

캬아아악!

낮은 울음이 이내 흉포한 괴성으로 돌변했다. 그리고 소명 한 사람을 향해서 물밀 듯이 달려들었다. 진정 밀려오는 마기와 살기의 파도는 찬란하다 할 정도였다.

마주하면서 소명은 몇 구의 경문을 연이어 읊었다.

능엄경의 한 구절, 한 구절.

정극광통달 淨極光通達 깨끗하고도 깨끗한 빛
이 통달하여

적조함허공 寂照含虛空 고요히 허공을 비추네

각래관세간 却來觀世間 다시 세간을 관찰해 보
니

유여몽중사 猶如夢中事 모두가 꿈속의 일과 같
도다

수견제근동 雖見諸根動 비록 모든 근원의 움직
임 보일지라도

요이일기추 要以一機抽 요컨대 단번에 뽑아버
릴지어다

꽈릉! 꽈르릉!

땅을 흔드는 백보권. 극에 이르러서 신권이라 하기에 부
족함이 없다.

힘껏 내뻗은 주먹은 허공을 갈랐다. 허리에서 시작하여
서 곧게 뻗은 지르기에는 조금의 군더더기도 없다. 그리고
가까이서 쏘아내는 포탄보다 더욱 뜨겁고, 무겁게 공동 한

복판을 때렸다.

천중에서 떨어지는 벼락이 이러할까.

마른 소리가 무너진 단 아래를 크게 뒤흔들었다. 그리고
퍼져가는 충격파가 사방으로 밀려가며 마혼병을 휩쓸었다.

여기에 버티는 이가 대부분이지만, 그러지 못한 자들은
사방으로 나동그라졌다.

소명의 백보권은 그저 한 차례에 큰 힘을 쏟아내는 것이
전부가 아니었다. 내지른 여력을 빌어서, 다시 허리가 돌
았다. 발구름이 재차 터지고, 반대쪽 주먹이 허공을 가른
다.

꽈르릉!

처음에 못지않은, 아니 그것보다 더욱 정련되고 큰 폭발
이 터졌다.

연이은 백보권이 지축을 마구 뒤흔들었다.

"크크크…… 이 따위……."

아람타는 들썩거리는 와중에도 차갑게 조소했다.

권야의 일권을 무시하는 것은 아니다. 그러나 대성회는
이미 시작했고, 일천에 가까운 마혼병은 빠르게 흉성을 갖
추어가고 있었다.

완성도 높은 몇은 생전의 무위를 그대로 발휘할 수 있을
정도였다.

아무리 천하의 고수, 권야라고 한들. 죽고, 다치는 것을 두려워하지 않는 무림 고수를 상대로 무사할 것이라고는 전혀 생각하지 않았다.

마도의 혼을 담아냈기에, 마혼병이라 한다.

여타의 실혼인 따위와 비교하면 너무도 미안한 일이었다.

악명을 생각하면서, 아람타는 간사하게 웃어젖혔다.

"크흐, 크흐흐흐흐."

대성회라는 것은 실상 별 것 없었다. 여기 마혼병들을 깨워서, 처음으로 인혈을 머금게 하는 것이다.

권야, 한 사람으로 부족하겠지만, 홍천을 벗어난 다른 홍천교도들은 아직 수천이나 남아 있다. 아무리 도망한다고 한들, 깨어난 마혼병의 마수를 피할 수는 없을 것이다.

그리고 남은 시신은 따로 쓸 데가 있었다.

아람타는 아직 계책의 수레바퀴가 돌아가고 있음에 만족했다.

아울러서, 좌현사가 정한 최대의 적, 권야의 마지막을 볼 수 있다니. 이보다 기쁜 일이 또 어디에 있을까. 그런데 불현듯 아람타는 작은 가슴을 더듬었다.

뭔가 불길하다.

그 좌현사마저 압도하지 못하였고, 오히려 한쪽 눈을 잃기까지 한 상대가 바로 권야였다. 다른 곳도 아니고, 성마의 후예가 가장 강성한 장소인, 성산에서 패배하지 않았던가.

"흐으음."

아람타의 눈꼬리가 흔들렸다. 폭음은 계속해서 이어지고 있었다.

꽝! 꽈앙! 꽈앙!

소리에 너무 익숙해졌기 때문일까. 다른 생각이 없다가, 아람타는 퍼뜩 한 가지를 깨달았다.

딱 한 곳에서만 연이어 터져 나오고 있었다. 마흔병이 달려들든, 어떻든, 권야는 개의치 않고, 오로지 일점에 집중해서 백보권을 떨치고 있다.

"권야, 너…… 무슨 속셈이냐?"

소명은 두 가지 공부를 번갈아 펼쳤다. 하나로는 나한십팔수, 그 유려함은 상대를 제압하기 위함이 아니었다. 이지를 지닌 사람이라면 맥문을 쥐어, 비트는 것만으로도 능히 옴짝달싹못하게 만들겠지만, 상대는 오로지 마기와 살기만으로 움직이는 살인 병기들이다.

소명의 십팔수는 춤사위처럼 펄럭이면서, 자신을 노리는 모두를 밀어내고, 또 밀어냈다. 참으로 지리한 대치처

럼 보였으나, 소명은 조금도 다른 기색을 내비치지 않았
다.

밀어내고 또 밀어내면서, 그리고 공력을 조금도 아끼지
않은 백보권을 발했다. 연이어 내지르는 권력은 헛되이 땅
을 뒤흔들었다.

마혼병을 노리는 것이 전혀 아니었다. 때때로 운 나쁜
마혼병이 권력에 휩쓸려서 나동그라졌지만, 달리 마도의
병기가 아니다. 다른 기색 없이 벌떡벌떡 일어났다. 그럴
수록 퀭한 두 눈에서 흐르는 진득한 마기는 더욱 농도를 더
했다.

소명은 점점 힘에 부쳐왔다.

광장을 나서는 길목을 홀로 막아선 채, 오로지 나한십팔
수, 그것 하나에 의지하는 셈이었다. 저들은 시간이 흐를
수록 오히려 마기가 성하고 있었다.

가장 위험한 것은 장병인 창을 쓰는 비구니, 아미의 탕
마창이다.

"흠!"

가장 빠르게 생전의 무위를 되찾은 듯했다. 온통 납빛으
로 물들었지만, 내지르는 일창에는 공력과 살기가 충실했
다. 스치는 창두에 급히 고개를 비틀었다.

아울러서 두 손이 날갯짓하듯이 펄럭였다.

창을 붙잡을 수도 있겠지만, 그럼 다른 틈을 만든다. 소명은 자리에서 맴돌면서, 다시 두 손을 한껏 떨쳤다. 허공을 밀어냈을 뿐이나, 그것 하나로 소명을 에워싸듯이 밀려드는 마혼병의 몸이 한껏 들썩거리더니 족히 수 걸음 뒤로 자연스럽게 밀려났다.

소명은 지체 없이 발을 굴렀다.

땅을 흔드는 진각과 함께 다시 터지는 것은 백보권. 소림의 신권이다. 그것이 다시금 공동의 복판을 때렸다.

꾸웅!

이제까지와는 조금 다른 소리가 터졌다. 소명은 피식, 입꼬리를 치켜들었다.

소명은 긴 숨을 토해내면서 먼지와 함께 잔뜩 헝클어진 머리카락을 느긋하게 쓸어 올렸다.

"아이고, 이제야 답이 왔구나."

다른 누구의 답이 아니다. 땅이 소명의 연이은 두드림에 화답했다. 발아래가 불안하게 요동쳤다.

"권야! 너 무슨 짓을!"

아람타가 심상치 않은 것을 깨닫고서 바락 외쳤다. 목에 핏대 세운 아람타의 어린 모습을 보면서, 소명은 빙긋 웃어 보였다.

"뭐겠어?"

그리고 소명은 한쪽 발을 천천히 들어 올렸다. 마치 보란 듯이 느릿느릿 올라갔다.

아람타는 아주 잠깐이지만, 넋을 놓았다. 머릿속에서 너무도 많은 생각이 스치고 지나가서 바로 움직일 수가 없었다. 입만 벌린 채로 굳었다. 혀 뒤에서 안 돼, 안 돼, 하는 소리가 맴돌았지만, 미처 튀어나오지 못했다.

소명은 그리고 제자리에서 발을 굴렀다.

두웅!

거대한 대고를 치듯이, 한 번의 발 구름으로 일어나는 소리가 한층 깊었다.

그리고 쩌저저저적! 마른벼락이 치는 것처럼 소리가 일었다. 광장의 바닥이 거침없이 갈라졌다.

소명이 연이어 때려 넣은 백보권의 권력이 거듭 퍼져 나가서 지반을 부수었고, 지금의 발 구름에 호응하였다. 그저 밟는 행위가 아니었다.

백억건곤족하장(百億乾坤足下藏)이라.

억겁의 하늘 땅, 발아래에 감추어 있도다.

사조, 소림사의 보정선사가 지나가듯이 던져준 몇 줄의 가르침. 하산하여서 이제껏 궁구하고 또 궁구하였으나, 이제 서 푼이나마 깨달았는지 모르겠다.

이 또한 지극히 멀고 험한 길, 수미산으로 오르는 고난의 길을 헤쳐 나아가는 금강의 법문이라.

수미금강권의 한 조각이다.

백보권보다 더욱 무거운 경력이 깊이 파고들어서, 지반을 뒤틀었고, 이렇듯 일대를 아예 무너뜨렸다. 단지 지하의 공동만이 아니었다.

지축이 뒤틀린 것처럼 한번 시작된 요동은 끝도 없이 이어졌다. 당장에 머리 위로 반구의 천장이 갈라지더니, 집채보다 더욱 큰 바위가 연이어 내려앉았다.

쿠웅!

쿠웅!

치솟는 먼지 사이로, 음울하여서 잿빛으로 물든 하늘이 드러났다.

여기서 아무리 마혼병이라고 하나, 어찌 대응할 수 없었다. 발 디딜 자리가 어느 곳 할 것 없이 내려앉고, 지반이 칼날보다 날카롭게 솟구쳤다.

뒤늦게 땅을 박찼지만, 제대로 몸을 날리는 자는 없었다.

떨어지는 바위에 깔리거나, 솟구치는 바윗돌에 꿰뚫리기도 했다. 그러나 어느 누구도 소명에게서 몸을 돌리지 않았다.

마치 죽고자 달려드는 부나방처럼 허망하고, 헛된 살기를 흩뿌리면서 소명을 향해서 계속해서 밀려들었다.

소명은 그것을 굳이 피하지 않았다. 용케 떨어지는 바위나, 내려앉은 바닥을 피해서 거리를 좁힌 자들을 향해서 차근차근 손을 썼다.

마주하여 펼쳐내는 것은 소림의 금강권이다.

법륜무애로, 일체를 막아냈다. 마병의 손끝에는 수천여 근에 달하는 거력이 실렸지만, 엄습하는 위력을 그저 흩어 버리고서, 곧게 주먹을 내질렀다.

가슴을 가볍게 치는 주먹. 그러나 그 하나로, 금강에 가까운 육신은 허망할 정도로 무너졌다.

죽은피를 쏟아내면서 허우적거리다가, 그만 내려앉은 바닥으로 떨어졌다. 그렇게, 하나, 둘.

소명은 붕괴에서 벗어날 수 있는 마지막 길목을 막아선 채, 너울너울, 손짓을 유려하게 그렸다. 소림권의 정화가 지금에 펼쳐지고 있건만, 누구도 그것을 알아보는 사람은 없었다.

마주하고 있는 자들은 이지 일체를 잃은 마혼병뿐이니.

어느 순간, 소명은 차분히 손을 거두었다. 이제 그에게 달려드는 자는 없었다. 천장 아래로 내려앉은 바닥에서 아우성치기만 할 뿐이었다. 그들 머리로는 계속해서 바윗돌이 떨어지고, 온갖 것이 우르르 쏟아졌다.

홍천이, 그 자체가 무너져 내리고 있었다. 여파는 이내 소명이 서 있는 자리까지 이어졌다. 그래도 소명은 일단 자리를 지키며 벌어지는 참상을 끝까지 지켜보았다.

문득 끄트머리에서 악착같이 버티어내는 작은 민머리의 인형을 발견했다.

아람타였다. 떨어지는 바윗돌을 피하면서 절벽에 손가락을 박아넣고 매달려 있었다. 어떻게든 버티고자 하는 모양이었지만, 그리 오래 버틸 수는 없었다.

손가락을 박았던 절벽마저 쩌저적, 갈라지기 시작했다.

"으, 으으으! 으으으으!"

아람타는 눈에 핏발을 세운 채, 신음했다. 그는 퍼뜩 고개를 비틀었다. 저기 있는 소명을 향해서, 마구 악을 썼다.

"궈, 권야! 저주 받아라! 권야!"

악에 받쳐 끝도 없이 저주의 말을 토해냈다. 그러나 소명에게는 닿지 않았다. 그저 헛되이 맴돌다가, 무너지는 소리에 파묻힐 따름이었다.

그리고 아람타가 매달려 있던 절벽도 수직으로 갈라지면서 뚝 떨어졌다.

"권……야!"

소명은 아래를 물끄러미 보다가, 문득 손가락을 하나 들었다. 새끼손가락이다. 그러고는 귓가를 슬슬 긁적거렸다. 시큰둥한 기색이다.

"거, 자꾸 뭐라고 웅얼대는 거야?"

소명은 바로 몸을 돌렸다.

홍천에서는 다행히 시간을 맞추어서 일을 막았지만, 성도의 상황은 또 어떠할지 모르는 일이다.

마도란 것들은 음흉하여서 하나가 끝났다고, 마음 놓을 상대가 아니다.

소명은 다른 무엇보다, 잔뜩 뒤집어쓴 흙먼지를 툭툭 털어내면서 구시렁거렸다.

"하여튼 마도 것들이랑 얽혀서는 좋은 꼴을 못 본다니까."

작은 규모라고 하지만, 홍천이라고 하는 일대 지역을 아예 무너뜨린 사람치고는 참으로 한가로운 모습이었다.

땅이 무너진다. 홍천이라는 지형이 아예 사라지는 듯했다. 바닥이 갈라지고, 세웠던 여러 건물이 삽시간에 내려앉았다. 홍천교주가 거하는 성소에서부터 일어난 균열이었다.

홍산아는 높은 곳에서 숨을 멈추고서, 내려앉는 홍천의 일대를 바라보았다.

홍천을 간신히 벗어난 참에 벌어진 참사였다.

그 광경을 보면서 홍산아는 그만 한숨을 흘렸다. 하얀 얼굴이 아주 창백하게 질려 있었다.

"허어…… 홍천을, 본래 이런 목적으로 만들었던 건가. 언제든 무너뜨려서 매장시킬 목적으로?"

홍천으로 이전을 강하게 주장한 대사령이었다. 홍산아는 이것이 사람의 힘으로 일어난 일이라고는 전혀 생각할 수가 없어서, 불신 가득한 채 읊조렸다.

"교주, 교주, 이제 어쩌면 좋습니까?"

"교주님!"

"교주시여!"

홍산아는 입을 굳게 다물었다. 어린 소년의 뒤에는 수백, 아니 어쩌면 일천에 가까운 남녀노소가 무릎을 꿇고서 하소연하듯 울부짖었다.

홍산아는 그러나 차라리 미소를 지었다.

오히려 홀가분한 일이다.

"홍천의 교리는 헛되었소. 홍천세상은 열리지 않아요. 저기 마인들은 우리 홍천의 교리를 삿된 것에 끌어들였습니다. 계속 있었으면, 저 혼란 속에서 모두 제물이 되었겠지요. 홍천불이 아닌, 저들의 신을 위한 제물 말입니다."

홍산아는 무너지는 홍천을 내내 지켜보면서 말했다. 의

지할 곳 잃은 자들은 멍한 눈으로 홍산아를 바라보았다.

홍산아는 곧 몸을 돌렸다.

어린 교주가 아닌, 아이의 맑은 눈이다.

홍천의 교도들은 흠칫하여서 교주의 맑은 눈길 앞에서 절로 무릎을 꿇었다.

"교, 교주시여."

"이대 교주로서, 여기 여러분께 말씀드립니다. 홍천교는 끝났습니다."

"교주!"

교인들은 남녀이며, 노소를 가리지 않고 목을 세우고서는 울었다. 아무것도 없는 그들에게 한 줄기 구원줄이 되었던 홍천교였다.

이렇게 끝이 날 줄은.

그러나 그들의 교주, 홍산아는 더없이 밝은 얼굴이었다. 홍천이라는 삿된 땅이 무너지는 순간에, 그는 일체의 미련도 같이 무너지는 것을 똑똑히 느낄 수 있었다.

결국, 자신도 욕심이 있었다. 무엇이 되었든 지간에, 홍천교를 지켜야 한다는 욕심이었다. 그러나 홍천교가 과연 무엇 때문에 시작하였던가.

"살아남는 것이 우선입니다. 살아남으면, 좋은 날은 다시 옵니다. 여러분, 홍천교는 세상의 전부가 아닙니다. 눈을 뜨세요. 이제는 헛된 미망이지요."

후천과 선천으로 구분하는 것도 우스운 일이었다. 초대 교주인 모친께서 남긴 홍천의 뜻이란 그런 것이 아닐진대. 지금은 그것조차 마도의 농간이 아닐까 하는 의심이 들 정도였다.

"여봐, 어린 교주. 서둘러 몸을 빼게. 이러고 있을 게 아니야. 저쪽 사정이야 어떻든, 결국 마도니, 뭐니 하는 것들은 여기 있는 모두를 가만 두지 않을 테니."

마냥 놀라고만 있을 때가 아닌지라.

위지백의 심드렁한 한마디에 홍산아는 고개를 힘껏 끄덕였다.

아무리 홍천을 벗어났다고 한들, 안심할 수는 없다. 홍산아는 우는 교도들을 다독였다.

살고 볼 일이었다.

살아야 하는 일이었다.

위지백은 바쁘게 흩어지는 홍천 교도들 뒤에서, 흘깃 뒤를 돌아보았다. 붕괴의 여파가 계속해서 이어지고 있었다.

우르르⋯⋯우르르릉⋯⋯

높은 하늘에서 울려야 할 천둥이 바로 발아래에서 일어나는 듯하다. 불길한 소리와 함께 땅이 연신 들썩거렸다.

먼저 무너진 홍천교의 장원뿐만 아니라, 홍천 전역이 계속해서 내려앉고 있었다.

홍천 외곽이라고 해서 그리 안전하지는 않았다.

다른 이들은 당연하게 마도가 수작을 해놓았으리라 여기는 모양이지만, 위지백은 절레절레 고개를 흔들었다.

"저거 또…… 힘 조절 못했네. 하여튼 적당히가 없어. 적당히가."

혀 차는 소리를 남기고서, 위지백도 몸을 돌렸다.

그대로 내려앉은 홍천은 가호 일백, 이백 정도의 촌락이 아니었다. 현(縣)에 비할 만한 지역이 그렇게 내려앉았다.

이에 치솟는 먼지 구름은 거대하여서, 하늘을 뒤덮었다. 십수 리 밖에서 그 모습을 똑똑히 볼 수 있었다.

"멈춰라!"

화려하게 치장한 기마 위에서 놀란 외침이 터졌다.

산허리를 타고서 바삐 움직이던 자들은 그 일성에 바로 반응했다. 말고삐를 잡아채고, 나아가던 자들은 부랴부랴 허리를 세웠다.

소리는 급하게 뒤로 이어졌다.

"정지! 정지하라!"

"전군 정지!"

규모가 상당한 일군의 행렬이다. 뒤로 번쩍거리는 기창

이 끝도 없이 이어져 있었다. 명령이 떨어졌다고 해도, 즉각 멈춰 설 수가 없었다.

소란이 크게 일었다.

정지라는 외침이 계속해서 뒤로 울렸다. 백부장 등이 정신없이 뛰었다. 급한 행군을 이어가던 차였다. 뒤에서 먼지가 뽀얗게 일어나는데, 선두에서 한 장수가 버럭버럭 악을 썼다.

"저게 뭐야! 저게 또 무슨 일이야!"

번쩍번쩍하여, 유달리 화려한 갑주를 갖춘 자였다. 그는 살찐 백마 위에 파란 전포를 번잡스럽게 늘어뜨린 채, 마구 몸을 떨어댔다.

갑주에는 다른 흔적은커녕 먼지 한 톨조차 묻어 있지 않았다. 갑주를 걸쳤다고 하나, 결코 장수일 수가 없었다.

그는 사천도지휘사사 엄경준이다. 사천의 군권을 한 손에 그러쥔 인물이다. 그러나 장수가 아닌, 비대한 관리 한 사람에 지나지 않았다.

사천도지휘사사이나, 막상 사천을 한참 내버려두고 있던 자가 이제야 병력을 움직인 것이다. 그것도 직접. 바로 노리는 바가 저기에 있기 때문이었다.

먼지 구름이 무섭게 솟구치는 홍천이다.

살집이 그득하여 비대한 엄경준은 허연 얼굴을 잔뜩 일

그러뜨리고, 눈살에 파묻힌 가는 눈초리를 사납게 번뜩였다. 분노와 짜증이 더욱 노골적이었다.

"저게 뭐야! 얘기가 다르지 않나! 감히 나를 속여? 이 나를 속였느냔 말이야!"

무슨 일인지. 엄경준은 고삐 쥔 손을 마구 흔들어댔다.

사교 무리를 일망타진한다는 것으로, 들떴던 행보가 지금 딱 멈췄다. 멀리서 보기에도 뭔가 크게 틀어지지 않았는가.

엄경준은 투구 사이에 짓눌려 있는 두툼한 볼살을 마구 떨어댔다.

"당장, 무슨 일인지 알아보아라! 어서!"

"명!"

수하 하나가 부랴부랴 대꾸하고는 바로 몸을 돌렸다. 그대로 뛰쳐나갈 듯했지만, 채 다섯 걸음도 나아가지 못했다.

좌악!

더운 피가 왈칵 치솟았다. 백마 위에서 위세를 두르고 있던 엄경준은 그 핏물을 고스란히 뒤집어썼다. 뻣뻣하게 굳어버려서 아무 소리도 낼 수가 없었다.

막 명을 내렸던 수하의 목이 툭 떨어져서, 말발굽 아래로 데구르르 굴렀다.

히히히힝!

백마가 서슬에 놀라서는 뒷걸음질쳤다. 엄경준도 정신을 차리지 못하여서 버둥거리다가, 그만 뒤로 넘어가 버렸다.

"으, 으어, 으어어어억!"

"지휘사 나리!"

좌우의 부관과 천호, 백호들이 급히 달려와, 엄경준을 붙잡았다. 어찌 흙바닥에 처박히는 것은 간신히 면하였다. 그들도 기겁하기는 마찬가지였다.

귀신이 곡할 노릇이 아닌가.

그런데 불현듯 고개를 들기가 무섭게, 누구랄 것도 없이 뻣뻣하게 굳어버렸다.

"어윽!"

질린 소리가 새었다.

목 잃은 자의 앞에 홀연 나타난 인영이 있었다. 어떤 소리나, 기척도 없었다. 고인 핏물 속에서 솟아나듯이, 인영은 타났다. 한없이 불길한 모습이었다.

노송처럼 야윈 모습으로, 검은 기운을 휘감고 있어서 진면목을 볼 수는 없었다. 다만 덩그러니 떠 있는 한 쌍의 눈동자가 기괴했다.

그는 히죽 웃었다. 눈초리가 둥그렇게 휘어지고, 웃음

섞인 탁한 목소리가 흘렀다.

"굳이 알아볼 것 없네. 엄 나리."

"누, 누구냐?"

"어허. 왜 이러시는가. 내 목소리를 기억하지 못할 리가 없을 텐데."

"당신, 당신은!"

엄경준은 자신이 볼썽사납게 굴러떨어진 꼴이야 어떻든, 부르르 몸을 떨었다. 노하여서 엉덩이를 들썩거리는 것과는 전혀 다른 떨림이었다.

주렁주렁한 갑주의 비늘이 연신 절그럭거렸다.

"저쪽의 계책은 글렀다. 당장 성도로 말머리를 돌리시게."

"처, 처음과 얘기가 다르지 않소."

"그러니까, 상황이 달라졌다고 하지 않는가."

그림자는 몸을 돌리면서 짜증을 드러냈다. 여러 번 말하게 만드는 것도 마땅치 않으나, 엄경준을 상대해야 한다는 것부터가 성에 차지 않았기 때문이었다.

"성도에서 사천의 무림인들과 홍천군이 곧 충돌한다. 자네가 움직여 주어야겠어."

"뭐, 뭘 어찌하라는 거요?"

"그야. 그릇된 이유로 무리지은 자들이니 민란이 아니

겠는가. 나라의 정병이 민란을 토벌해야지. 그것은 자네의 공적이 될 것일세."

"미, 민란, 공적…… 허, 허허."

엄경준은 순간 혹하여서는 멍한 웃음을 흘렸다. 그러나 가만히 듣고 있는 여러 부장, 장수들은 전혀 웃을 수가 없었다.

"그 무슨 허튼소리냐! 지휘사 영감, 저런 허튼소리를 지금 귀담아들으셔서는 아니 됩니다!"

"그렇습니다. 지휘사 영감!"

이제껏 사천 지역을 내버려 둔 것만으로도 속이 까맣게 타들어 가던 차였다. 지금에야 비로소 칼을 뽑았는데. 여기서 다시 발걸음을 돌리다니. 아니, 그게 전부가 아니었다. 성도로 돌아가서는, 사교를 토벌하는 것이 아니라, 민란이 어쩌고 하다니.

백번을 양보해도 이것은 아닌 일이다.

장수들은 일제히 칼날을 뽑아들고서, 그림자가 일렁이는 기괴한 마인을 당장에 에워쌌다.

"이런, 뭐하는 짓들이냐! 감히, 항명이냐!"

"지휘사 영감! 정신 차리십시오!"

"흐, 흐허허허."

노발대발하는 엄경준이었고, 그를 무시하는 부장들이

다. 그 모습을 물끄러미 보다가, 마인은 퍼뜩 웃어젖혔다. 그리고 고개를 높이 치켜들었다.

뒤집어쓴 어둠이 쭉 내려가고는 이내 청수한 인상의 중년인이 모습을 드러냈다. 백광이 어려 있는 눈동자가 기이할 뿐이었다.

그 눈초리로, 마인은 히죽 이를 드러냈다.

"엄가야. 훌륭한 수하들을 두었구나."

"후, 훌륭?"

"적어도, 너 따위보다는 훌륭하지 않으냐. 본분을 알고 있으니. 허나, 너무 늦게 나섰어. 그런 소리를 할 것이면, 진즉 나섰어야지."

"이, 이익! 사교의 종자 따위가!"

중년인은 슬쩍 턱을 비스듬히 기울였다. 다른 것보다는 '사교'라는 소리가 거슬렸다.

"어허, 사교라. 지금 너희는 내가 홍천교 따위에 몸담았다고 여기는 게냐? 이거, 이거 참으로 불쾌하구만."

"뭣이?"

중년인은 한 손을 다시 치켜들었다. 휘이잉, 바람 소리가 가만히 울렸다. 그리고 퍼퍽, 퍼퍼퍽! 예기가 뼈마디를 가르면서 둔탁한 소리가 연이어 터졌다.

중년인은 그저 자리에 서 있을 뿐인데. 그를 에워싸고

있던 부장들은 죄 목을 잃고서 바닥에 널브러졌다. 토해내는 검붉은 핏물이 팍 치솟았다.

울컥거리는 핏물은 바로 흙바닥에 고여 갔다.

저기 쓰러진 수하와 조금도 다르지 않은 모습이다.

"감히, 이 풍마(風魔) 어르신께 사교 운운이라니. 죽어 마땅한 일이지."

풍마는 짓씹듯이 내뱉고서, 고개를 돌렸다. 엄경준은 멍한 얼굴로 있다가 화들짝 어깨를 들썩였다.

"흐, 흐이이이!"

질린 소리가 당장 터져 나왔다. 참상이 눈앞에서 벌어졌다. 그야말로 사람이 아닌 자가 벌인 일이다. 마도, 마귀, 마인, 여러 이름이 단번에 떠올라서, 마구 머릿속이 뒤엉켰다.

"엄가야. 가거라. 이 어르신께서는 그렇게 오래 참아 줄 수가 없단다."

"끕, 예, 예. 그리하지요. 예!"

"흐흐흐."

풍마라 자처한 자는 가만히 웃었다. 그는 곧 뒷짐을 진 채, 느긋하게 걸음을 옮겼다.

수천 정병 사이에서, 여러 부장을 일거에 참살한 자이다. 그러나 누구도 그 앞에서 창칼은커녕 고개조차 들 수가 없었다.

풍마, 그 이름대로 바람 한 자락이 불어오자, 이내 모습이 사라졌다.

"지, 지휘사 어른."

"어찌하면."

"서, 성도. 성도로 간다! 당장!"

엄경준은 바르르 몸을 떨어대면서 다그쳤다. 옷을 갈아입어야 하는 상태였지만, 그럴 겨를이 조금도 없었다.

＊　　　＊　　　＊

성도, 그곳에 이르렀다.

불과 며칠에 지나지 않았지만, 참으로 오랜 시간이 흐른 듯했다.

당민은 입술을 지그시 깨물었다. 성도 주변으로는 높이 세운 깃발이 붉게 펄럭였다. 알아보지 못할 수가 없는 깃발이었다.

홍천교의 군세가 성도에 바짝 다가섰다.

발길을 늦추겠다고 무가련에서 손을 쓰기는 하였지만, 저만한 인원이 일제히 몰려오는 데에, 몇 가지 잔재주로는 한계가 명확한 바였다.

그렇다고, 당가의 독을 함부로 쓸 수도 없었을 것이다.

당민은 그 모습을 지켜보다가, 문득 품으로 손을 밀어넣었다. 천천히 꺼낸 것은 바로 녹면이다. 그녀는 각오를 다진 눈빛을 한 채, 녹면으로 얼굴을 가렸다.

"큰 아가씨!"

"아가씨!"

고개를 돌리자 현무칠성이 결연한 눈으로 힘껏 두 손을 맞잡았다. 당민은 포권한 그들을 지나, 너머에 있는 모습을 보았다.

풍양자가 허리를 곧게 세우고서 나아갈 준비를 갖추고 있었다. 갖추는 검이 한두 자루가 아니었다. 아홉이나 되는 검을 허리 좌우에, 등의 좌우에 가득 꽂아놓고 다시 검 하나를 손에 들었다.

열이나 되는 검이다.

옆에서는 양정이 청성의 득라의를 단정하게 갖추고서 후후, 숨을 몰아쉬었다. 수일 사이에, 양정의 하얀 얼굴은 강변 햇살에 까맣게 타서, 예전 모습과는 달랐다. 양정은 긴장한 가운데에도, 눈빛을 번뜩였다.

청성파의 두 사람, 그리고 옆에는 소신니 장우빙이 진즉부터 창두를 드러냈다. 부글거리는 살기를 잠시 다잡았다. 아직 터뜨릴 때가 아니라는 것을 잘 알았다. 입술을 꼭 깨

물고서, 건너에서 펄럭거리는 사교의 붉은 기를 노려보았
다.

"소신니."

"예, 예! 당 소저!"

간단히 건넨 한마디에 화들짝 놀라서, 장우빙은 저도 모
르게 새된 목소리를 그만 내질렀다.

너무 긴장했던 탓이다. 장우빙은 제 목소리에 당황해서
한 손으로 덥석 입가를 그러쥐었다. 동그랗게 뜬 눈동자에
는 살기야 어떻든 당혹감이 가득했다.

불안한 그녀 모습에, 긴장으로 몸을 굳히던 일행은 퍼뜩
고개를 치켜들었다. 서로 당황한 눈길이다. 여럿의 눈초리
가 모이자, 장우빙은 그만 마른침을 삼켰다.

"예, 당 소저……."

녹면 너머에서 당민의 눈초리는 침착했다.

"처음부터 그렇게 열 올리지 말라고. 정작 손 쓸 때에 심
마가 끼어든다."

"……네, 주의하겠습니다."

"듣기로, 밀교에서는 마두관음을 두고서 신질금강(迅疾
金剛)이라 한다더군."

눈 아래를 붉히면서 넙죽 고개 숙이는데, 당민은 문득
무심한 어조로 물었다.

장우빙은 퍼뜩 고개를 치켜들었다.

당민은 저기 성도를 에워싸고 펄럭거리는 사교의 붉은
깃발을 지켜보고 있었다. 녹면 사이로 보이는 그녀의 눈빛
은 차갑게 가라앉았다.

"예, 신질금강이라고도 하지요. 중생을 속히 구제하는
금강보살이라는 뜻입니다."

"속히 구제한다. 그래, 마두관음의 대자비심으로 조금의
번뇌도 허용하지 않는다던가?"

"그러한 가르침이지요."

대적을 앞에 두고서, 왜 이런 얘기를 꺼내는지 모를 일
이다. 그래도 장우빙은 불자의 자세로, 차분하게 답했다.

당민은 곧 고개를 돌렸다. 녹면의 구멍 사이로 보이는
차분한 눈동자가 한없이 깊다. 장우빙은 눈빛에 압도되어
서는 찰나 어깨를 들썩였다.

"탕마(蕩魔)라고 함은, 본래 번뇌를 끊어내어 중생을 괴
롭히는 마장을 몰아내는 것. 자신을 잃어서는 아니 될 걸
세. 작은 가슴에 품은 분노만으로는 분노존의 탕마창이라
할 수 없을 터."

"탕……마……."

장우빙은 망연한 눈으로 당민의 기괴한 녹색 가면을 빤
히 보았다.

애써 차분해지겠다고, 억지로 누르던 가슴이 크게 뛰었다. 두 어깨가 축 늘어지고, 거꾸로 쥐었던 창날이 아래로 뚝 떨어졌다.

그것도 잠시.

장우빙은 다시 고개를 들었다. 초점을 되찾은 눈가에 총기가 일었다. 당민을 보는 눈길이 전혀 달랐다.

한 걸음 물러서고는 즉각 두 손을 맞잡았다.

"가르침, 감사드립니다."

"이제 준비가 되었는가?"

"예, 당 소저."

장우빙은 힘주어서 고개를 끄덕였다. 당민은 슥 턱을 들었다. 뒤에서 이쪽을 지켜보는 풍양자와 양정, 그리고 현무칠성은 눈빛을 받고서는 앞으로 나서거나, 자리에서 일어섰다.

"좋아, 그럼. 가지."

당민은 짧게 말했다. 뭔가 거창한 말은 필요치 않았다.

성도를 향해서 나아가는 그들 뒤로는 수룡의 깃발이 새삼 높이 올랐다.

〈다음 권에 계속〉